JN324216

庫

31-027-18

化鳥・三尺角

他六篇

泉鏡花作

岩波書店

目次

化け鳥ちょう

一

愉快《おもしろ》いな、愉快いな、お天気が悪くって外へ出て遊べなくっても可《い》いや、笠《かさ》を着て、蓑《みの》を着て、雨の降るなかをびしょびしょ濡《ぬ》れながら、橋の上を渡って行《ゆ》くのは猪《いのしし》だ。

菅笠《すげがさ》を目深《まぶか》に被《かぶ》って、澍《しぶき》に濡れまいと思って向風《むかいかぜ》に俯向《うつむ》いてるから顔も見えない、着て居る蓑の裙《すそ》が引摺《ひきず》って長いから、脚も見えないで歩行《ある》いて行く、脊《せ》の高さは五尺《しゃく》(1)ばかりあろうかな、猪としては大《おおき》なものよ、大方《おおかた》猪ン中の王様が彼様三角形《あんなさんかくなり》の冠《かんむり》を被《き》て、市《まち》へ出て来て、而《そ》して、私《わたし》の母様《おっかさん》の橋の上を通るのであろう。

トこう思って見て居ると愉快い、愉快い、愉快い。

寒い日の朝、雨の降ってる時、私の小さな時分、何日《いつか》でしたっけ、窓から顔を出して見て居ました。

「母様《おっかさん》、愉快いものが歩行いて行くよ。」

爾時《そのとき》母様は私の手袋を拵《こしら》えて居て下すって、

「そうかい、何が通りました。」

「あのウ猪。」

「そう。」といって笑って在《い》らっしゃる。

「ありゃ猪だねえ、猪の王様だねえ。

母様。だって、大いんだもの、そして三角形の冠を被て居ました。そうだけれども、王様だけれども、雨が降るからねえ、びしょぬれになって、可哀相《かわいそう》だったよ。」

母様は顔をあげて、此方《こっち》をお向きで、

「吹込《ふきこ》みますから、お前も此方へおいで、そんなにして居ると、衣服《きもの》が濡れますよ。」

「戸を閉めよう、母様、ね、ここん処《とこ》の。」

「いいえ、そうしてあけて置かないと、お客様が通っても橋銭《はしせん》(2)を置いて行ってくれません。ずるいからね、引籠《ひっこ》って誰も見て居ないと、そそくさ通抜《とおりぬ》けてしまいますもの。」

私はその時分は何にも知らないで居たけれども、母様と二人ぐらしは、この橋銭で立って行ったので、一人前幾干宛《ひとりまえいくらかずつ》取って渡しました。

橋のあったのは、市《まち》を少し離れた処《ところ》で、堤防《どて》に松の木が並んで植《うわ》って居て、橋の袂《たもと》に榎《えのき》が一本、時雨榎《しぐれえのき》(3)とかいうのであった。

この榎の下に、箱のような、小さな、番小屋《ばんごや》を建てて、其処《そこ》に母様《おっかさん》と二人で住んで居たので、橋は粗造《そぞう》な、宛然《まるで》、間《ま》に合《あわ》せといったような拵《こしら》え方、杭《くい》の上へ板を渡して竹を欄干《らんかん》にしたばかりのもので、それでも五人や十人ぐらい一時《いっとき》に渡ったからッて、少し揺れはしようけれど、折れて落ちるような憂慮《きづかい》はないのであった。

ちょうど市《まち》の場末《ばすえ》に住んでる日傭取《ひようとり》(4)、土方《どかた》、人足《にんそく》、それから、三味線《さみせん》を弾《ひ》いたり、太《たい》鼓《こ》を鳴《なら》して飴《あめ》を売ったりする者、越後獅子《えちごじし》(5)やら、猿廻《さるまわし》やら、附木《つけぎ》(6)を売る者だの、唄《うた》を謡《うた》うものだの、元結《もっとい》(7)よりだの、早附木《はやつけぎ》(8)の箱を内職にするものなんぞが、目貫《めぬき》の市へ出て行く往帰《ゆきかえ》りには、是非《ぜひ》母様の橋を通らなければならないので、百人と二百人ずつ朝晩賑《にぎや》かな人通りがある。

それからまた向うから渡って来て、この橋を越して場末の穢《きたな》い町を通り過ぎると、野原へ出る。そこン処《とこ》は梅林《ばいりん》で、上の山が桜の名所で、その下に桃谷《ももだに》というのがあって、谷間《たにあい》の小流《こながれ》には、菖蒲《あやめ》、燕子花《かきつばた》が一杯咲く。頬白《ほおじろ》、山雀《やまがら》、雲雀《ひばり》などが、ばらばらになって唄って居るから、綺麗《きれい》な着物を着た問屋《とんや》の女《むすめ》だの、金満家《かねもち》の隠居だの、瓢《ひさご》(9)を腰へ提《さ》げたり、花の枝をかついだりして千鳥足《ちどりあし》で通るのがある。それは春のことで。夏になると納涼《すずみ》だといって人が出る。秋は蕈狩《たけがり》(10)に出懸《でか》けて来る、遊山《ゆさん》をするのが、皆内《みんなうち》の橋を通らねばならない。

この間《あいだ》も誰《たれ》かと二三人づれで、学校のお師匠《ししょう》さんが、内の前を通って、私の顔を見たから、丁寧《ていねい》にお辞儀《じぎ》をすると、おや、といったきりで、橋銭を置かないで行ってしまった。

「ねえ、母様、先生もずるい人なんかねえ。」

と窓から顔を引込《ひっこ》ませた。

二

「お心易立《こころやすだて》(11)なんでしょう、でもずるいんだよ。余程《よっぽど》そういおうかと思ったけれど、先生だというから、また、そんなことで悪く取って、お前が憎まれでもしちゃなるまいと思って、黙って居ました。」

といいいい母様《おっかさん》は縫って在《い》らっしゃる。

お膝《ひざ》の上に落ちて居た、一ツの方の手袋の、恰好《かっこう》が出来たのを、私は手に取って、掌《てのひら》にあてて見たり、甲の上へ乗ッけて見たり、

「母様《おっかさん》、先生はね、それでなくっても僕のことを可愛《かわい》がっちゃあ下さらないの。」

と訴えるようにいいました。

こういった時に、学校で何だか知らないけれど、私がものをいっても、快《こころよ》く返事をしでなかったり、拗《す》ねたような、けんどんなような、(12)おもしろくない言《ことば》をおかけであるのを、いつでも情《なさけ》ないと思い思いして居たのを考え出して、少し鬱《ふさ》いで来て俯向《うつむ》いた。

「何故《なぜ》さ。」

何、そういう様子の見えるのは、つい四五日前からで、その前《さき》には些少《ちっと》もこんなことはありはしなかった。帰って母様《おっかさん》にそういって、何故だか聞いて見ようと思ったんだ。けれど、番小屋《ばんごや》へ入ると直《すぐと》飛出《びだ》して遊んであるいて、帰ると、御飯を食べて、そしちゃあ横になって、母様の気高《けだか》い美しい、頼母《たのも》しい、穏当《おんとう》な、そして少し痩《や》せておいでの、髪を束ねてしっとりして在らっしゃる顔を見て、何か談話《はなし》をしいしい、ぱっちりと眼をあいてるつもりなのが、いつか、そのまんまで寝てしまって、眼がさめると、また直支《し》度《たく》を済《すま》して、学校へ行くんだもの。そんなことといってる隙《ひま》がなかったのが、雨で閉籠《とじこも》って、淋《さび》しいので思い出した、次手《ついで》だから聞いたので。

「何故だって、何なの、この間ねえ、先生が修身《しゅうしん》(13)のお談話《はなし》をしてね、人は何《なん》だから、世の中に一番えらいものだって、そういったの。母様、違ってるわねえ。」

「むむ。」

「ねッ違ってるワ、母様。」

と揉《もみ》くちゃにしたので、吃驚《びっくり》して、ぴったり手をついて畳の上で、手袋をのした。横に皺《しわ》が寄ったから、引張《ひっぱ》って、

「だから僕、そういったんだ、いいえ、あの、先生、そうではないの。人も、猫も、犬も、それから熊も。皆《みんな》おんなじ動物《けだもの》だって。」

「何とおっしゃったね。」

「馬鹿《ばか》なことをおっしゃいって。」

「そうでしょう。それから、」

「それから、(だって、犬や、猫が、口を利きますか、ものをいいますか)ッて、そういうの。いいます。雀《すずめ》だってチッチッチッチッて、母様と、父様《おとっさん》と、児《こども》と朋達《ともだち》と皆で、お談話をしてるじゃありませんか。僕眠い時、うっとりしてる時なんぞは、耳ン処《とこ》に来て、チッチッチて、何かいって聞かせますのッてそういうとね、(詰《つま》らない、そりゃ囀《さえず》るんです。ものをいうのじゃあなくッて囀るの、だから何をいうんだか分りますまい)ッて聞いたよ。僕ね、あのウだってもね、先生、人だって、大勢《おおぜい》で、皆が体操場《たいそうば》で、

てんでに何かいってるのを遠くン処で聞いて居ると、何をいってるのか些少《ちっと》も分らないで、ざあざあッて流れてる川の音とおんなしで、僕分りませんもの。それから僕の内《うち》の橋の下を、あのウ舟漕《ふねこ》いで行《ゆ》くのが何だか唄《うた》って行くけれど、何をいうんだかやっぱり鳥が声を大きくして長く引《ひっ》ぱって鳴いてるのと違いませんもの。ずッと川下《かわしも》の方で、ほうほうッて呼んでるのは、あれは、あの、人なんか、犬なんか、分りませんもの。雀だって、四十雀《しじゅうから》だって、軒《のき》だの、榎《えのき》だのに留《とま》ってないで、僕と一所《いっしょ》に坐《すわ》って話したら皆分るんだけれど、離れてるから聞《きこ》えませんの。だって、ソッとそばへ行って、僕、お談話《はなし》しようと思うと、皆立っていってしまいますもの、でも、いまに大人になると、遠くで居ても分りますッて。小さい耳だから、沢山《たくさん》いろんな声が入らないのだって、母様が僕、あかさんであった時分からいいました。犬も猫も人間もおんなじだって。ねえ、母様、だねえ母様、いまに皆分るんだね。」

三

母様《おっかさん》は莞爾《にっこり》なすって、

「ああ、それで何かい、先生が腹をお立ちのかい。」

それはかりではなかった、私の児心《こどもごころ》にも、アレ先生が嫌な顔をしたな、ト斯《こ》う思って取ったのは、まだモ少し種々《いろん》なことをいいあってから、それから後の事で。

はじめは先生も笑いながら、ま、あなたが左様《そう》思って居るのなら、しばらくそうして置きましょう。けれども人間には智慧《ちえ》というものがあって、これには他の鳥だの、獣《けだもの》だのという動物が企《くわだ》て及ばないということを、私が河岸《かわぎし》に住まって居るからって、例をあげておさとしであった。

釣《つり》をする、網《あみ》を打つ、鳥をさす、(14)皆人《みんな》の智慧で、何も知らない、分らないから、つられて、刺されて、たべられてしまうのだトこういうことだった。そんなことは私聞かないで知って居る、朝晩見て居るもの。

橋を挟《はさ》んで、川を溯《さかのぼ》ったり、流れたりして、流網《ながれあみ》をかけて魚《うお》を取るのが、川の中に手《て》拱《あぐら》(15)かいて、ぶるぶるふるえて突立《つった》ってるうちは、顔のある人間だけれど、そらといって水に潜《もぐ》ると、逆《さかさ》になって、水潜《みずくぐり》をしいしい五分間ばかりも泳いで居る、足ばかりが見える。その足の恰好《かっこう》の悪さといったらない。うつくしい、金魚の泳いでる尾鰭《おひれ》の姿や、ぴらぴらと水銀色を輝かして跳《は》ねてあがる鮎《あゆ》なんぞの立派さには全然《まるで》くらべものになるのじゃあない。そうしてあんな、水浸《みずびた》しになって、大川《おおかわ》の中から足を出してる、そんな人間がありますものか。で、人間だと思うとおかしいけれど、川ン中から足が生えたのだと、そう思って見て居るとおもしろくッて、ちっとも嫌なことはないので、つまらない観世《みせ》物《もの》を見に行くより、ずっとましなのだって、母様《おっかさん》がそうお謂《い》いだから、私はそう思って居ますもの。

それから、釣をしてますのは、ね、先生、とまたその時先生にそういいました。あれは人間じゃあない、蕈《きのこ》なんで、御覧《ごらん》なさい。片手懐《ふところ》って、ぬうと立って、笠《かさ》を被《かぶ》ってる姿というものは、堤防《どて》の上に一本占治茸《いっぽんしめじ》(16)が生えたのに違いません。

夕方になって、ひょろ長い影がさして、薄暗い鼠色《ねずみいろ》の立姿《たちすがた》にでもなると、ますます占治茸で、ずっと遠い遠い処《ところ》まで一《ひと》ならびに、十人も三十人も、小さいのだの、大きいのだの、短いのだの、長いのだの、一番橋手前のを頭《かしら》にして、さかり時《どき》は毎日五六十本も出来るので、また彼処此方《あっちこっち》に五六人ずつも一団《ひとかたまり》になってるのは、千本しめじ(17)ッて、くさくさに生えて居る、それは小さいのだ。木だの、草だのだと、風が吹くと動くんだけれど、蕈だから、あの、蕈だからゆっさりとしもしませぬ。これが智慧があって釣をする人間で、些少《ちっと》も動かない。その間に魚《うお》は皆で悠々と泳いであるいて居ますわ。

また智慧があるっても、口を利かれないから鳥とくらべッこすりゃ、五分五分のがある、それは鳥《とり》さしで。

過日《いっかじゅう》見たことがありました。

余所《よそ》のおじさんの鳥さしが来て、私ン処《とこ》の橋の詰《つめ》で、榎《えのき》の下で立留《たちど》まって、六本めの枝のさきに可愛《かわい》い頬白《ほおじろ》が居たのを、棹《さお》でもってねらったから、あらあらッてそういったら、叱《し》ッ、黙って、黙って。恐い顔をして私を睨《ね》めたから、あとじさりをして、そッと見て居ると、呼吸《いき》もしないで、じっとして、石のように黙ってしまって、こう掘身《すえみ》になって、中空《なかぞら》を貫《つらぬ》くように、じりっと棹をのばして、覗《ねら》ってるのに、頬白は何にも知らないで、チ、チ、チッチッてッて、おもしろそうに、何かいってしゃべって居ました。それをとうとう突《つッつ》いてさして取ると、棹のさきで、くるくると舞って、まだ烈《はげ》しく声を出して鳴いてるのに、智慧のある小父《おじ》さんの鳥さしは、黙って、鰌掴《どじょうづかみ》にして、腰の袋ン中へ捻《ねじ》り込んで、それでもまだ黙って、ものものいわないで、のっそり去《い》っちまったことがあったんで。

四

頬白《ほおじろ》は智慧《ちえ》のある鳥さしにとられたけれど、囀《さえず》ってましたもの。ものをいって居ましたもの。おじさんは黙《だんま》りで、傍《そば》に見て居た私までものを言うことが出来なかったんだもの。何もくらべっこして、どっちがえらいとも分りはしないって。

何でもそんなことをいったんで、ほんとうに私そう思って居ましたから。

でも、それを先生が怒ったんではなかったらしい。

で、まだまだいろんなことをいって、人間が、鳥や獣《けだもの》よりえらいものだと然《そ》ういっておさとしであったけれど、海ン中だの、山奥だの、私の知らない、分らない処《ところ》のことばかり譬《たとえ》に引いていうんだから、口答《くちごたえ》は出来なかったけれど、ちっともなるほどと思われるようなことはなかった。

だって、私、母様《おっかさん》のおっしゃること、虚言《うそ》だと思いませんもの。私の母様がうそをいって聞かせますものか。

先生は同一組《おなじクラス》の小児達《こどもたち》を三十人も四十人も一人で可愛《かわい》がろうとするんだし、母様は私一人可愛いんだから、何《ど》うして、先生のいうことは私を欺《だま》すんでも、母様がいってお聞かせのは、決して違ったことではない、トそう思ってるのに、先生のは、まるで母様のと違ったことというんだから心服《しんぷく》はされないじゃありませんか。

私が頷《うなず》かないので、先生がまた、それでは、皆《みんな》あなたの思ってる通りにして置きましょう。けれども木だの、草だのよりも、人間が立ち優《まさ》った、立派なものであるということは、いかな、あなたにでも分りましょう、先《ま》ずそれを基礎《どだい》にして、お談話《はなし》をしようからって、聞きました。

分らない、私そうは思わなかった。

「あのウ母様、(だって、先生、先生より花の方がうつくしゅうございます)ッてそう謂《い》ったの。僕、ほんとうにそう思ったの、お庭にね、ちょうど菊の花の咲いてるのが見えたから。」

先生は束髪《そくはつ》に結った、色の黒い、なりの低い巌乗《がんじょう》な、でくでく肥《ふと》った婦人《おんな》の方《かた》で、私がそういうと顔を赤《あこ》うした。それから急にツッケンドンなものいいおしだから、大方《おおかた》それが腹をお立ちの原因であろうと思う。

「母様、それで怒ったの、そうなの。」

母様は合点《がってん》合点をなすって、

「おお、そんなことを坊や、お前いいましたか。そりゃ御道理《おどうり》だ。」

といって笑顔をなすったが、これは私の悪戯《いたずら》をして、母様のおっしゃること肯《き》かない時、ちっとも叱《しか》らないで、恐い顔しないで、莞爾笑《にっこり》ってお見せの、それとかわらなかった。

そうだ。先生の怒ったのはそれに違いない。

「だって、虚言《うそ》をいっちゃあなりませんって、そういつでも先生はいう癖《くせ》になあ。ほんとうに僕、花の方がきれいだと思うもの。ね、母様《おっかさん》、あのお邸《やしき》の坊ちゃんの、青だの、紫だの交《まじ》った、着物より、花の方がうつくしいって、そういうのね。だもの、先生なんざ。」

「あれ、だってもね、そんなこと人の前でいうのではありません。お前と、母様のほかには、こんないいこと知ってるものはないのだから。分らない人にそんなこというと、怒られますよ。唯《ただ》、ねえ、そう思って居れば可《い》いのだから、いってはなりませんよ。可いかい。そして先生が腹を立ってお憎みだって、そういうけれど、何そんなことがありますものか。それは皆《みんな》お前がそう思うからで、あの、雀《すずめ》だって餌《え》を与《や》って、拾ってるのを見て、嬉しそうだと思えば嬉しそうだし、頬白がおじさんにさされた時悲しい声だと思って見れば、ひいひいいって鳴いたように聞《きこ》えたじゃないか。

それでも先生が恐い顔をしておいでなら、そんなものは見て居ないで、今お前がいった、そのうつくしい菊の花を見て居たら可いでしょう。ね、そして何かい、学校のお庭に咲いてるのかい。」

「ああ沢山《たくさん》。」

「じゃあその菊を見ようと思って学校へおいで。花はね、ものをいわないから耳に聞えないでも、そのかわり眼にはうつくしいよ。」

モひとつ不平なのはお天気の悪いことで、戸外《おもて》には、なかなか雨がやみそうにもない。

五

また顔を出して窓から川を見た。さっきは雨脚《あめあし》が繁《しげ》くって、宛然《まるで》、薄墨《うすずみ》で刷《は》いたよう、堤防《どて》だの、石垣だの、蛇籠《じゃかご》(18)だの、中洲《なかす》に草の生えた処《ところ》だのが、点々《ぽっちりぽっちり》、彼方此方《あちらこちら》に黒ずんで居て、それで湿っぽくって、暗かったから見えなかったが、少し晴れて来たから、ものの濡《ぬ》れたのが皆《みんな》見える。

遠くの方に堤防の下の石垣の中ほどに、置物のようになって、畏《かしこま》って、猿が居る。

この猿は、誰《たれ》が持主というのでもない。細引《ほそびき》の麻縄《あさなわ》で棒杭《ぼうぐい》に結《ゆわ》えつけてあるので、あの、湿地茸《しめじたけ》が、腰弁当の握飯《にぎりめし》を半分与《や》ったり、坊ちゃんだの、乳母《ばあや》だのが、袂《たもと》の菓子を分けて与ったり、紅《あか》い着物を着て居る、みいちゃんの紅雀《べにすずめ》だの、青い羽織を着て居る吉《きち》公の目白のだの、それからお邸のかなりやの姫様なんぞが、皆で、からかいに行っては、花を持たせる、手拭《てぬぐい》を被《かぶ》せる、水鉄砲を浴《あび》せるという、好きな玩弄物《おもちゃ》にして、その代《かわり》何でもたべるものを分けてやるので、誰といって、きまって世話をする、飼主《かいぬし》はないのだけれど、猿の餓《う》えることはありはしなかった。

時々悪戯《いたずら》をして、その紅雀の天窓《あたま》(19)の毛を挘《むし》ったり、かなりやを引掻《ひっか》いたりすることがあるので、あの猿松《さるまつ》(20)が居ては、うっかり可愛《かわい》らしい小鳥を手放《てばなし》にして戸外《おもて》へ出しては置けない、誰か見張ってでも居ないと、危険《けんのん》だからって、ちょいちょい縄を解《と》いて放して遣《や》ったことが幾度《いくど》もあった。

放すが疾《はや》いか、猿は方々《ほうぼう》を駈《かけ》ずり廻《まわ》って勝手放題な道楽をする。夜中に月が明《あかる》い時、寺の門を叩《たた》いたこともあったそうだし、人の庖厨《くりや》へ忍び込んで、鍋の大《おおき》いのと飯櫃《めしびつ》を大《おお》屋根《やね》へ持って、あがって、手摑《てづかみ》で食べたこともあったそうだし、ひらひらと青いなかから紅い切《きれ》のこぼれて居る、うつくしい鳥の袂を引張《ひっぱ》って、遥《はるか》に見える山を指《ゆびさ》して気絶さしたこともあったそうなり、私の覚えてからも一度誰かが、縄を切ってやったことがあった。その時はこの時雨榎《しぐれえのき》の枝の両股《りょうまた》になってる処に、仰向《あおむけ》に寝転んで居て、烏《からす》の脛《あし》を捕《つかま》えた。それから畚《びく》に入れてある、あのしめじ蕈《たけ》が釣った、沙魚《はぜ》をぶちまけて、散々悪《さんざわる》巫山戯《ふざけ》をした挙句《あげく》が、橋の詰《つめ》の浮世床《うきよどこ》(21)のおじさんに摑《つか》まって、額《ひたい》の毛を真四角《まっしかく》に鋏《はさ》まれた、それで堪忍《かんにん》をして追放《おっぱな》したんだそうだのに、夜が明けて見ると、また平時《いつも》の処に棒杭にちゃんと結えてあった。蛇籠の上の、石垣の中ほどで、上の堤防には柳の切株がある処。

またはじまった、この通りに猿をつかまえて此処《ここ》へ縛っとくのは誰だろう誰だろうッて一《ひと》しきり騒いだのを私は知って居る。

で、この猿には出処《しゅっしょ》がある。

それは母様《おっかさん》が御存じで、私にお話しなすった。

八九年前のこと、私がまだ母様のお腹《なか》ん中に小さくなって居た時分なんで、正月、春のはじめのことであった。

今は唯《ただ》広い世の中に母様と、やがて、私のものといったら、この番小屋《ばんごや》と仮橋《かりばし》の他にはないが、その時分《じぶん》はこの橋ほどのものは、邸の庭の中の一ツの眺望《ながめ》に過ぎないのであったそうで。今、市《まち》の人が春、夏、秋、冬、遊山《ゆさん》に来る、桜山も、桃谷《ももだに》も、あの梅林《ばいりん》も、菖蒲《あやめ》の池も皆父様《みんなおとっさん》ので、頬白《ほおじろ》だの、目白《めじろ》だの、山雀《やまがら》だのが、この窓から堤防の岸や、柳の下《もと》や、蛇籠の上に居るのが見える、その身体《からだ》の色ばかりがそれである、小鳥ではない、ほんとうの可愛らしい、うつくしいのがちょうどこんな工合《ぐあい》に朱塗《しゅぬり》の欄干《らんかん》のついた二階の窓から見えたそうで。今日はまだお言いでないが、こういう雨の降って淋《さみ》しい時なぞは、その時分《ころ》のことをいつでもいってお聞かせだ。(22)

六

今ではそんな楽しい、うつくしい、花園がないかわり、前に橋銭《はしせん》を受取《うけと》る笊《ざる》の置いてある、この小さな窓から風がわりな猪《いのしし》だの、希代《きたい》な蕈《きのこ》だの、不思議な猿だの、まだその他《た》に人の顔をした鳥だの、獣《けもの》だのが、いくらでも見えるから、ちっとは思出《おもいで》になるといっちゃあ、アノ笑顔《わらいがお》をおしなので、私もそう思って見る故《せい》か、人があるいて行く時、片足をあげた処《ところ》は一本脚の鳥のようでおもしろい。人の笑うのを見ると獣《けだもの》が大きな赤い口をあけたよと思っておもしろい。みいちゃんがものをいうと、おや小鳥が囀《さえず》るかとそう思っておかしいのだ。で、何でも、おもしろくッて、おかしくッて、吹出《ふきだ》さずには居られない。

だけれど今しがたも母様《おっかさん》がおいいの通り、こんないいことを知ってるのは、母様と私ばかりで、何《ど》うして、みいちゃんだの、吉公《きちこう》だの、それから学校の女の先生なんぞに教えたって分るものか。

　人に踏まれたり、蹴《り》られたり、後足《あとあし》で砂をかけられたり、苛《いじ》められて責《さいな》まれて、煮湯《にえゆ》を飲ませられて、砂を浴《あび》せられて、鞭《むち》うたれて、朝から晩まで泣通《なきとお》しで、咽喉《のど》がかれて、血を吐いて、消えてしまいそうになってる処を、人に高見《たかみ》で見物されて、おもしろがられて、笑われて、慰《なぐさみ》にされて、嬉しがられて、眼が血走って、髪が動いて、唇《くちびる》が破れた処で、口惜《くや》しい、口惜しい、口惜しい、口惜しい、畜生《ちくしょう》め、獣《けだもの》めと始終そう思って、五年も八年も経たなければ、真個《ほんとう》に分ることではない、覚えられることではないんだそうで、お亡《なくな》んなすった、父様《おとっさん》とこの母様とが聞いても身震《みぶるい》がするような、そういう酷《ひど》いめに、苦しい、痛い、苦しい、辛《つら》い、惨酷《ざんこく》なめに逢《あ》って、そうしてようようお分りになったのを、すっかり私に教えて下すったので。私はただ母《かあ》ちゃん母ちゃんてッて母様《おっかさん》の肩をつかまえたり、膝《ひざ》にのっかったり、針箱の引出《ひきだし》を交《ま》ぜかえしたり、物さしをまわして見たり、裁縫《おしごと》の衣服《きもの》を天窓《あたま》から被《かぶ》って見たり、叱《しか》られて遁げ出《だ》したりして居て、それでちゃんと教えて頂いて、それをば覚えて分ってから、何でも、鳥だの、獣だの、草だの、木だの、虫だの、蕈だのに人が見えるのだから、こんなおもしろい、結構なことはない。しかし私にこういういいことを教えて下すった母様は、とそう思う時は鬱《ふさ》ぎました。これはちっともおもしろくなくって悲しかった、勿体《もったい》ない、とそう思った。

だって母様《おっかさん》がおろそかに聞いてはなりません。私がそれほどの思《おもい》をしてようようお前に教えらるるようになったんだから、うかつに聞いて居ては罰《ばち》があたります。人間も、鳥獣《ちょうじゅう》も草木《そうもく》も、昆虫類《こんちゅうるい》も、皆形《みんな》こそ変《かわ》って居てもおんなじほどのものだということを。

とこうおっしゃるんだから。私はいつも手をついて聞きました。

で、はじめの内《うち》は何《ど》うしても人が、鳥や、獣《けだもの》とは思われないで、優しくされれば嬉しかった、叱られると恐かった、泣いてると可哀相《かわいそう》だった、そしていろんなことを思った。そのたびにそういって母様にきいて見ると何、皆鳥が囀《さえず》ってるんだの、犬が吠《ほ》えるんだの、あの、猿が歯を剝《む》くんだの、木が身ぶるいをするんだのとちっとも違ったことはないって、そうおっしゃるけれど、矢張《やっぱり》そうばかりは思われないで、いじめられて泣いたり、撫《な》でられて嬉しかったりしいしいしたのを、その都度《つど》母様に教えられて、今じゃあモウ何とも思って居ない。

そしてまだ如彼《ああ》濡《ぬ》れては寒いだろう、冷たいだろうと、さきのように雨に濡れてびしょびしょ行《ゆ》くのを見ると気の毒だったり、釣《つり》をして居る人がおもしろそうだと然《そ》う思ったりなんぞしたのが、この節《せつ》じゃもう、唯《ただ》、変な蕈《きのこ》だ、妙な猪《いのしし》だと、おかしいばかりである、おもしろいばかりである、つまらないばかりである、見ッともないばかりである、馬鹿馬鹿しいばかりである、それからみいちゃんのようなのは可愛《かわい》らしいのである、吉公のようなのはうつくしいのである、けれどもそれは紅雀《べにすずめ》がうつくしいのと、日白《めじろ》が可愛らしいのと些少《ちっと》も違いはせぬので、うつくしい、可愛らしい。うつくしい、可愛らしい。

七

また憎らしいのがある、腹立たしいのも他にあるけれども、それも一場合《ある》に猿が憎らしかったり、鳥が腹立たしかったりするのとかわりは無いので。詮《せん》ずれば皆おかしいばかり、矢張噴飯材料《やっぱりふきだすたね》なんで、別に取留《とりと》めたことがありはしなかった。

で、つまり情《じょう》を動かされて、悲《かなし》む、愁《うれ》うる、楽《たのし》む、喜ぶなどいうことは、時に因《よ》り場合に於《おい》ての母様《おっかさん》ばかりなので。余所《よそ》のものは何《ど》うであろうと些少《ちっと》も心には懸《か》けないようにまし日にそうなって来た。しかしこういう心になるまでには、私を教えるために、毎日、毎晩、見る者、聞くものについて、母様がどんなに苦労をなすって、丁寧《ていねい》に深切《しんせつ》に、飽《あ》かないで、熱心に、懇《ねんごろ》に噛《か》んで含めるようになすったかも知れはしない。だもの、何《ど》うして学校の先生をはじめ、余所のものが少々位《ぐらい》のことで、分るものか、誰だって分りゃしません。

処《ところ》が、母様《おっかさん》と私とのほか知らないことを、モ一人他に知ってるものがあるそうで、始終母様がいってお聞かせの、それは彼処《あすこ》に置物のように畏《かしこま》って居る、あの猿——あの猿の旧《もと》の飼主であった——老父《じい》さんの猿廻《さるまわし》だといいます。

さっき私がいった、猿に出処《しゅっしょ》があるというのはこのことで。

まだ私が母様のお腹に居た時分だッて、そういいましたっけ。

初卯《はつう》(23)の日、母様が腰元《こしもと》を二人連れて、市《まち》の卯辰《うたつ》の方《ほう》の天神様《てんじんさま》(24)へお参《まい》んなすって、晩方《ばんがた》帰って行《い》らっしゃった。ちょうど川向うの、いま猿の居る処で、堤防《どて》の上のあの柳の切株に腰をかけて猿のひかえ綱を握ったなり、俯向《うつむ》いて、小さくなって、肩で呼吸《いき》をして居たのがその猿廻のじいさんであった。

大方《おおかた》今の紅雀《べにすずめ》のその姉さんだの、頬白《ほおじろ》のその兄さんだのであったろうと思われる。男だの、女だの、七八人寄って、たかって、猿にからかって、きゃあきゃあいわせて、わあわあ笑って、手を拍《う》って、喝采《かっさい》して、おもしろがって、おかしがって、散々《さんざ》慰《なぐさ》んで、そら菓子をやるワ、蜜柑《みかん》を投げろ、餅《もち》をたべさすわって、皆《みんな》でどっさり猿に御馳走《ごちそう》をして、暗くなるとどやどやいっちまったんだ。で、じいさんをいたわってやったものは、唯《ただ》の一人《いちにん》もなかったといいます。

あわれだとお思いなすって、母様がお銭《あし》を恵んで、肩掛《ショオル》を着せておやんなすったら、じいさん涙を落《おと》して拝《おが》んで喜びましたって、そうして、

（ああ、奥様、私《わたくし》は獣《けだもの》になりとうございます。あいら、皆畜生《ちくしょう》で、この猿めが夥間《なかま》でございましょう。それで、手前達の同類にものをくわせながら、人間一疋《いっぴき》の私には目を懸《か》けぬのでござります。）とそういってあたりを睨《にら》んだ、恐らくこのじいさんなら分るであろう、いや、分るまでもない、人が獣であることをいわないでも知って居ようと、そういって、母様がお聞かせなすった。

うまいこと知ってるな、じいさん。じいさんと母様と私と三人だ。その時じいさんがそのまんまで控綱《ひかえづな》を其処《そこ》ン処《とこ》の棒杭《ぼうぐい》に縛りッ放しにして猿をうっちゃって行こうとしたので、供の女中が口を出して、何《ど》うするつもりだって聞いた。母様もまた傍《そば》からまあ棄《す》児《ご》にしては可哀相《かわいそう》でないかッて、お聞きなすったら、じいさんにやにやと笑ったそうで、

（はい、いえ、大丈夫でござります。人間をこうやっといたら、餓《う》えも凍えもしようけれど、獣でござりますから今に長い目で御覧《ごろう》じまし、此奴《こいつ》はもう決してひもじい目に

逢《あ》うことはございませぬから。)

とそういって、かさねがさね恩を謝《しゃ》して、分れて何処《どこ》へか行っちまいましたッて。果《はた》して猿は餓えないで居る。もう今では余程《よっぽど》の年紀《とし》であろう。すりゃ、猿のじいさんだ。道理で、功《こう》を経《へ》た、ものの分ったような、そして生《き》まじめで、けろりとした、妙な顔をして居るんだ。見える見える、雨の中にちょこなんと坐《すわ》って居るのが手に取るように窓から見えるワ。

八

朝晩見馴《みな》れて珍《めずら》しくもない猿だけれど、いまこんなこと考え出して、いろんなこと思って見ると、また殊《こと》にものなつかしい。あのおかしな顔早くいって見たいなと、そう思って、窓に手をついてのびあがって、ずっと肩まで出すと澈《しぶき》がかかって、眼のふちがひやりとして、冷たい風が頬《ほお》を撫《な》でた。

爾時仮橋《そのときかりばし》ががたがたいって、川面《かわづら》の小糠雨《こぬかあめ》を掬《すく》うように吹き乱すと、流《ながれ》が黒くなって颯《さっ》と出た。といっしょに向岸《むこうぎし》から橋を渡って来る、洋服を着た男がある。

橋板がまた、がッたりがッたりいって、次第に近づいて来る、鼠色《ねずみいろ》の洋服で、釦《ぼたん》をはずして、胸を開けて、けばけばしゅう襟飾《えりかざり》を出した、でっぷり紳士で、胸が小さくッて、下腹《したっぱら》の方が図《ず》ぬけにはずんでふくれた、脚の短い、靴の大きな、帽子の高い、顔の長い、鼻の赤い、それは寒いからだ。そして大跨《おおまた》に、その逞《たくまし》い靴を片足ずつ、やりちがえにあげちゃあ歩行《ある》いて来る。靴の裏の赤いのがぽっかり、ぽっかりと一ツずつ此方《こっち》から見えるけれど、自分じゃあ、その爪《つま》さきも分りはしまい。何でもあんなに腹のふくれた人は、臍《へそ》から下、膝《ひざ》から下は見たことがないのだとそういいます。あら！　あら！　短服《チョッキ》に靴を穿《は》いたものが転がって来るぜと、思って、じっと見て居ると、橋のまんなかあたりへ来て鼻目金《はなめがね》(25)をはずした、潵がかかって曇《くも》ったと見える。

で、衣兜《かくし》(26)から手巾《ハンケチ》を出して、拭《ふ》きにかかったが、蝙蝠傘《こうもりがさ》を片手に持って居たから手を空けようとして咽喉《のど》と肩のあいだへ柄《え》を挟《はさ》んで、うつむいて、珠《たま》を拭《ぬぐ》いかけた。

これは今までに幾度《いくたび》も私見たことのある人で、何でも小児《こども》の時は物見高《ものみだか》いから、そら、婆《ばあ》さんが転んだ、花が咲いた、といって五六人人《ひと》だかりのすることが眼の及ぶ処《ところ》にあれば、必ず立って見るが、何処《どこ》に因《よ》らず、場所は限らない。すべて五十人以上の人が集会したなかには必ずこの紳士の立交《たちまじ》って居ないということはなかった。

見る時にいつも傍《はた》の人《もの》を誰《たれ》か知《し》らつかまえて、尻上《しりあが》りの、すました調子で、何かものをいって居なかったことは殆《ほと》ど無い。それに人から聞いて居たことは嘗《かつ》てないので、いつでも自分で聞かせて居る。が、聞くものがなければ独《ひと》りで、むむ、ふむ、といったような、承知したようなことを独言《ひとりごと》のようでなく、聞かせるようにいってる人で。母様《おっかさん》も御存じで、彼《あれ》は博士ぶりというのであるとおっしゃった。

けれども鰤《ぶり》ではたしかにない、あの腹のふくれた様子といったら、宛然《まるで》、鮟鱇《あんこう》に肖《に》て居るので、私は蔭《かげ》じゃあ鮟鱇博士とそういいますワ。この間《あいだ》も学校へ参観に来たことがある。その時も今被《かむ》って居る、高い帽子を持って居たが、何だってまたあんな度《ど》はずれの帽子を着たがるんだろう。

だって、目金《めがね》を拭《ふ》こうとして、蝙蝠傘を頤《おとがい》で押えて、うつむいたと思うと、ほら、ほら、帽子が傾いて、重量《おもみ》で沈み出して、見てるうちにすっぽり、赤い鼻の上へ被《かぶ》さるんだもの。目金をはずした上へ帽子がかぶさって、眼が見えなくなったんだから驚いた、顔中《かおじゅう》帽子、唯《ただ》口ばかりが、その口を赤くあけて、あわてて、顔をふりあげて帽子を揺《ゆ》りあげようとしたから蝙蝠傘がばったり落ちた。落《おっ》こちると勢《いきおい》よく三《み》ツばかりくるくると舞った間に、鮟鱇博士は五《いつ》ツばかりおまわりをして、手をのばすと、ひょいと横なぐれに風を受けて、斜めに飛んで、遥《はる》か川下《かわしも》の方へ憎らしく落着いた風《ふう》でゆったりしてふわりと落ちると、忽《たちま》ち矢の如くに流れ出した。

博士は片手で目金を持って、片手を帽子にかけたまま、烈《はげ》しく、急に、殆ど数える隙《ひま》がないほど靴のうらで虚空《こくう》を踏んだ、橋ががたがたと動いて鳴った。

「母様《おっかさん》、母様、母様。」

と私は足ぶみした。

「あい。」としずかに、おいいなすったのが背後《うしろ》に聞《きこ》える。

窓から見たまま振向《ふりむ》きもしないで、急込《せきこ》んで、

「あらあら流れるよ。」

「鳥かい、獣《けだもの》かい。」と極めて平気でいらっしゃる。

「蝙蝠なの、傘《からかさ》なの、あら、もう見えなくなったい、ほら、ね、流れッちまいました。」

「蝙蝠ですと。」

「ああ、落ッことしたの、可哀相《かわいそう》に。」

と思わず歎息《たんそく》をして呟《つぶや》いた。

母様は笑《えみ》を含んだお声でもって、

「廉《れん》や、それはね、雨が晴れるしらせなんだよ。」

この時猿が動いた。

九

一廻《ひとまわり》くるりと環《わ》にまわって、前足をついて、棒杭《ぼうぐい》の上へ乗って、お天気を見るのであろう、仰向《あおむ》いて空を見た。晴れるといまに行くよ。

母様《おっかさん》は嘘《うそ》をおっしゃらない。

博士は頻《しきり》に指《ゆびさ》しして居たが、口が利けないらしかった。で、一散《いっさん》に駈《か》けて来て、黙って小屋の前を通ろうとする。

「おじさんおじさん。」

と厳しく呼んでやった。追懸《おいか》けて、

「橋銭《はしせん》を置いて去《い》らっしゃい、おじさん。」

とそういった。

「何だ！」

一通《ひととおり》の声ではない。さっきから口が利けないで、あのふくれた腹に一杯固くなるほど詰《つ》め込《こ》み詰め込みして置いた声を、紙鉄砲ぶつようにはじきだしたものらしい。

で、赤い鼻をうつむけて、額越《ひたいごし》に睨《にら》みつけた。

「何か。」と今度は鷹揚《おうよう》である。

私は返事をしませんかった。それは驚いたわけではない、恐かったわけではない。鮟《あん》鱇《こう》にしては少し顔がそぐわないから何にしよう、何に肖《に》て居るだろう、この赤い鼻の高いのに、さきの方が少し垂れさがって、上唇《うわくちびる》におっかぶさってる工合《ぐあい》といったらない、魚《うお》より獣《けもの》より寧《むし》ろ鳥の嘴《はし》によく肖て居る。雀《すずめ》か、山雀《やまがら》か、そうでもない。それでもないト考えて七面鳥《しちめんちょう》に思いあたった時、なまぬるい音調で、

「馬鹿め。」

といいすてにして、沈んで来る帽了をゆりあげて行こうとする。

「あなた。」とおっかさんが屹《きっ》とした声でおっしゃって、お膝《ひざ》の上の糸屑《いとくず》を、細い、白い、指のさきで二ツ三ツはじき落して、すっと出て窓の処《ところ》へお立ちなすった。

「渡をお置きなさらんではいけません。」（27）

「え、え、え。」

といったがじれったそうに、

「俺は何《なん》じゃが、うう、知らんのか。」

「誰です、あなたは。」と冷《ひや》やかで、私こんなのを聞くとすっきりする。眼のさきに見える気にくわないものに、水をぶっかけて、天窓《あたま》から洗っておやんなさるので、いつでもこうだ、極めていい。

鮟鱇は腹をぶくぶくさして、肩をゆすったが、衣兜《かくし》から名刺を出して、笊《ざる》のなかへまっすぐに恭《うやうや》しく置いて、

「こういうものじゃ、これじゃ、俺じゃ。」

といって肩書の処を指《ゆびさ》した、恐しくみじかい指で、黄金《きん》の指環《ゆびわ》の太いのをはめて居る。手にも取らないで、口のなかに低声《こごえ》におよみなすったのが、市内衛生会委員(28)、教育談話会幹事、生命保険会社社員(29)、一六会《いちろくかい》会長、美術奨励会理事、大野喜太郎《きたろう》。

「この方ですか。」

「うう。」といった時ふっくりした鼻のさきがふらふらして、手で、胸にかけた何だか徽章《きしょう》(30)をはじいたあとで、

「分ったかね。」

こんどはやさしい声でそういったまままた行きそうにする。

「いけません。お払《はらい》でなきゃアあとへお帰んなさい。」とおっしゃった。

先生妙な顔をしてぼんやり立ってたが少しむきになって、

「ええ、こ、細《こまか》いのがないんじゃから。」

「おつりを差上げましょう。」

おっかさんは帯のあいだへ手をお入れ遊ばした。

十

母様《おっかさん》はうそをおっしゃらない。博士が橋銭《はしせん》をおいて遁《に》げて行くと、しばらくして雨が晴れた。橋も蛇籠《じゃかご》も皆雨《みんな》にぬれて、黒くなって、あかるい日中《ひなか》へ出た。榎《えのき》の枝からは時々はらはらと雫《しずく》が落ちる。中流へ太陽《ひ》がさして、みつめて居るとまばゆいばかり。

「母様遊びに行こうや。(31)」

この時鋏《はさみ》をお取んなすって、

「ああ。」

「ねえ、出かけたって可《い》いの、晴れたんだもの。」

「可いけれど、廉《れん》や、お前またあんまりお猿にからかってはなりませんよ。そう可い塩梅《あんばい》にうつくしい羽の生えた姉さんが何時《いつ》でもいるんじゃありません。また落っこちらっしゃる。

ちょいと見向いて、清《すず》しい眼で御覧《ごらん》なすって、莞爾《にっこり》してお俯向《うつむ》きで、せっせと縫《ぬ》って在《い》ようもんなら。」

そう、そう！　そうだった。ほら、あの、いま頰《ほ》っぺたを掻《か》いて、むくむく濡《ぬ》れた毛からいきりをたてて日向《ひなた》ぼっこをして居る、憎らしいッたらない。

いまじゃあもう半年も経ったろう。暑さの取着《とっつき》の晩方頃《ばんがたごろ》で、いつものように遊びに行って、人が天窓《あたま》を撫《な》でてやったものを、業畜《ごうちく》、悪巫山戯《わるふざけ》をして、キッキッと歯を剝《む》いて、引掻《ひっか》きそうな剣幕《けんまく》をするから、吃驚《びっくり》して飛退《とびの》こうとすると、前足でつかまえた、放さないから力を入れて引張《ひっぱ》り合った奮《はず》みであった。左の袂《たもと》がびりびりと裂けて断《ちぎ》れて取れた、はずみをくって、踏占《ふみし》めた足がちょうど雨上《あめあが》りだったから、堪《たま》りはしない。石の上を辷《すべ》って、ずるずると川へ落ちた。わっといった顔へ一波《ひとなみ》かぶって、呼吸《いき》をひいて仰向《あおむ》けに沈んだから、面《めん》くらって立とうとすると、また倒れて、眼がくらんで、アッとまたいきをひいて、苦しいので手をもがいて身体《からだ》を動かすと唯《ただ》どぶんどぶんと沈んで行く。情《なさけ》ないと思ったら、内《うち》に母様《おっかさん》の坐《すわ》って在《い》らっしゃる姿が見えたので、また勢《いきお》づいたけれど、やっぱりどぶんどぶんと沈むから、何《ど》うするのかなと落着《おちつ》いて考えたように思う。それから何のことだろうと考えたようにも思われる。今に眼が覚めるのであろうと思ったようでもある、何だか茫乎《ぼんやり》したが俄《にわか》に水ん中だと思って叫ぼうとすると水をのんだ。もう駄目《だめ》だ。

もういかんとあきらめるトタンに胸が痛かった、それから悠々と水を吸った、するとうっとりして何だか分らなくなったと思うと、燬《ぱっ》と糸のような真赤《まっか》な光線がさして、一幅《ひとはば》あかるくなったなかにこの身体が包まれたので、ほっといきをつくと、山の端《は》が遠く見えて、私のからだは地《つち》を放《はな》れて、その頂《いただき》より上の処《ところ》に冷《つめた》いものに抱えられて居たようで、大きなうつくしい目が、濡髪《ぬれがみ》をかぶって私の頬《ほお》ん処へくっついたから、唯縋《ただすが》り着《つ》いてじっとして眼を眠った覚《おぼえ》がある。夢ではない。

やっぱり片袖なかったもの。そして川へ落《お》っこちて溺《おぼ》れそうだったのを救われたんだって、母様のお膝《ひざ》に抱かれて居て、その晩聞いたんだもの。

だから夢ではない。

一体助けて呉《く》れたのは誰ですッて、母様に問うた。私がものを聞いて、返事に躊躇《ちゅうちょ》をなすったのはこの時ばかりで、また、それは猪《いのしし》だとか、狼《おおかみ》だとか、狐《きつね》だとか、頬白《ほおじろ》だとか、山雀《やまがら》だとか、鮟鱇《あんこう》だとか、鯖《さば》だとか、蛆《うじ》だとか、毛虫だとか、草だとか、竹だとか、松蕈《まつたけ》だとか、湿地茸《しめじ》だとかおいいでなかったのもこの時ばかりで、そして顔の色をおかえなすったのもこの時ばかりで、それに小さな声でおっしゃったのもこの時ばかりだ。

そして母様はこうおいいであった。

(廉《れん》や、それはね、大きな五色《ごしき》の翼《はね》があって天上に遊んで居るうつくしい姉さんだよ。)

十一

(鳥なの、母様《おっかさん》。)とそういってその時私が聴いた。

これにも母様は少し口籠《くちごも》っておいでであったが、

(鳥じゃあないよ、翼《はね》の生えた美しい姉さんだよ。)

何《ど》うしても分らんかった。うるさくいったら、しまいにゃ、お前には分らない、とそうおいいであったのを、また推返《おしかえ》して聴いたら、やっぱり、

(翼《はね》の生えたうつくしい姉さんだってば。)

それで仕方がないからきくのはよして、見ようと思った。そのうつくしい翼のはえたもの見たくなって、何処《どこ》に居ます何処に居ますッて、せッついても、知らないと、そう

いってばかりおいでであったが、毎日毎日あまりしつこかったもんだから、とうとう余《よ》儀《ぎ》なさそうなお顔色《かおつき》で、

(鳥屋の前にでもいって見て来るが可《い》い。)

そんならわけはない。

小屋を出て二町《ちょう》(32)ばかり行くと、直《す》ぐ坂があって、坂の下口《おりくち》に一軒鳥屋があるので、樹《こ》蔭《かげ》も何にもない、お天気のいい時あかるいあかるい小さな店で、町家《まちや》の軒《のき》ならびにあった。鸚鵡《おうむ》なんざ、くるッとした、露《つゆ》のたりそうな、小さな眼で、あれで瞳《ひとみ》が動きますよ。毎日毎日行っちゃあ立って居たので、しまいにゃあ見《み》知顔《しりがお》で私の顔を見て頷《うなず》くようでしたっけ、でもそれじゃあない。

駒《こま》鳥はね、丈《たけ》の高い、籠《かご》ん中を下から上へ飛んで、すがって、ひょいと逆《さかさ》に腹を見せて熟柿《じゅくし》の落《おっ》こちるようにぼたりとおりて、餌《え》をつついて、私をばかまいつけない、ちっとも気に懸《か》けてくれようとはしなかった、それでもない。皆《みんな》違ってる。翼の生えたうつくしい姉さんは居ないのッて、一所《いっしょ》に立った人をつかまえちゃあ、聞いたけれど、笑うものやら、嘲《あざ》けるものやら、聞かないふりをするものやら、つまらないとけなすものやら、馬鹿だというものやら、番小屋《ばんごや》の媽々《かか》(33)に似て此奴《こいつ》も何《ど》うかして居らあ、というもの

やら。皆獣《けだもの》だ。

（翼《はね》の生えたうつくしい姉さんは居ないの。）ッて聞いた時、莞爾《にっこり》笑って両方から左右の手でおうように私の天窓《あたま》を撫《な》でて行った、それは一様《いちよう》に緋羅紗《ひらしゃ》のずぼん(34)を穿《は》いた二人の騎兵で——聞いた時——莞爾笑って、両方から左右の手で、おうように私の天窓をなでて、そして手を引《ひき》あって黙って坂をのぼって行った。長靴の音がぽっくりして、銀の剣の長いのがまっすぐに二ツならんで輝いて見えた。そればかりで、あとは皆馬鹿にした。


五日ばかり学校から帰っちゃあその足で鳥屋の店へ行って、じっと立って、奥の方の暗い棚ん中で、コトコトと音をさして居るその鳥まで見覚えたけれど、翼の生えた姉さんは居ないので、ぼんやりして、ぼッとして、ほんとうに少し馬鹿になったような気がしいしい、日が暮れると帰り帰りした。で、とても(35)鳥屋には居ないものとあきらめたが、何うしても見たくッてならないので、また母様《おっかさん》にねだって聞いた。何処に居るの、翼の生えたうつくしい人は何処に居るのッて。何とおいいでも肯分《ききわ》けないものだから母様が、

（それでは林へでも、裏の田圃《たんぼ》へでも行って、見ておいで。何故《なぜ》ッて、天上に遊んで

居るんだから、籠の中に居ないのかも知れないよ。）

それから私、あの、梅林《ばいりん》のある処《ところ》に参りました。

あの桜山と、桃谷《ももだに》と、菖蒲《あやめ》の池とある処で。

しかし、それは唯《ただ》青葉ばかりで、菖蒲の短いのがむらがってて、水の色の黒い時分、此処《ここ》へも二日、三日続けて行きましたっけ、小鳥は見つからなかった。烏《からす》が沢山《たんと》居た。あれが、かあかあ鳴いて一《ひと》しきりして静まるとその姿の見えなくなるのは、大方《おおかた》その翼で、日の光をかくしてしまうのでしょう。大きな翼だ、まことに大《おお》きい翼《つばさ》だ、けれどもそれではない。

十二

日が暮れかかると、彼方《あっち》に一《ひと》ならび、此方《こっち》に一ならび、横縦《よこたて》になって、梅の樹が飛々《とびとび》に暗くなる。枝々のなかの水田《みずだ》の水がどんよりして淀《よど》んで居るのに際立《きわだ》って真白《まっしろ》に見えるのは鷺《さぎ》だった、二羽一処《ひとところ》に、ト三羽一処に、ト居て、そして一羽が六尺《しゃく》ばかり空へ斜《なな》めに足から糸のように水を引いて立ってあがったが音がなかった、それでもない。

蛙《かわず》が一斉に鳴きはじめる。森が暗くなって、山が見えなくなった。

宵月《よいづき》の頃だったのに、曇ってたので、星も見えないで、陰々《いんいん》として一面にものの色が灰のようにうるんでいた、蛙がしきりになく。

仰いで高い処《ところ》に、朱《しゅ》の欄干《らんかん》のついた窓があって、そこが母様《おっかさん》のうちだったと聞く。仰いで高い処に、朱の欄干のついた窓があって、そこから顔を出す、その顔が自分の顔であったんだろうにトそう思いながら破れた垣《かき》の穴ん処《とこ》に腰をかけてぼんやりして居た。

いつでもあの翼《はね》の生えたうつくしい人をたずねあぐむ、その昼のうち精神の疲労《つかれ》ないうちは可《い》いんだけれど、度《ど》が過ぎて、そんなに晩《おそ》くなると、いつも、こう滅入《めい》ってしまって、何だか、人に離れたような、世間に遠ざかったような気がするので、心細くもあり、裏悲《うらがな》しくもあり、覚束《おぼつか》ないようでもあり、恐《おそろ》しいようでもある。嫌な心持《こころもち》だ、嫌な心持だ。

早く帰ろうとしたけれど、気が重くなって、その癖《くせ》神経は鋭くなって、それで居てひとりでにあくびが出た。あれ！

赤い口をあいたんだなと、自分でそうおもって、吃驚《びっくり》した。

ぼんやりした梅の枝が手をのばして立ってるようだ。あたりを眴《みまわ》すと真暗《まっくら》で、遠くの方で、ほう、ほうッて、呼ぶのは何だろう。冴えた通る声で野末《のずえ》を押《おし》ひろげるように、鳴く、トントントントントンと谺《こだま》にあたるような響きが遠くから来るように聞《きこ》える鳥の声は、梟《ふくろう》であった。

一ツでない。

二ツも三ツも。私に何を談《はな》すのだろう、私に何を話すのだろう。鳥がものをいうと慄然《ぞっ》として身の毛が弥立《よだ》った。

ほんとうにその晩ほど恐かったことはない。

蛙《かわず》の声がますます高くなる、これはまた仰山《ぎょうさん》な、何百、何《と》うして幾千と居て鳴いてるので、幾千の蛙が一ツ一ツ眼があって、口があって、足があって、身体《からだ》があって、水ン中に居て、そして声を出すのだ。一ツ一ツ、トわなないた。寒くなった。風が少し出て、樹がゆっさり動いた。

蛙の声がますます高くなる。居ても立ってもいられなくッて、そっと動き出した。身体が何うにかなってるようで、すっと立ち切れないで踞《つくば》った。裙《すそ》が足にくるまって、帯が少し弛《ゆる》んで、胸があいて、うつむいたまま天窓《あたま》がすわった。ものがぼんやり見える。

見えるのは眼だトまたふるえた。

ふるえながら、そっと、大事に、内証《ないしょう》で、手首をすくめて、自分の身体を見ようと思って、左右へ袖をひらいた時、もう、思わずキャッと叫んだ。だって私が鳥のように見えたんですもの。何んなに恐かったろう。

この時、背後《うしろ》から母様がしっかり抱いて下さらなかったら、私どうしたんだか知れません。それはおそくなったから見に来て下すったんで、泣くことさえ出来なかったのが、「母様《おっかさん》！」といって離れまいと思って、しっかり、しっかり、しっかり襟《えり》ん処《とこ》へかじりついて仰向《あおむ》いてお顔を見た時、フット気が着いた。

何うもそうらしい、翼《はね》の生えたうつくしい人は何うも母様であるらしい。もう鳥屋には、行くまい。わけてもこの恐しい処へと、その後《のち》ふっつり。

しかし何うしても何う見ても、母様にうつくしい五色《ごしき》の翼が生えちゃあ居ないから、またそうではなく、他にそんな人が居るのかも知れない、何うしても判然《はっきり》しないで疑われる。

雨も晴れたり、ちょうど石原も辷《すべ》るだろう。母様はああおっしゃるけれど、故《わざ》とあの猿にぶつかって、また川へ落ちて見ようか不知《しら》。そうすりゃまた引上げて下さるだろう。見たいな！　羽の生えたうつくしい姉さん。だけれども、まあ、可《い》い。母様が在《い》らっしゃるから、母様が在らっしゃったから。

清心庵
   せい しん あん

一

米と塩とは尼君《あまぎみ》が市《まち》に出《い》で行《ゆ》きたまふとて、庵《いおり》に残したまひたれば、摩耶《まや》も予《よ》も餓《う》うることなかるべし。固《もと》より山中《さんちゅう》の孤家《ひとつや》(1)なり。甘きものも酢《す》きものも摩耶は欲しからずといふ、予もまた同じきなり。

柄《え》長《なが》く椎《しい》の葉ばかりなる(2)、小《ちい》さき鎌《かま》を腰にしつ。籠《かご》をば糸つけて肩に懸《か》け、袷《あわせ》(3)短《みじか》に草履《ぞうり》穿《は》きたり。かくてわれ庵を出でしは、午《ご》の時(4)過ぐる比《ころ》なりき。

麓《ふもと》に遠き市人《いちびと》は東雲《しののめ》よりする(5)もあり。まだ夜明けざるに来《きた》るあり。芝茸《しばたけ》(6)、松茸《まつだけ》、しめぢ、松露《しょうろ》(7)など、小笹《おざさ》の蔭《かげ》、芝の中、雑木《ぞうき》の奥、谷間《たにあい》に、いと多き山なれど、狩る人の数もまた多し。

昨日一昨日《おとどい》雨降りて、山の地湿りたれば、茸《きのこ》の獲物然《さ》こそとて、朝霧《あさぎり》の晴れもあへぬに、人影《ひとかげ》山に入乱《いりみだ》れつ。いまはハヤ朽葉《くちば》の下をもあさりたらむ。五七人、三五人、出盛《でさか》りたるが断続《だんぞく》して、群れては坂を帰りゆくに、いかにわれ山の庵に馴《な》れて、あたりの地《ち》味《み》にくはしとて、何ほどのものか獲《え》らるべき。

米と塩とは貯へたり。筧《かけい》(8)の水はいと清ければ、たとひ木の実一個《ひとつ》獲ずもあれ、摩耶も予も餓うることなかるべく、甘きものも酢きものも渠《かれ》はたえて欲しからずといふ。

されば予が茸狩《たけ》らむとて来《きた》りしも、毒なき味《あじわい》の甘きを獲て、煮て食《くら》はむとするにはあらず。姿のおもしろき、色のうつくしきを取りて帰りて、見せて楽《たのし》ませむと思ひしのみ。

「爺《じい》や、この茸は毒なんか。」

「え、お前様、其奴《そいつ》あ、うつかりしようもんなら殺《や》られますぜ。紅茸《べにたけ》(9)といつてね、見ると綺麗《きれい》でさ。それ、表《おもて》は紅《べに》を流したやうで、裏はハア真门《まつしろ》で、茸《きのこ》の中ぢやあ一番うつくしいんだけんど、食べられましねえ(10)。あぶれた手合《てあい》が欲しさうに見ちやあ指をくはへる奴でね、そいつばツかりや塩を浴びせたつて埒明《らちあ》(11)きませぬぢや、おツぽり出してしまはつせえよ。はい、」

といひかけて、行かむとしたる、山番の爺《じじ》はわれらが庵を五六町《ちょう》(12)隔てたる山寺の下に、小屋かけて唯《ただ》一人住みたるなり。

風吹けば倒れ、雨露《うろ》に朽《く》ちて、卒堵婆《そとば》は絶えてあらざれど、傾きたるまゝ、苔《こけ》蒸すまゝに、共有地の墓いまなほ残りて、松の蔭《かげ》の処々《ところどころ》に数多く、春夏冬は人もこそ訪《と》はね、盂《う》蘭盆《らぼん》(13)にはさすがに詣《もう》で来る縁者もあるを、いやが上に荒れ果てさして、霊地の跡を空《むな》しうせじとて、心ある市《まち》の者より、田畑少し附属《ふぞく》して養ひ置く、山番の爺は顔丸《まろ》く、色煤《すす》びて、眼《まなこ》は窪《くぼ》み、鼻円《まろ》く、眉《まゆ》は白くなりて針金の如きが五六本短く生《お》ひたり。継《つぎ》はぎの股引膝《ももひきひざ》までして、毛脛《けずね》細く瘠《や》せたれども、健《すこや》かに、谷を攀《よ》ぢ、峰にのぼり、森の中をくゞりなどして、杖《つえ》をもつかで見めぐるにぞ、盗人《ぬすびと》の来て林に潜《ひそ》むことなく、わが庵も安らかに、摩耶も頼母《たのも》しく思ふにこそ、われも懐《なつか》しと思ひたり。

「食べやしないんだよ。爺《じい》や、唯玩弄《おもちゃ》にするんだから。」

「それならば可《よ》うごすが。」

爺は手桶《ておけ》を提《ひっさ》げ居たり。

「何でもかうその水ン中へうつして見るとの、はつきりと影の映る奴は食べられますで、茸の影がぼんやりするのは毒がありますぢや。覚えて置かつしやい。」

まめだちて(14)いふ。頷《うなず》きながら、

「一杯呑《の》ましておくれな。咽喉《のど》が渇いて、しやうがないんだから。」

「さあ〳〵、いまお寺から汲《く》んで来たお初穂《はつほ》(15)だ、あがんなさい。」

掬《むす》ばむとして(16)猶予《ため》らひぬ。

「柄杓《ひしゃく》がないな、爺や、お前ン処《とこ》まで一所《いっしょ》に行かう。」

「何が、仏様へお茶を煮てあげるんだけんど、お前様のきれいなお手だ。ようごす、つツこんで呑まつしやいさ。」

俯向《うつむ》きざま掌《たなそこ》に掬《すく》ひてのみぬ。清涼掬《せいりょうきく》すべし、(17)この水の味はわれ心得たり。遊山《ゆさん》の折々彼《か》の山寺の井戸の水試みたるに、わが家のそれと異《ことな》らずよく似たり。実《げ》によき水ぞ、市中《まちなか》にはまた類《たぐい》あらじと亡き母のたまひき。いまこれをはじめならず、われもまたしば〱くらべ見つ。摩耶と二人いま住まへる尼君の庵なる筧《かけい》の水もその味《あじわい》これと異るなし。悪熱《あくねつ》のあらむ時三ツの水のいづれをか掬《むす》ばんに、(18)わが心地《ここち》いかならむ。忘るゝばかりのみはてたり。

「うんや遠慮さつしやるな、水だ。ほい、強《し》ひるにも当らぬかの。おゝ、それからいまのさき、私《わし》が田圃《たんぼ》から帰りがけに、うつくしい女衆《おんなしゅう》が、二人づれ、丁稚《でっち》(19)が一人、若い衆が三人で、駕籠《かご》を舁《か》いてぞろ〱とやつて来をつた。や、それが空駕籠《からかご》ぢやつたわ。もし〱、清心様《せいしんさま》(20)とおつしやる尼様のお寺はどちらへ、と問ひくさる。はあ、それならと手を取るやうに教へてやつけが、お前様用でもないかの。いゝ加減に遊ばつしやつたら、迷児《まいご》にならずに帰《けえ》らつしやいよ、奥様が待つてござらうに。」

と語りもあへず歩み去りぬ。摩耶が身に事なきか。

二

まひ茸《だけ》(21)はその形細き珊瑚《さんご》の枝に似たり。軸《じく》白くして薄紅《うすべに》の色さしたると、樺色《かばいろ》(22)なると、また黄なると、三《み》ツ五《いつ》ツはあらむ、芝茸《しばたけ》はわれ取つて捨てぬ。最も数多く獲《え》たるは紅茸《べにたけ》なり。

こは山蔭《やまかげ》の土の色鼠《ねずみ》に、朽葉《くちば》黒かりし小《お》暗《ぐら》きなかに、まはり一抱《ひとかかえ》もありたらむ榎《えのき》(23)の株を取巻《とりま》きて濡色《ぬれいろ》の紅《くれない》したゝるばかり塵《ちり》も留《と》めず地《つち》に敷きて生《お》ひたるなりき。一ツづゝそのなかばを取りしに思ひがけず真《ま》黒《くろ》なる蛇《へび》の小さきが紫の蜘蛛《くも》追《お》ひ駈《か》けて、縦横《たてよこ》に走りたれば、見るからに毒々しく、あまれるは残して留《や》みぬ。

松の根に踞《つくば》ひて、籠《かご》のなかさしのぞく。この茸《きのこ》の数も、誰《た》がためにか獲たる、あはれ摩耶は市《いち》に帰るべし。

山番の爺《じじ》がいひたる如く駕籠《かご》は来て、われよりさきに庵《いおり》の枝《し》折戸《おりど》(24)にひたと立てられたり。壮佼《わかもの》居て一人は棒に頤《おとがい》つき、他《た》は下に居て煙草《たばこ》のみつ。内《うち》にはうらわかきと、冴えたると、しめやかなる女の声して、摩耶のものいふは聞《きこ》えざりしが、いかでわれ入《はい》らるべき。人に顔見するがもの憂《う》ければこそ、摩耶も予《よ》もこの庵には籠《こも》りたれ。面合《おもてあわ》すに憚《はばか》りたれば、ソと物の蔭になりつ。故《ことさ》らに隔《へだ》りたれば竊《ぬす》み聴《き》かむよしもあらざれど、渠等《かれら》空駕籠《からかご》は持て来たり、大方《おおかた》は家よりして迎《むかい》に来《きた》りしものならむを、手を空《むな》しうして帰るべしや。

一同が庵を去らむ時、摩耶もまた去らでやある、もの食はでもわれは餓《う》ゑまじきを、か丶るもの何かせむ。

打《うち》こぼし投げ払ひし籠の底に残りたる、唯《ただ》一ツありし初茸《はつたけ》(25)の、手の触れしあとの錆つきて(26)斑《まだ》らに緑晶《ろくしょう》(27)の色染《し》みしさへあぢきなく、手に取りて見つゝ、われ俯向《うつむ》きぬ。

顔の色も沈みけむ、日もハヤたそがれたり。濃かりし蒼空《あおぞら》も淡《あわ》くなりぬ。山の端《は》に白き雲起りて、練衣《ねりぎぬ》(28)の如き艶《つやや》かなる月の影さし初《そ》めしが、刷《は》いたるやう広がりて、墨《すみ》の色せる巓《いただき》と連《つらな》りたり。山はいまだ暮《くれ》ならず。夕日の余波《なごり》あるあたり、薄紫の雲も見ゆ。そよとばかり風立つまゝに、むら薄《すすき》の穂《ほ》打靡《うちなび》きて、肩のあたりに秋ぞ染むなる。さきには汗《あせ》出でて咽喉《のんど》渇くに、爺にもとめて山の井の水飲みたりし、その冷《ひやや》かさおもひ出でつ。さる時の我といまの我と、月を隔つる思ひあり。青き袷《あわせ》に黒き帯して瘠《や》せたるわが姿つく〴〵と眴《みまわ》しながら寂しき山に腰掛けたる、何人《なにびと》もかゝる状《さま》は、やがて皆孤児《みなしご》になるべき兆《きざし》なり。

小笹《おざさ》ざわ〳〵と音したれば、ふと頭《かしら》を擡《もた》げて見ぬ。や、光の増し来《きた》れる半輪《はんりん》の月を背に、黒き姿して薪《たきぎ》をば小脇にかゝへ、崖《がけ》よりぬッくと出でて、薄原《すすきはら》に顕《あらわ》れしは、またぬぐりあひたるよ、彼《か》の山番の爺なりき。

「まだ帰らつしやらねえの。お、、薄ら寒くなりをつた。」

と呟《つぶや》くが如くにいひて、かゝる時、かゝる出会《であい》の度々《たびたび》なれば、故《わざ》とには近寄らで離れたるまゝに横ぎりて爺は去りたり。

「千《せん》ちゃん。」

「え。」

予は驚きて顧《みかえ》りぬ。振返《ふりかえ》れば女居たり。

「こんな処《ところ》に一人で居るの。」

といひかけてまづ微笑《ほほえ》みぬ。年紀《とし》は三十《みそじ》に近かるべし、色白く妍《かおよ》き女の、目の働き活々《いきいき》して風采《とりなり》の侠《きゃん》なるが(29)、扱帯《しごき》(30)きりゝと裳《もすそ》を深く(31)、凛々《りり》しげなる扮装《いでたち》しつ。中《なか》ざし(32)キラ〳〵とさし込みつゝ、円髷《まるまげ》(33)の艶《つや》かなる、旧《もと》わが居たる町に住みて、亡き母上とも往来《ゆきき》しき。年紀少《わか》くて孀《やもめ》(34)になりしが、摩耶の家に奉公するよし、予も予《かね》て見知りたり。

目を見合せてさしむかひつ。予は何事もなく頷《うなず》きぬ。

女はぢつと予を瞻《みまも》りしが、急にまた打笑《うちわら》へり。

「何《ど》うもこれぢやあ密通《まおとこ》をしようといふ顔ぢやあないね。」

「何をいふんだ。」

「何をもないもんですよ。千ちやん！　お前様《まえさん》は。」

いひかけて渠《かれ》はや丶真顔《まがお》になりぬ。

「一体お前様まあ、何うしたといふんですね、驚いたぢやアありませんか。」

「何をいふんだ。」

「あれ、また何をだやアありませんよ。盗人《ぬすびと》を捕へて見ればわが児《こ》なりか、内《うち》の御新《ごしん》造様《ぞさま》(35)のい丶人は、お目に懸《かか》るとお前様だもの。驚くぢあアありませんか。え、千ちやん、まあ何でも可《い》いから、お前様ひとつ何とかいつて、内の御新造様を返して下さい。裏《うら》店《だな》(36)の嬶々《かか》(37)が飛出《とびだ》したつて、お附合《つきあい》五丶六軒は、おや、とばかりで騒ぐわねえ。千ちやん、何だつてお前様、殿様のお城か、内《うち》のお邸《やしき》かといふ家の若御新造が、この間《あいだ》の御遊山《ごゆさん》かち、直《す》ぐに何処《どこ》へ行らつしやつたかお帰りがない、お行方《ゆくえ》が知れないといふのぢやアありませんか。

ぱツとしたら国中の騒動になりますわ。お出入《でいり》(39)が八方《はっぽう》へ飛出すばかりでも、二千や三千の提灯《ちょうちん》は駈《か》けまはらうといふもんです。まあ察しても御覧《ごらん》なさい。これが下々《したじた》のものならばさ、片膚脱《かたはだぬぎ》の出刃庖丁《でばぼうちょう》の向《むこ》う鸍巻《はちまき》か何《なん》かで、阿魔《あま》！とばかりで飛出す訳《わけ》ぢやアあるんだけれど、何しろねえ、御身分が御身分だから、実は大きな声を出すことも出来ないで、旦那様《だんなさま》は、蒼《あお》くなつて在《い》らつしやるんだわ。

今朝のこツたね、不断一八《ふだんいっぱち》(40)に茶の湯のお合手《あいて》に入《い》らつしやつた、山のお前様、尼様の、清心様がね、あの方はね、平時《いつも》はお前様、八十にもなつて居てさ、山から下駄穿《げたばき》でしやん〳〵と下りて入らつしやるのに、不思議と草鞋穿《わらじばき》で、饅頭笠《まんじゅうがさ》(41)か何かで遣《や》つて見えてさ、まあ、斯《こ》うだわ。

(御宅の御新造様は、私《わし》ン処《とこ》に居ますで案じさつしやるな、したがな、また旧《もと》なりにお前の処へは来ないからさう思はつしやいよ。)

と好《すき》なことをいつて、草鞋も脱がないで、さつ〳〵去《い》つておしまひなすつたぢやないか。

さあ騒ぐまいか。彼方此方《あっちこち》聞きあはせると、あの尼様はこの四五日《しごんち》前から方々《ほうぼう》の帰依者《きえしゃ》ン家《とこ》をずつと廻《まわ》つて、一々、

（私は些少《ちつと》思ひ立つことがあつて行脚《あんぎや》に出ます。しばらく逢《あ》はぬでお暇乞《いとまごい》ぢや。そして言つて置くが、皆の衆決して私が留守へ行つて、戸をあけることはなりませぬぞ。）と、さういつておあるきなすツたさうさね、そして肝心《かんじん》のお邸《やしき》を、一番あとまはしだらうぢやあないかえ、これも酷《ひど》いわね。」

三

「うつちやつちやめ置かれない、いえ、置かれない処《どころ》ぢやあない。直《す》ぐお迎ひをといふので、お前様《まえさん》、日那に伺《うかが》ふとまあ何《ど》うだらう。御遊山《ごゆさん》を遊ばした時のお伴《とも》のなかに、内々清心庵《ないないあまでら》に在《い》らつしやることを突留《つきと》めて、知つたものがあつて、先《せん》にもう旦那様に申しあげて、あら立ててはお家の瑕瑾《かきん》(42)といふので、そつとこれまでにお使《つかい》が何遍《なんべん》も立つたといふぢやアありませんか。

御新造様は何といつても平気でお帰り遊ばさないといふんだもの。え丶！　飛《と》んでもない。何とおつしやつたつて引張《ひつぱ》つてお連れ申しませうとさ、私とお仲《なか》さんといふのが二人で、男衆《おとこしゆう》を連れてお駕籠《かご》を持つてさ、えツちらおツちらお山へ来たといふもんです。尋《たず》ねあてて、尼様《あまさん》の家《とこ》へ行つて、お頼み申します、とやると、お前様。

（誰方《どなた》、）

とおつしやつて、あの薄暗いなかにさ、胸の処から少し上をお出し遊ばして、真白《まつしろ》な細いお手の指が五本衝立《ついたて》の縁《ふち》へか丶つたのが、はツきり見えたわ、御新造様だあね。お髪《ぐし》がちいつと乱れてさ、藤色《ふじいろ》の袷《あわせ》で、ありやしかも千ちやん、この間《あいだ》お出かけになる時に私が後《うしろ》からお懸《か》け申したお召《めし》だらうぢやアありませんか。凄《すご》かつたわ。おやといつて皆《みんな》後じさりをしましたよ。

驚きましたね、そりや旧《もと》のことをいへば、何だけれど、第一お前様、うちの御新造様とおつしやる方がさ、頼みます、誰方といふことを、この五六年ぢやあ、もう忘れておしまひ遊ばしただらうと思つたもの。

誰だぢやあございません。さて、あなたは、と開き直つていふことになると、

（また、迎《むか》かい。）

といつて、笑つて在《い》らつしやるといふもんです。いえまたも何も、滅相《めつそう》な。

（皆《みんな》御苦労ね。だけれど私《わたし》あまだ帰らないから、かまはないでおくれ。些少《ちつと》やすんだらお帰りだとい丶。お湯でもあげるんだけれど、それよりか庭のね、筧《かけい》の水が大層《たいそう》大層おいしいよ。）

なんて澄《すま》して在らつしやるんだもの。何だか私たちあ余《あんま》りな御様子に呆《あき》れツちまつて、茫乎《ぼんやり》したの、こりやまあ魅《つま》れて(43)でも居ないか不知《しら》と思つた位《くらい》だわ。

いきなり後《うしろ》からお背《せな》を推《お》して、お手を引張《ひっぱ》つてといふわけにもゆかないのでね、まあ、御《ご》挨拶《あいさつ》半分に、お邸《やしき》はアノ通り、御身分は申すまでもございません。お実家《さと》には親御様お両方《ふたかた》ともお達者なり、姑御《しゅうとご》(44)と申すはなし、小姑一人《こじゅうといちにん》ございますか。旦那様は御存じでもございませう。さうかといつて御気分がお悪いでもなく、何が御不足で、尼になんぞならうと思《おぼ》し召すのでございますと、お仲さんと二人両方から申しますとね。御新造様が、

(い丶え、私は尼になんぞなりはしないから。)

(へえ、それではまた何《ど》う遊ばしてこんな処に、)

(ちつと用があつて、)

とおつしやるから、何ういふ御用でツて、まあ聞きました。

(そんなことといはれるのがうるさいから此処《ここ》に居るんだもの。可《い》いから、お帰り。)

とこんな御様子なの。だつて、それぢやあ困るわね。帰るも帰らないもありやあしないわ。

ぢやあまあそれは断《た》つてお聞き申しませんまでも、一体此家《ここ》にはお一人でございますかつて聞くと、

(二人。)と恁《こ》うおつしやつた。

さあ、黙つちやあ居られやしない。

かう〳〵いふわけですから、尼様と御一所《ごいっしょ》ではなからうし、誰方とお二人でといふとね、

(可愛《かわい》い児《こ》とさ、)とお笑ひなすつた。

うむ、こりや仔細《しさい》のないこつた。(45) 華族《かぞく》(46)様《さま》の御台様《みだいさま》(47)を世話(48)でお暮し遊ばすといふ御身分で、考へて見りやお名もまや様で、夫人といふのが奥様のことだといつて見れば、何のことはない、大倭文庫《やまとぶんこ》の、御台様さね。(49) つまり苦労のない摩耶夫人《まやぶにん》様だから、大方《おおかた》洒落《しやれ》に、ちよいと雪山《せっせん》のといふ処をやつて、(50) 御覧《ごらん》遊ばすのであらう。凝《こ》つたお道楽だ。とまあ思つちやあ見たものの、千ちやん、常々《つねづね》の御気象《ごきしょう》が、そんなんぢやあおあんなさらない……でせう。

可愛い児とおつしやるから、何ぞ尼寺でお気に入つた、かなりやでもお見付け遊ばしたのか不知《しら》なんと思つてさ、うかゞつて驚いたのは、千ちやんお前様のことぢやあない

かね。

（いつでもうはさをして居たからお前たちも知つておいでだらう。蘭《らん》や、お前が御存じの。）

とおつしやつたのが、何と十八になる男だもの、お仲さんが吃驚《びつくり》しようぢやあないか。千ちやん、私も久しく逢《あ》はないで、きのふけふのお前様は知らないから――千ちやん、――む、、お妙《たえ》さんの児の千ちやん、なるほど可愛い児だと実をいへば、はじめは私もそれならばと思つたがね、考へて見ると、お前様、いつまで九《ここの》ツや十《とお》で居るものか。もう十八だとさう思つて驚いたよ。

何の事はない、密通《まおとこ》だね。

いくら思案をしたつて御新造様は人の女房さ。そりやいくら邸の御新造様だつて、何だつて矢張《やつぱり》女房だもの。女房がさ、千ちやん、たとひ千ちやんだつて何だつて、男と二人で隠れて居りや、何のことはない、怒つちやあいけませんよ、矢張何さ。

途方《とほう》もない、乱暴な小僧《こぞ》ツ児《こ》の癖《くせ》に、失礼な、末恐《すえおそろ》しい、見下げ果てた、何の生意気なことをいつたつて私が家《とこ》に今でもある、アノ籐《とう》で編んだ茶台《ちやだい》は何うだい、嬰児《ねんねえ》が這《は》つてあるいて玩弄《おもちや》にして、チユツ〳〵噛《か》んで吸つた歯形がついて残ツてら。叱《しか》り倒してと、まあ、怒つちやあ嫌よ。」

四

「それが何も、御新造様《ごしんぞさま》さへ素直に帰るといつて下さりや、何でもないことだけれど、何《ど》うしても帰らないとおつしやるんだもの。

お帰り遊ばさないたつて、それで済むわけのものぢやあございません。一体何う遊ばす思召《おぼしめし》でございます。

（あの児《こ》と一所《いっしょ》に暮さうと思つて、）

とばかりぢやあ、困ります。どんなになさいました処《ところ》で、千ちやんと御一所においで遊ばすわけにはまゐりません。

（だから、此家《ここ》に居るんぢやあないか。）

その此家は山ン中の尼寺ぢやアありませんか。こんな処にあの児と二人おいで遊ばしては、世間で何と申しませう。

（何といはれたつて可《い》いんだから、）

それでは、あなた、旦那様《だんなさま》に済みますまい。第一親御様なり、また、

（いゝえ、それだからもう一生人づきあひをしないつもりで居る。私が分つてるから、可いから、お前たちは帰つておしまひ、可いから、分つて居るのだから、）

とそんな分らないことがありますか。ね、千ちやん、いくら私たちが家来だからつて、ものの理は理さ、あんまりな御無理だから種々《いろいろ》言ふと、しまひにやあ只《ただ》、

（だつて不可《いけな》いから、不可いから、）

とばかりおつしやつて果《はて》しがないの。もう怺《こ》うなりや何うしたつてかまやしない。何んなことをしてなりと、お詫《わび》はあとですることと、無理やりにも力づくで、此方《こちら》は五人、何の！　あんな御新造様、腕づくならこの薗一人で沢山《たくさん》だわ《い》　さあといふと、屹《きり》と遊ばして、

（何をおしだ、お前達、私を何だと思ふのだい、）

とおつしやるから、はあ、そりやお邸《やしき》の御新造様だと、さう申し上げると、

（女中たちが、そんな乱暴なことをして済みますか。良人《やど》(11)なら知らぬこと、両親《ふたおや》にだつて、指一本さゝしはしない。）

あれで威勢《いせい》がおあんなさるから、何うして、屹と、おからだがすわると、すくんじまわあね。でもさ、そんな分らないことをおつしやれば、もう御新造様でも何でもない。

（他人ならばうつちやつて置いておくれ。）

と斯《こ》うでせう。何てつたつて、とてもいふことをお肯《き》き遊ばさないお気なんだから仕《し》やうがない。がそれで世の中が済むのぢやあないんだもの。

ぢやあ、旦那様がお迎《むかい》にお出《い》で遊ばしたら、

（それでも帰らないよ。）

無理にも連れようと遊ばしたら、

（さうすりや御身分にかゝはるばかりだもの。）

もう何う遊ばしたといふのだらう。それぢやあ、旦那様と千ちやんと、どちらが大事でございますつて、この上のいひやうがないから聞いたの。さうするとお前様《まえさん》、

（えゝ、旦那様は私が居なくつても可いけれど、千ちやんは一所に居てあげないと死んでおしまひだから可哀相《かわいそう》だもの。）

とこれぢやあもう何にもいふことはありませんわ。こゝなの、こゝなんだがね、千ちやん、一体こりや、ま、お前さん何うしたといふのだね。」

女はいひかけてまた予《よ》が顔を瞻《みまも》りぬ。予はほと一呼吸《ひといき》ついたり。

「摩耶さんが知つておいでだよ、私は何にも分らないんだ。」

「え、分らない。お前さん、まあ、だつて御自分のことが御自分に。」

予は何とかいふべき。

「お前、それが分る位《くらい》なら、何もこんなにやなりやしない。」

「あゝ、れ、また此処《こゝ》でもかうだもの。」

五

女は又《また》あらためて、

「一体詮《せん》じ詰《つ》めた処《ところ》が千ちやん、御新造様《ごしんぞさま》と一所《いっしょ》に居て何《ど》うしようといふのだね。」

さることはわれも知らず。

「別に何うつてことはないんだ。」

「まあ。」

「別に、」

「まあさ、御飯をたいて。」

「詰《つま》らないことを。」

「まあさ、御飯をたいて、食べて、それから、」

「話をしてるよ。」

「話をして、それから。」

「知らない。」

「まあ、それから。」

「寝つちまふさ。」

「串戯《じょうだん》ぢやあないよ。そしてお前様《まえさん》、いつまでさうして居るつもりなの。」

「死ぬまで。」

「え、死ぬまで。もう大抵《たいてい》ぢやあないのね。まあ、そんならさうとして、話は早い方が可《い》いが、千ちやん、お聞き。私だつて何も彼家《あすこ》へは御譜代《ごふだい》(52)といふわけぢやあなしさ、早い話が、お前さんの母様《おっかさん》とも私あ知合《しりあい》だつたし、そりや内《うち》の旦那《だんな》より、お前さんの方が私やまつたくの所、可愛《かわい》いよ。可いかね。

処でいくらお前さんが可愛い顔をしてるたつて、情婦《いろ》を拵《こしら》へたつて、何もこの年紀《とし》をしてものの道理がさ、私がやつかむにも当らずか、打明《うちあ》けた所、お前さん、御新造様と出来たのかね。え、千ちやん、出来たのならそのつもりさ。お楽《たのし》み！　てなことで引退《ひきさが》らうぢやあないか。不思議で堪《たま》らないから聞くんだが、何うだねえ、出来たわけかね。」

「何がさ。」

「何がぢやあないよ、お前さん出来たのなら出来たで可いぢやあないか、いつておしまひよ。」

「だつて、出来たつて分らないもの。」(53)

「む、、何うもこれぢやあ拵へようといふ柄《がら》ぢやあないのね。いえね、何も忠義だてをするんぢやないが、御新造様があんまりだからツイ私だつてむつとしたわね。行《ゆき》がかりだもの、お前さん、この様子ぢやあ皆《みんな》こりやアノ児《こ》のせゐだ。小児《こども》の癖《くせ》にいさすぎな、何時《いつ》のまにませたらう、取つつかまへてあやまらせてやらう。私ならぐうの音《ね》も出させやしないと、まあ、さう思つたもんだから、些少《ちつと》も言分《いいぶん》は立たないし、跋《ばつ》も悪《わる》しで、あつちやアお仲さんにまかして置いて、お前さんを探して来たんだがね。

逢《あ》つて見ると、何うして、矢張《やつぱり》千ちやんだ、だつてこの様子で密通《まおとこ》も何もあつたもんぢやあないやね。何だか些少も分らないが、さて、内の御新造様と、お前様とは何うしたといふのだね。」

知らず、これをもまた何とかいはむ。

「摩耶さんは、何とおいひだつたえ。」

「御新造さんは、なかよしの朋達《ともだち》だつて。」

かくてこそ。

「まつたく然《そ》うなんだ。」

渠《かれ》は肯《がえん》ずる色あらざりき。(54)

「だつてさ、何だつてまた、たかがなかの可いお朋達位《ぐらい》で、お前様、五年ぶりで逢つたつて、六年ぶりで逢つたつて、顔を見ると気が遠くなつて、気絶するなんて、人がありますか。千ちやん、何だつて然ういふぢやアありませんか。御新造様のお話しでは、このあひだ尼寺でお前さんとお逢ひなすつた時、お前さんは気絶《ひきつけ》ツちまつたといふぢやアありませんか。それでさ、御新造様は、あの児がそんなに思つてくれるんだもの、何うして置いて行かれるものか、なんて好《すき》なことをおつしやつたがね、何うしたといふのだね。」

げに然《さ》ることもありしよし、あとにてわれ摩耶に聞きて知りぬ。

「だつて、何も自分ぢやあ気がつかなかつたんだから、何ういふわけだか知りやしないよ。」

「知らないたつて、何うもをかしいぢやアありませんか。」

「摩耶さんに聞くさ。」

「御新造様に聞きや、矢張《やっぱり》千ちやんにお聞き、と然うおつしやるんだもの。何が何だか私たちにやあ些少《ちっと》も訳《わけ》がわかりやしない。」

然《しか》り、さることのくはしくは、世に尼君ならで知りたまはじ。

「お前、私達だつて、口ぢやあ分るやうにいへないよ。皆尼様《みんなあまさん》が御存じだから、聞きたきやあの方に聞くが可いんだ。」

「そら〳〵、その尼様だね、その尼様が全体分らないんだよ。

名僧の、智識(55)の、僧正《そうじょう》の、何のツても、今時の御出家《ごしゅっけ》に、女でこそあれ、山の清心さんくらゐの方はありやしない。

もう八十にもなつておいでだのに、法華経《ほけきょう》二十八巻(56)を立読《たてよみ》(57)に遊ばして、お茶一ツあがらない御修行だと、他宗の人でも、何でも、あの尼様といやア拝むのさ。

それに(58)何うだらう。お互《たがい》の情《こころ》を通じあつて、恋の橋渡《はしわたし》をおしぢやあないか。何の事はない、こりや万事人の悪い髪結《かみゆい》の役(59)だあね。おまけにお前様、あの薄暗い尼寺を若いもの同士にあけ渡して、御機嫌《ごきげん》よう、か何かで、ふいと何処《どこ》かへ遁《に》げた日になつて見りや、破戒無慙《はかいむざん》(60)といふのだね。乱暴ぢやあないか。千ちやん、尼さんだつて七十八十まで行《おこな》ひ澄《すま》して(61)居ながら、お前さんのために、ありやまあ何《どう》したといふのだらう。何か、千ちやん処《とこ》は尼さんのお主筋《しゅうすじ》でもあるのかい。さうでなきや分らないわ。何んな因縁《いんねん》だね。」

と心籠《こころこ》めて問《と》ふ状《さま》なり。尼君のためなれば、われ少しく語るべし。

「お前も知つておいでだね、母上《おっかさん》は身を投げてお亡くなんなすつたのを。」

「あゝ。」

「ありやね、尼様が殺したんだ。」

「何ですと。」

女は驚きて目を睜《みは》りぬ。

六

「いゝえ、手を懸《か》けたといふんぢやあない。私は未《ま》だ九歳《ここのつ》時分のことだから、何《ど》んなだか、くはしい訳《わけ》は知らないけれど、母様《おっかさん》は、お前、何か心配なことがあつて、それで世の中が嫌におなりで、くよ〳〵して在《い》らつしやつたんだが、名高い尼様《あまさん》だから、話をしたら、慰《なぐさ》めて下さるだらうつて、私の手を引いて、しかも、冬の事だね。ちら〳〵雪の降るなかを山へのぼつて、尼寺をおたづねなすツて、炉《ろ》の中へ何だか書いたり、消したりなぞして、しんみり話をしておいでだつたが、やがてね、一時間ばかり経つてお帰りだつた。ちやうど晩方《ばんがた》で、ぴゆう〳〵風が吹いてたんだ。尼様が上框《あがりかまち》(62)まで送つて来て、分れて出ると、戸を閉めたの。少し行懸《ゆきかか》ると、内《うち》で、(お、、寒《さむ》、寒。)と不作法な大きな声で、アノ尼様がいつたのが聞《きこ》えると、母様が立《たち》停《どま》つて、何故《なぜ》だか顔の色をおかへなすつたのを、私は小児心《こどもごころ》にも覚えて居る。それから、しを〳〵として山をお下りなすつた時は、もうとつぷり暮れて、雪が……霙《みぞれ》になつたらう。

麓《ふもと》の川の橋へかゝると、鼠色《ねずみいろ》の水が一杯で、ひだをうつて大蜿《おおうね》りに蜒《うね》つちやあ、どう〳〵ツて聞えてさ。真黒《まつくろ》な線《すじ》のやうになつて、横ぶりにびしやびしやと頬辺《ほつぺた》を打つちやあ霙が消えるんだ。一山《ひとやま》一山になつてる柳の枯れたのが、渦《うず》を巻いて、それで森《しん》として、あかり一ツ見えなかつたんだ。母様が、

(尼になつても、矢張《やつぱり》寒いんだもの。)

と独言《ひとりごと》のやうにおつしやつたが、それつきり何処《どこ》かへ行《い》らつしやつたの。私は目が眩《くら》んぢまつて、些少《ちつと》も知らなかつた。

えゝ！それで、もうそれつきりお顔が見られずじまい。年も月もうろ覚え。その癖《くせ》、

嫁入《よめいり》をお為《し》の時はちやんと知つてるけれど、はじめて逢《あ》ひ出した時は覚えちやあ居ないが、何でも摩耶さんとはその年から知合《しりあ》つたんだと然《そ》う思ふ。

私はね、母様がお亡くなんなすつたつて、夫《それ》を承知は出来ないんだ。そりやものも分つたし、お亡《なく》なんなすつたことは知つてるが、何《ど》うしてもあきらめられない。

何の詰《つま》らない、学校へ行つたつて、人とつきあつたつて、母様が活《い》きてお帰りぢやあなし、何にするものか。

トさう思ふほど、お顔が見たくツて、堪《たま》らないから、何《ど》うしませう〳〵、何うかしておくれな。何うでもして下さいなツて、摩耶さんが嫁入をして、逢へなくなつてからは、なほの事、行つちやあ尼様を強請《ねだ》つたんだ。私あ、だゞを捏《こ》ねたんだ。

見ても、何でも分つたやうな、すべて承知をして居るやうな、何でも出来るやうな、神通《じんずう》でもあるやうな、尼様だもの。何うにかしてくれないことはなからうと思つて、そのかはり、自分の思つてることは皆打《みんなうち》あけて、いつて、さうしちやあ目を瞑《ねむ》つて尼様に暴れたんだね。

「さういふわけさ。」

他に理窟《りくつ》もなんにもない。この間《あいだ》も、尼さまン処《とこ》へ行つて、例のをやつてる時に、すつと入つておいでなのが、摩耶さんだつた。

私は何とも知らなかつたけれど、気が着いたら、尼様が、頭を撫《な》でて、(千坊《せんぼう》や、これで可《い》いのぢや。米も塩も納屋《なや》にあるから、出してたべさして貰《もら》はつしやいよ。私《わし》は一寸町《ちよつと》まで托鉢《たくはつ》に出懸《でか》けます。大人《おとな》しくして留守をするのぢやぞ。)とさうおつしやつた切《きり》、お前、草鞋《わらじ》を穿《は》いてお出懸《でかけ》で、居つておいでのやうすもないもの。

摩耶さんは一所《いつしよ》に居ておくれだし、私はまた摩耶さんと一所に居りや、母様のこと、何うにか堪忍《かんにん》が出来るのだから、もう何《なに》も彼《か》もうつちやつちまつたんさ。お前、私にだつて、理窟《りくつ》は分りやしない。摩耶さんも一所に居りや、何にも食べたくも何ともない、とさうおいひだもの。気が合つたんだから、なかがいゝお朋達《ともだち》だらうよ。」

かくいひし間《ま》にいろ〳〵のことこそ思ひたれ。胸痛くなりたれば俯向《うつむ》きぬ。女が傍《かたわら》に在《あ》るも予《よ》はうるさくなりたり。

「だから、もう他に何ともいひやうは無いのだから、あれがあゝだから済まないの、義理だの、済まないぢやあないかなんて、もう聞いちやあいけない。人とさ、ものをいつてるのがうるさいから、それだから、かうしてるんだから、何《ど》うでも可《い》いから、もう帰つておくれな。摩耶さんが帰るとおいひなら連れてお帰り。大方《おおかた》、お前たちがいふことはお肯《き》きぢやあるまいよ。」

予はわが襟《えり》を掻《か》き合《あわ》せぬ。さきより踞《つくば》ひたる頭次第《かしらしだい》に垂れて、芝生《しばふ》に片手つかんずまで、打沈《うちしず》みたりし女の、この時やう〳〵顔をばあげ、いま更《さら》にまた瞳《ひとみ》を定めて、他《た》のこと思ひ居る、わが顔、瞻《みまも》るよと覚えしが、しめやかなるものいひしたり。

「可《よ》うござんす。千ちやん、私たちの心とは何かまるで変つてるやうで、お言葉は腑《ふ》に落ちないけれど、さつきもあんなにやア言つたものの、いま此処《ここ》へ、尼様がおいで遊ばせば、矢張《やっぱり》つむりが下《さが》るんです。尼様は尊く思ひますから、何でも分つた仔細《しさい》があつて、あの方の遊ばす事だ。まあ、あとで何うならうと、世間の人が何うであらうと、こんな処《ところ》はとても私たちの出る幕ぢやあない。尼様のお計らひだ、何うにか形《かた》のつくことでござんせうと、然《そ》うまあね、千ちやん、さう思つて帰ります。

何だか私も茫乎《ぼんやり》したやうで、気が変になつたやうで、分らないけれど、何うも怙《こ》うした御様子ぢやあ、千ちやん、お前様《まえさん》と、御新造様と一ツお床《とこ》でおよつたからつて(63)、別に仔細はないやうに、ま私は思ひます。見りやお前様もお浮きでなし、あつちの事が気にか丶りますから、それぢやあお分れといたしませう。あのね、用があつたら、そツと私ンとこまでおつしやいよ。」

とばかりに渠《かれ》は立ちあがりぬ。予が見送ると目を見合せ、

「小憎《こにく》らしいねえ。」

と小戻《こもど》りして、顔を斜《ななめ》にすかしけるが、

「どれ、あの位《くらい》な御新造様を迷はしたは、どんな顔だ、よく見よう。」

といひかけて莞爾《にっこ》としつ。つと行く、むかひに跫音《あしおと》して、一行四人の人影《ひとかげ》見ゆ。すかせば空駕籠《からかご》釣らせたり。渠等《かれら》は空《むな》しく帰るにこそ。摩耶われを見棄《みす》てざりしと、いそ〳〵と立つたりし、肩に手をかけ、下に居《お》らせて、女は前に立塞《たちふさ》がりぬ。やがて近づく渠等の眼より、うたてきわれをば庇《かば》ひしなりけり。

熊笹《くまざさ》のびて、薄《すすき》の穂、影さすばかり生《お》ひたれば、こ丶に人ありと知らざる状《さま》にて、道を折れ、坂にか丶り、松の葉のこぼる丶あたり、目の下近く過《よぎ》りゆく。女はその後を追ひたりしを、忍びやかにぞ見たりける(64)。駕籠のなかにものこそありけれ。設《もうけ》の蒲団《ふとん》敷重《しきかさ》ねしに、摩耶はあらで、その藤色の小袖のみ薫床《かおりゆか》しく乗せられたり。記念《かたみ》にとて送りけ

む。家土産《いえづと》(65)にしたるなるべし。その小袖の上に菊の枝置き添へつ。黒き人影あとさきに、駕籠ゆら〳〵と釣持ちたる、可惜《あたら》(66)その露《つゆ》をこぼさずや、大輪《おおりん》の菊の雪なすに、月の光照り添ひて、山路《やまじ》に白くちら〳〵と、見る目遥《はるか》に下《お》り行きぬ。

見送り果てず引返して、駈《か》け戻りて枝折戸《しおりど》入《い》りたる、庵《いおり》のなかは暗かりき。

「唯今《ただいま》!」

と勢《いきお》いよく框《かまち》に踏懸《ふみか》け呼びたるに、答《いらえ》はなく、衣《きぬ》の気勢《けはい》して、白き手をつき、肩のあたり、衣紋《えもん》のあたり、乳《ち》のあたり、衝立《ついたて》の蔭《かげ》に、つと立ちて、烏羽玉《うばたま》(67)の髪のひまに、微笑《ほほえ》みむかへし摩耶が顔。筧《かけい》の音して、叢《くさむら》に、虫鳴く一ツ聞えしが、われは思はず身の毛よだちぬ。

この虫の声、筧の音、框に片足かけたる、爾時《そのとき》、衝立の蔭に人見えたる、われは嘗《かつ》て係《かか》る時、かゝることに出会《いであ》ひぬ。母上か、摩耶なりしか、われ覚えて居らず。夢なりしか、知らず、前《さき》の世のことなりけむ。

三《さん》尺《じゃく》角《かく》

一

「…………」

山には木樵唄《きこりうた》、水には船唄《ふなうた》、駅路《うまやじ》(1)には馬子《まご》(2)の唄、渠等《かれら》はこれを以《もっ》て心を慰《なぐさ》め、労《ろう》を休め、我《おの》が身を忘れて屈託《くったく》なくその業《ぎょう》に服するので、恰《あたか》も時計が動く毎《ごと》にセコンド(3)が鳴るようなものであろう。またそれがために勢《いきおい》を増し、力を得《う》ることは、戦《たたかい》に鯨波《とき》(4)を挙げるに斉《ひと》しい、曳々《えいえい》！と一斉に声を合わせるトタンに、故郷《ふるさと》も、妻子《つまこ》も、死も、時間も、慾も、未練も忘れるのである。

同じ道理で、坂は照る照る鈴鹿《すずか》は曇《くも》る(5)＝といい、袷遣《あわせや》りたや足袋《たび》添えて(6)＝と唱える場合には、いずれも疲《つかれ》を休めるのである、無益《むえき》なものおもいを消すのである、寧《むし》ろ苦労を紛《まぎ》らそうとするのである、憂《うさ》を散《さん》じよう、恋を忘れよう、泣音《なくね》を忍ぼうとするのである。

それだから追分《おいわけ》(7)が何時《いつ》でもあわれに感じらるる。つまる処《ところ》、卑怯《ひきょう》な、臆病な老人が念仏を唱えるのと大差はないので、語《ご》を換えて言えば、不残《のこらず》、節《ふし》をつけた不平の独言《つぶやき》である。

　船頭、馬方、木樵、機業場《はたおりば》(8)の女工など、あるが中に、この木挽《こびき》(9)は唄《うた》を謡わなかった。

その木挽の与吉《よきち》は、朝から晩まで、同じことをして木を挽いて居る、黙って大鋸《おおのこぎり》(10)を以て巨材《きょざい》の許《もと》に跪《ひざまず》いて、そして仰いで礼拝《らいはい》する如く、上から挽きおろし、挽きおろす。この度《たび》のは、一昨日《おととい》の朝から懸《かか》った仕事で、ハヤその半《なかば》を挽いた。丈《たけ》四間半《けんはん》、小口《こぐち》二尺《じゃく》まわり(11)四角な樟《くすのき》(12)を真二《まっぷた》つに割ろうとするので、与吉は十七の小腕《こうで》だけれども、この業《わざ》には長《た》けて居た。

　目鼻立《めはなだち》の愛くるしい、罪の無い丸顔、五分刈《ごぶがり》に向顱巻《むこうはちまき》、三尺帯《さんじゃくおび》(13)を前で結んで、南《なん》の字を大《おお》きく染抜《そめぬ》いた半被《はっぴ》(14)を着て居る、これは此処《ここ》の大家《たいけ》の仕着《しきせ》(15)で、挽いてる樟もその持分《もちぶん》。

　未《ま》だ暑いから股引《ももひき》は穿《は》かず、跣足《はだし》で木屑《きくず》の中についた膝《ひざ》、股《もも》、胸のあたりは色が白い。大柄だけれども肥《ふと》っては居《お》らぬ、ならば袴《はかま》でも穿かして見たい。与吉が身体《からだ》を入れようという家は、直間近《すぐまぢか》で、一町《ちょう》(16)ばかり行《ゆ》くと、袂《たもと》に一本暴風雨《あらし》で根《ね》返《がえ》しして横様《よこざま》になったまま、半ば枯れて、半ば青々とした、あわれな銀杏《いちょう》の矮樹《わいじゅ》(17)がある、橋が一個《ひとつ》。その渋色(18)の橋を渡ると、岸から板を渡した船がある、板を渡って、苫《とま》(19)の中へ出入《でいり》をするので、この船が与吉の住居《すまい》。で干潮《かんちょう》の時は見るも哀《あわれ》で、宛然《さながら》洪水《でみず》のあとの如く、何時《いつ》棄てた世帯道《しょたいどう》具《ぐ》やら、欠擂鉢《かけすりばち》が黒く沈んで、蓬《おどろ》(20)のような水草は波の随意靡《まにまになび》いて居る。この水草はまた年久しく、船の底、舷《ふなばた》に搦《から》み附《つ》いて、恰も巌《いわお》に苔蒸《こけむ》したかのよう、与吉の家をしっかりと結《ゆわ》えて放しそうにもしないが、大川《おおかわ》(21)から汐《しお》がさして来れば、岸に茂った柳の枝が水に潜《くぐ》り、泥だらけな笹の葉がぴたぴたと洗われて、底が見えなくなり、水草の隠れるに従《したご》うて、船が浮上《うきあが》ると、堤防の遠方《おちかた》にすくすくと立って白い煙を吐く此処彼処《ここかしこ》の富家《ふか》の煙《えん》突《とつ》が低くなって、水底のその欠擂鉢、塵芥《ちりあくた》、襤褸切《ぼろぎれ》、釘の折《おれ》などは不残《のこらず》形を消して、蒼《あお》い潮を満々《まんまん》と湛《たた》えた溜池《ためいけ》の小波《さざなみ》の上なる家は、掃除をするでもなしに美しい。

爾時《そのとき》は船から陸へ渡した板が真直《まっすぐ》になる。これを渡って、今朝は殆《ほとん》ど満潮だったから、与吉は柳の中で燦《ぱっ》と旭《あさひ》がさす、黄金《こがね》のような光線に、その罪のない顔を照らされて仕事に出た。

二

それから日《ひ》一日《いちにち》おなじことをして働いて、黄昏《たそがれ》かかると日が舂《うすづ》き(22)、柳の葉が力なく低《た》れて水が暗《くろ》うなると汐《しお》が退《ひ》く、船が沈んで、板が斜めになるのを渡って家に帰るので。

留守には、年寄った腰の立たない与吉の爺々《ちゃん》が一人で寝て居るが、老後の病《やまい》で次第に弱るのであるから、急に容体の変るという憂慮《きづかい》はないけれども、与吉は雇《やと》われ先で昼飯をまかなわれては、小休《こやすみ》の間に毎日一度ずつ、見舞に帰るのが例であった。

「じゃあ行って来るぜ、父爺《ちゃん》。」

与平《よへい》という親仁《おやじ》は、涅槃《ねはん》に入《い》ったような形で、(23)胴《どう》の間《ま》(24)に寝ながら、仏造《ほとけづく》った(25)額《ひたい》を上げて、汗だらけだけれども目の涼しい、息子《せがれ》が地蔵眉《じぞうまゆ》(26)の、愛くるしい、若い顔を見て、嬉しそうに頷《うなず》いて、

「晩にゃ又柳屋《またやなぎや》の豆腐《しうふ》にしてくんねえよ。」

「あい、」といって苫《とま》を潜《くぐ》って這《は》うようにして船から出た、与吉はずッと立って板を渡った。向《むこ》うて筋違《すじっかい》(27)角《かど》から二軒目に小さな柳の樹が一本、その低い枝のしなやかに垂れた葉隠《はがく》れに、一間口《けんぐち》(28)二枚の腰障子《こししょうじ》(29)があって、一枚には仮名《かな》、一枚には真名《まな》(30)で豆腐と書いてある。柳の葉の翠《みどり》を透《す》かして、障子の紙は新らしく白いが、秋が近いから、破れて煤《すす》けたのを貼替《はりか》えたので、新規に出来た店ではない。柳屋は土地で老舗《しにせ》だけれども、手広く商《あきない》をするのではなく、八九十軒もあろう百軒足らずのこの部落だけを花土《とくい》にして、今《こん》代《だい》は喜蔵《きぞう》という若い亭主が、自分で売りに廻《まわ》るばかりであるから、商に出た留守の、昼《ひる》過《すぎ》は森《しん》として、柳の蔭《かげ》に腰障子が閉まって居る、樹の下、店の前から入口へ懸《か》けて、地《じ》

の窪《くぼ》んだ、泥濘《ぬかるみ》を埋めるため、一面に貝殻《かいがら》が敷いてある、(31)白いの、半分黒いの、薄紅《うすべに》、赤いのも交って堆《うずたか》い。

隣屋《となり》はこの辺《へん》に棟《むね》を並ぶる木屋《きや》(32)の大家《たいけ》で、軒《のき》、廂《ひさし》、屋根の上まで、犇《ひし》と木材を積揃《つみそろ》えた、真中《まんなか》を分けて、空高《そらだか》い長方形の透間《すきま》から凡《およ》そ三十畳も敷けようという店の片端が見える、その木材の蔭になって、日の光もあからさまには射さず、薄暗い、冷々《ひやひや》とした店《みせ》前《さき》に、帳場格子《ちょうばごうし》(33)を控えて、年配の番頭が唯《ただ》一人帳合《ちょうあい》をしている。これが角屋《かどや》敷《しき》で、折曲《おれまが》ると灰色をした道が一筋《ひとすじ》、電柱の著《いちじる》しく傾いたのが、前《まえ》と後《うしろ》へ、別々に頭《かしら》を掉《ふ》って奥深《おくぶこ》う立って居る、鋼線《はりがね》(34)が又半《なか》だるみをして、廂よりも低い処《ところ》を、弱々《よわよわ》と、斜めに、さもさも衰《おとろ》えた形《かたち》で、永代《えいたい》(35)の方から長く続いて居るが、図《ず》に描《か》いて線を引くと、文明の程度が段々此方《こっち》へ来るに従《したご》うて、屋根越《やねごし》に鈍《にぶ》ることが分るであろう。(36)

単に電柱ばかりでない、鋼線ばかりでなく、橋の袂《たもと》の銀杏《いちょう》の樹も、岸の柳も、豆腐屋の軒も、角家の塀も、それ等《ら》に限らず、あたりに見ゆるものは、門の柱も、石垣も、皆《みな》傾いて居る、傾いて居る、傾いて居るが尽《ことごと》く一様《いちよう》な向《むき》にではなく、或《ある》ものは南の方へ、或ものは北の方へ、また西の方へ、東の方へ、てんでんばらばらになって、この風のない、天《そら》の晴れた、曇《くもり》のない、水面のそよそよとした、静かな、穏《おだや》かな日中《ひなか》に処《しょ》して、猶《なお》且《か》つ暴風に揉《も》まれ、揺《ゆ》らるる、その瞬間の趣《おもむき》あり。ものの色もすべて褪《あ》せて、その灰色に鼠《ねずみ》をさした湿地も、草も、樹も、一部落を蔽包《おおいつつ》んだ夥《おびただ》しい材木も、材木の中を見え透く溜池《ためいけ》の水の色も、一切《いっさい》、喪服《もふく》を着《つ》けたようで、果敢《はか》なく哀《あわれ》である。

三

界隈《かいわい》の景色がそんなに沈鬱《ちんうつ》で、湿々《じめじめ》として居るに従《したご》うて、住む者もまた高声《たかごえ》ではものをいわない。歩行《あるく》にも内端《うちわ》で、俯向《うつむ》き勝《がち》で、豆腐屋も、八百屋《やおや》も黙って通る。風俗も派手でない、女の好《このみ》も濃厚ではない、髪の飾《かざり》も赤いものは少なく、皆心するともなく、風土の喪に服して居るのであろう。

元来岸の柳の根は、家々の根太《ねだ》(37)よりも高いのであるから、破風《はふ》(38)の上で、切々《きれぎれ》に、蛙《かわず》が鳴くのも、欄干《らんかん》(40)の壊《くず》れた、板のはなればなれな、杭《くい》の抜けた三角形の橋(39)の上に蘆《あし》が茂って、虫がすだくのも、船虫《ふなむし》(41)が群《むら》がって往来を駆けまわるのも、工場の煙突《えんとつ》の烟《けむり》(42)が遥《はる》かに見えるのも、洲崎《すさき》へ通う車の音(43)がかたまって響くのも、二日おき三日置きに思出《おもいだ》したように巡査《じゅんさ》が入る(44)のも、けたたましく郵便脚夫《きゃくふ》が走込《はしりこ》むのも、烏《からす》が鳴くのも、皆何となく土地の末路を示す、滅亡の兆《ちょう》であるらしい。

けれども、滅びるといって、敢《あえ》てこの部落が無くなるという意味ではない、衰えるという意味ではない、人と家とは栄《さか》えるので、進歩するので、繁昌《はんじょう》するので、やがてその電柱は真直《まっすぐ》になり、鋼線《はりがね》は張《はり》を持ち、橋がペンキ塗《ぬり》になって、黒塀が煉瓦《れんが》に換《かわ》ると、蛙《かわず》、船虫、そんなものは、不残石灰《のこらずいしばい》(45)で殺されよう。即《すなわ》ち人と家とは、栄えるので、係《かか》る景色の俤《おもかげ》がなくなろうとする、その末路を示して、滅亡の兆を表わすので、詮《せん》ずるに、(46)蛇《へび》は進んで衣《ころも》を脱ぎ、蟬《せみ》は栄えて殻《から》を棄《す》てる、人と家とが、皆他《た》の光栄あり、便利あり、利益ある方面に向って脱出《ぬけだ》した跡には、この地のかかる俤が、空蟬《うつせみ》になり脱殻《ぬけがら》になって了《しま》うのである。

敢て未来のことはいわず、現在既《すで》にその姿になって居るのではないか、脱け出した或《ある》者《もの》は、鳴き、且《か》つ飛び、或者は、走り、且つ食《くら》う、けれども衣《きぬ》を脱いで出た蛇は、残した殻より、必ずしも美しいものとはいわれない。

ああ、まぼろしのなつかしい、空蟬のかような風土は、却《かえ》ってうつくしいものを産するのか、柳屋に艶麗《あでやか》な姿が見える。

与吉は父親に命ぜられて、心に留めて出たから、岸に上《あが》ると、思うともなしに豆腐屋に目を注いだ。

柳屋は浅間《あさま》(47)な住居《すまい》、上框《あがりがまち》(48)を背後《うしろ》にして、見通《みとおし》の四畳半の片端《かたはし》に、隣家《となり》で帳合《ちょうあい》をする番頭と同一《おなじ》あたりの、柱に凭《もた》れ、袖をば胸のあたりで引き合わせて、浴衣《ゆかた》の袂《たもと》を折返《おりかえ》して、寝床《ねどこ》の上に坐《すわ》った膝《ひざ》に掻巻《かいまき》(49)を懸《か》けて居る。背《うしろ》には綿《わた》の厚い、ふっくりした、竪縞《たてじま》のちゃんちゃん(50)を着た、鬱金木綿《うこんもめん》(51)の裏が見えて襟脚《えりあし》が雪のよう、艶気《つやけ》のない、赤熊《しゃぐま》(52)のような、ばさばさした、余るほどあるのを天神《てんじん》(53)に結《ゆ》って、浅黄《あさぎ》(54)の角絞《つのしぼり》(55)の手絡《てがら》(56)を弛《ゆる》う大きくかけたが、病気であろう、弱々《よわよわ》とした後姿《うしろすがた》。

見透《みとおし》の裏は小庭《こにわ》もなく、すぐ隣屋《となり》の物置《ものおき》で、此処《ここ》にも犇々《ひしひし》と材木が建重《たてかさ》ねてあるから、薄暗い中に、鮮麗《あざやか》なその浅黄の手絡と片頰《かたほ》の白いのとが、拭込《ふきこ》んだ柱に映って、ト見ると露草《つゆぐさ》が咲いたようで、果敢《はか》なくも綺麗《きれい》である。

与吉はよくも見ず、通りがかりに、

「今日《こんにち》は、」と、声を掛けたが、フト引戻《ひきもど》さるるようにして覗《のぞ》いて見た、心着《こころづ》くと、自分が挨拶《あいさつ》したつもりの婦人《おんな》はこの人ではない。

四

「居ない。」と呟《つぶや》くが如くにいって、そのまま通抜《とおりぬ》けようとする。

ト日があたって暖《あた》たかそうな、明《あかる》い腰障子《こししょうじ》の内に、前刻《さっき》から静かに水を掻廻《かきまわ》す気勢《けはい》がして居たが、ばったりといって、下駄《げた》の音。

「与吉さん、仕事にかい。」

と婀娜《あだ》(57)たる声、障子を開けて顔を出した、水色の唐縮緬《とうちりめん》(58)を引裂《ひっさ》いたままの襷《たすき》、玉のような腕《かいな》もあらわに、蜘蛛《くも》の囲《い》を絞《しぼ》った浴衣《ゆかた》(59)、帯は占《し》めず、細紐《ほそひも》の態《なり》で裾《すそ》を端折《はしょ》って、布の純白なのを、短《みじ》かく脛《はぎ》に掛けて甲斐甲斐《かいがい》しい。

歯を染めた(60)、面長《おもなが》の、目鼻立《めはなだち》はっきりとした、眉《まゆ》は落《おと》さぬ(61)、束《たば》ね髪《がみ》(62)の中年増《ちゅうどしま》(63)、喜蔵の女房で、お品《しな》という。

濡《ぬ》れた手を間近《まぢか》な柳の幹にかけて半身《はんしん》を出した、お品は与吉を見て微笑《ほほえ》んだ。

土間《どま》は一面の日あたりで、盤台《はんだい》(64)、桶《おけ》、布巾《ふきん》など、ありったけのもの皆濡れたのに、薄く陽炎《かげろう》のようなのが立籠《たちこ》めて、豆腐がどんよりとして沈んだ、新木《あらき》の大桶の水の色は、薄《うす》ら蒼《あお》く、柳の影が映って居る。

「晩方又来《ばんがたまた》るんだ。」

お品は莞爾《にっこり》しながら、

「難有《ありがと》う存じます、」故《わざ》と慇懃《いんぎん》にいった。

つかつかと行懸《ゆきか》けた与吉は、これを聞くと、あまり自分の素気《そっけ》なかったのに気がついたか、小戻《こもど》りして真顔《まがお》で、眼を一ツ瞬《しばた》いて、

「ええ、毎度難有う存じます。」と、罪のない口の利きようである。

「ほほほ、何をいってるのさ。」

「何がよ。」

「だってお前様《まえさん》はお客様じゃあないかね、お客様なら私《わたし》ン処《ところ》の旦那《だんな》だね、ですから、あの、毎度難有う存じます。」と柳に手を縋《すが》って半身を伸出《のびで》たまま、胸と顔を斜めにして、与吉の顔を差覗《さしのぞ》く。

与吉は極《きまり》の悪そうな趣《おもむき》で、

「お客様だって、あの、私は木挽《こびき》の小僧だもの。」

と手真似《てまね》で見せた、与吉は両手を突出《つきだ》してぐっと引いた。

「こうやって、こう挽いてるんだぜ、木挽の小僧だぜ。お前様《まえさん》はおかみさんだろう、柳屋のおかみさんじゃねえか、それ見ねえ、此方《こっち》でお辞儀《じぎ》をしなけりゃならないんだ。ねえ、」

「あれだ、」とお品は目を瞶《みは》って、

「まあ、勿体《もったい》ないわねえ、私達に何のお前さん……」といいかけて、つくづく瞻《みまも》りながら、お品はずッと立って、与吉に向い合い、その襷懸《たすきが》けの綺麗《きれい》な腕を、両方大袈裟《おおげさ》に振って見せた。

「こうやって威張《いば》ってお在《いで》よ。」

「威張らなくッたって、何も、威張らなくッたって構わないから、父爺《ちゃん》が魚を食ってくれると可《い》いけれど、」と何と思ったか与吉はうつむいて悄《しお》れたのである。

「何《ど》うしたんだね、又余計に悪くなったの。」と親切にも優しく眉を顰《ひそ》めて聞いた。

「余計に悪くなって堪《たま》るもんか、この節《せつ》あ心持《こころもち》が快方《いいほう》だっていうけれど、え、魚気《さかなっけ》を食わねえじゃあ、身体《からだ》が弱るっていうのに、父爺はね、腥《なまぐさ》いものにゃ箸《はし》もつけねえで、豆腐でなくっちゃあならねえッていうんだ。え、おかみさん、骨のある豆腐は出来まいか。」と思出《おもいだ》したように唐突《だしぬけ》にいった。

五

「おや、」

お品は与吉がいうことの余り突拍子《とっぴょうし》なのを、笑うよりも先《ま》ず驚いたのである。

「ねえ、親方に聞いて見てくんねえ、出来そうなもんだなあ。雁《がん》もどきッて、ほら、種々《いろん》なものが入った油揚《あぶらあげ》があらあ、銀杏《ぎんなん》だの、椎茸《しいたけ》だの、あれだ、あの中へ、え、肴《さかな》を入れて交《ま》ぜッこにするてえことあ不可《いけ》ねえのかなあ。」

「そりゃ、お前さん。まあ、可《い》いやね、聞いて見て置きましょうよ。」

「ああ、聞いて見てくんねえ、真個《ほんと》に肴ッ気が無くッちゃあ、台なし(65)身体《からだ》が弱るッていうんだもの。」

「何故《なぜ》父上《おとっさん》は腥《なまぐさ》をお食《あが》りじゃあないのだね。」

与吉の真面目《まじめ》なのに釣込《つりこ》まれて、笑うことの出来なかったお品は、到頭《とうとう》骨のある豆腐の注文を笑わずに聞き済ました、そして真顔《まがお》で尋《たず》ねた。

「ええ、その何だって、物をこそ言わねえけれど、目もあれば、口もある、それで生《なま》白《じろ》い色をして、蒼《あお》いものもあるがね、煮られて皿の中に横になった姿てえものは、魚《さかな》々《さかな》と一口《ひとくち》にゃあいうけれど、考えて見りゃあ生身《なまみ》をぐつぐつ煮着《につ》けたのだ、尾頭《おかしら》のあるものの死骸《しがい》だと思うと、気味が悪くッて食べられねえッて、左様《そう》いうんだ。詰《つま》らねえことを父爺《ちゃん》いうもんじゃあねえ、山ン中の爺婆《じじばば》でも塩したのを食べるッてよ。煮たのが、心持《こころもち》が悪けりゃ、刺身《さしみ》にして食べないかッていうとね、身震《みぶるい》をするんだぜ。

刺身ッていやあ一寸試《いっすんだめし》だ(66)、鱠《なます》(67)にすりゃぶつぶつ切《ぎり》か、あの又目口《まためくち》のついた天窓《あたま》へ骨が繋《つなが》って肉が絡《まと》いついて残る図なんてものは、と厭《いや》な顔をするからね。ああ、」といって与吉は頷《うなず》いた。これは力を入れて対手《あいて》にその意を得させようとしたのである。

「左様《そう》なんかねえ、年紀《とし》の故《せい》もあろう、一ツは気分だね、お前さん、そんなに厭がるものを無理に食べさせない方が可いよ、心持を悪くすりゃ身体のたしにもなんにもならないわねえ。」

「でも痩《や》せるようだから心配だもの。気が着かないようにして食べさせりゃ、胸を悪くすることもなかろうからなあ、いまの豆腐の何よ。ソレ、」

「骨のあるがんもどきかい、ほほほほほほ、」と笑った、垢抜《あかぬ》けのした顔に鉄漿《かね》を含んで(68)美しい。

片頬《かたほ》に触れた柳の葉先を、お品はその艶《つや》やかに黒い前歯で銜《くわ》えて、扱《こ》(69)くようにして引《ひっ》断《き》った。青い葉を、カチカチと二ツばかり噛《か》んで手に取って、掌《てのひら》に載せて見た。トタンに框《かまち》の取着《とっつき》の柱に凭《もた》れた浅黄《あさぎ》の手絡《てがら》が此方《こっち》を見向く、うら少《わか》いのと面《おもて》を合わせた。

その時までは、殆《ほとん》ど自分で何をするかに心着《こころづ》いて居ないよう、無意識の間にして居たらしいが、フト目を留めて、俯向《うつむ》いて、じっと見て、又梢《こずえ》を仰いで、

「与吉さんのいうようじゃあ、まあ、嘸《さぞ》この葉も痛むこッたろうねえ。」

と微笑《ほほえ》んで見せて、少《わか》いのがその清《すずし》い目に留めると、くるりと廻《まわ》って、空《そら》ざまに(70)手を上げた、お品はすっと立って、しなやかに柳の幹《みき》を叩《たた》いたので、蜘蛛《くも》の巣の乱れた薄い色の浴衣の袂《たもと》は、ひらひらと動いた。

与吉は半被《はっぴ》の袖を搔合《かきあ》わせて、立って見て居たが、急に振返って、

「そうだ。じゃあ親方に聞いて見ておくんな。可いかい、」

「ああ、可いとも、」といって向直って、お品は搔潜《かいくぐ》って襷《たすき》を脱《はず》した。斜めに袈裟《けさ》になって(71)結目《むすびめ》がすらりと下《さが》る。

「お邪魔申しました。」

「あれだよ。又、」と、莞爾《にっこり》していう。

「そうだっけな、うむ、此方《こっち》あお客だぜ。」

与吉は独《ひとり》で頷いたが、背向《うしろむき》になって、肱《ひじ》を張って、南《なん》の字の印が動く、半被の袖をぐッと引いて、手を掉《ふ》って、

「おかみさん、大威張《おおいばり》だ。」

「あばよ。」

六

「あい、」といいすてに、急足《いそぎあし》で、与吉は見る内《うち》に間近《まぢか》な渋色の橋の上を、黒い半被《はっぴ》で渡った。真中頃《まんなかごろ》で、向岸から駆けて来た郵便脚夫《きゃくふ》と行合《ゆきあ》って、遣違《やりちが》いに一緒になったが、分れて橋の両端《りょうはし》へ、脚夫はつかつかと間近に来て、与吉は彼《か》の、倒れながらに半ば黄ばんだ銀杏《いちょう》の影に小さくなった。

七

「郵便！」

「はい、」と柳の下で、洗髪《あらいがみ》のお品は、手足の真黒《まっくろ》な配達夫が、突当《つきあた》るように目の前に踏留《ふみと》まって棒立《ぼうだち》になって喚《わめ》いたのに、驚いた顔をした。

「更科《さらしな》お柳《りゅう》さん、」

「手前どもでございます。」

お品は受取って、青い状袋の上書《うわがき》をじっと見ながら、片手を垂れて前垂《まえだれ》のさきを抓《つま》んで上げつつ、素足に穿《は》いた黒緒《くろお》の下駄を揃えて立ってたが、一寸《ちょっと》飜《かえ》して、裏の名を読む

と、顔の色が動いて、横目に框《かまち》をすかして、片頬《かたほ》に笑《えみ》を含んで、堪《たま》らないといったような声で、

「柳ちゃん、来たよ！」というが疾《はや》いか、横ざまに駆けて入《い》る、柳腰《やなぎごし》、下駄が脱げて、足の裏が美しい。

八

与吉が仕事場の小屋に入ると、例の如く、直《す》ぐそのまま材木の前に跪《ひざまず》いて、鋸《のこぎり》の柄《え》に手を懸《か》けた時、配達夫は、此処《ここ》の前を横切って、身を斜《ななめ》に、波に揺られて流るるような足取《あしどり》で、走り去った。

与吉は見も遣《や》らず、傍目《わきめ》も触《ふ》らないで挽《ひ》きはじめる。

巨大なるこの樟《くすのき》を濡《ぬ》らさないために、板屋根を葺《ふ》いた、小屋の高さは十丈《じょう》(72)もあろう、脚の着いた台に寄せかけたのが突立《つった》って、殆《ほと》ど屋根裏に届くばかり。この根際《ねぎわ》に膝《ひざ》をついて、伸上《のびあが》っては挽き下ろし、伸上っては挽き下ろす、大鋸の歯は上下《うえした》にあらわれて、両手をかけた与吉の姿は、鋸よりも小さいかのよう。

小屋の中《うち》には単《ただ》これればかりでなく、両傍《りょうわき》に堆《うずたか》く偉大な材木を積んであるが、その嵩《かさ》は

与吉の丈《たけ》より高いので、纔《わずか》に鋸屑《おがくず》の降積《ふりつも》った上に、小さな身体《からだ》一ツ入れるより他に余地はない。で恰《あたか》も材木の穴の底に跪いてるに過ぎないのである。背後《うしろ》は突抜《つきぬ》けの岸で、ここにも地《つち》と一面な水が蒼《あお》く澄んで、ひたひたと小波《ささなみ》の畝《うねり》が絶えず間近《まぢこ》う来る。往来傍《おうらいばた》には又《また》岸に臨んで、果《はて》しなく組違《くみちが》えた材木が並べてあるが、二十三十ずつ、四ツ目形《なり》(73)に、井筒形《いづつがた》(74)に、規律正しく、一定した距離を置いて、何処《どこ》までも続いて居る、四ツ目の間を、井筒の彼方《かなた》を、見え隠れに、ちらほら人が通るが、皆黙って歩行《ある》いて居るので。

淋《さみし》い、森《しん》とした中に手拍子《てびょうし》(75)が揃《そろ》って、コツコツコツコツと、鉄槌《かなづち》の音のするのは、この小屋に並んだ、一棟《ひとむね》、同《おなじ》一材木納屋《なや》の中で、三個《さんこ》の石屋が、石を鑿《き》るのである。

板囲《いたがこい》をして、横に長い、屋根の低い、湿った暗い中で、働いて居るので、三人の石屋も斉《ひと》しく南屋《みなみや》に雇われて居るのだけれども、渠等《かれら》は与吉のようなのではない、大工と一《いっ》所《しょ》に、南屋の普請《ふしん》に懸《かか》って居るので、ちょうど与吉の小屋と往来を隔てた真向《まむこ》うに、小さな普請小屋が(76)、真新《まあたらし》い、節穴《ふしあな》だらけな、薄板で建って居る、三方《さんぼう》が囲ったばかり、編んで繋いだ縄《なわ》も見え、一杯の日当《ひあたり》で、いきなり土の上へ白木《しらき》の卓子《テエブル》を一脚据《す》えた、その上には大土瓶《おおどびん》が一個、茶呑茶碗《ちゃのみぢゃわん》が七個八個《ななつやつ》。

後《うしろ》に置いた腰掛台の上に、一人は匍匐《はらばい》になって、肱《ひじ》を張って長々と伸び、一人は横ざまに手枕《てまくら》して股引穿《ももひきは》いた脚を屈《かが》めて、天窓《あたま》をくッつけ合って大工が寝そべって居る。普請小屋と、花崗石《みかげいし》の門柱《もんばしら》を並べて扉が左右に開いて居る、門の内の横手の格子《こうし》の前に、萌黄《もえぎ》(77)に塗った中に南と白で抜いたポンプが据《すわ》って、その縁《ふち》に釣棹《つりざお》と畚《ふご》(78)とがぶらりと懸《かか》って居る、真《まこと》にもの静かな、大家《たいけ》の店前《みせさき》に人の気勢《けはい》もない。裏庭とおもうあたり、遥か奥の方《かた》には、葉のやや枯れかかった葡萄棚《ぶどうだな》が、影を倒《さかしま》にうつして、此処《ここ》もおなじ溜池《ためいけ》で、門のあたりから間近な橋へかけて、透間《すきま》もなく乱杭《らんぐい》(79)を打って、数限《かずかぎり》もない材木を水のままに浸《ひた》してあるが、彼処《かしこ》へ五本、此処《ここ》へ六本、流寄《ながれよ》った形が判で印《お》した如く、皆三方から三ツに固《かたま》って、水を三角形に区切った、あたりは広く、一面に早苗田《さなえだ》のようである。この上を、時々ばらばらと雀《すずめ》が低《ひく》う。

九

その他《た》に此処で動いてるものは与吉が鋸《のこぎり》に過ぎなかった。

余り静かだから、しばらくして、又しばらくして、樟《くすのき》を挽《ひ》く毎《ごと》にぼろぼろと落つる木《き》屑《くず》が判然《はっきり》聞《きこ》える。

（父親《ちゃん》は何故《なぜ》魚を食べないのだろう、）とおもいながら膝《ひざ》をついて、伸上《のびあが》って、鋸を手元に引いた。木屑は極めて細かく、極めて軽く、材木の一処《ひとところ》から湧《わ》くようになって、肩にも胸にも膝の上にも降りかかる。トタンに向うざまに突出して腰を浮かした、鋸の音につれて、又時雨《しぐれ》のような微《かすか》な響《ひびき》が、寂寞《せきばく》とした巨材の一方から聞えた。

柄《え》を握って、挽きおろして、与吉は呼吸《いき》をついた。

（左様《そう》だ、魚の死骸だ、そして骨が頭に繫がったまま、皿の中に残るのだ、）と思いながら、絶えず拍子にかかって、伸縮《のびちぢみ》に身体《からだ》の調子を取って、手を働かす、鋸が上下して、木屑がまた溢《こぼ》れて来る。

（何故だろう、これは鋸で挽く所為《せい》だ、）と考えて、柳の葉が痛むといったお品の言《ことば》が胸に浮ぶと、又木屑が胸にかかった。

与吉は薄暗い中に居る、材木と、材木を積上げた周囲は、杉の香《か》、松の匂《におい》に包まれた穴の底で、目を睜《みは》って、跪《ひざまず》いて、鋸を握って、空《そら》ざまに仰いで見た。

樟の材木は斜めに立って、屋根裏を漏《も》れてちらちらする日光に映って、言うべからざる森厳《しんげん》な趣《おもむき》がある。この見上ぐるばかりな、これほどの丈《たけ》のある樹はこの辺《あたり》でついぞ見た事はない、橋の袂《たもと》の銀杏《いちょう》は固《もと》より、岸の柳は皆短《ひく》い、土手の松はいうまでもない、遥《はるか》に見えるその梢《こずえ》は殆《ほとん》ど水面と並んで居る。

然《しか》も猶《なお》これは真直《まっすぐ》に真四角に切《きっ》たもので、およそ倭《かか》る角《かく》の材木を得ようというには、杣《そま》(80)が八人五日あまりも懸らねばならぬと聞く。

那《そん》な大木のあるのは蓋《けだ》し深山《しんざん》であろう、幽谷《ゆうこく》でなければならぬ。殊《こと》にこれは飛驒山《ひだやま》(81)から廻《まわ》して来たのであることを聞いて居た。

枝は蔓《はびこ》って、谷に亘《わた》り、葉は茂って峰を蔽《おお》い、根はただ一山《ひとやま》を絡《まと》って居たろう。

その時は、その下蔭《したかげ》は矢張《やっぱり》こんなに暗かったか、蒼空《あおぞら》に日の照る時も、と然《そ》う思って、根際《ねぎわ》に居た黒い半被《はっぴ》を被《き》た、可愛《かわい》い顔の、小さな蟻《あり》のようなものが、偉大なる材木を仰いだ時は、手足を縮めてぞっとしたが、

（父親《ちゃん》は何《ど》うしてるだろう、）と考えついた。

鋸は又動いて、

（左様だ、今頃は弥六親仁《やろくおやじ》がいつもの通《とおり》、筏《いかだ》を流して来て(82)あの、船の傍《そば》を漕《こ》いで通りすがりに、父上《ちゃん》に声をかけてくれる時分だ、）

と思わず振向いて池の方、うしろの水を見返った。

溜池《ためいけ》の真中《まんなか》あたりを、頰冠《ほおかむり》した、色のあせた半被を着た、脊《せい》の低い親仁が、腰を曲げ、

足を突張《つっぱ》って、長い棹《さお》を繰《あやつ》って、画《え》の如く漕いで来る、筏は恰《あたか》も人を乗せて、油の上を辷《すべ》るよう。

するすると向うへ流れて、横ざまに近づいた、細い黒い毛脛《けずね》を掠《かす》めて、蒼い水の上を鷗《かもめ》が弓形《ゆみなり》に大きく鮮《あざや》かに飛んだ。

十

「与太坊《よたぼう》、父爺《ちゃん》は何事もねえよ。」と、池の真中《まんなか》から声を懸けて、おやじは小屋の中を覗《のぞ》こうともせず、爪《つま》さきは小波《さざなみ》を浴《あ》ぶるばかり沈んだ筏《いかだ》を棹さして、この時また中空《なかぞら》から白い翼を飜《ひるがえ》して、ひらひらと落《おと》して来て、水に姿を宿したと思うと、向うへ飛んで、鷗の去った方《かた》へ、すらすらと流して行く。

これは弥六といって、与吉の父翁《ちちおや》が年来の友達で、孝行な児《こ》が仕事をしながら、病人を案じて居るのを知って居るから、例として毎日今時分通りがかりにその消息を伝えるのである。与吉は安堵《あんど》して又《また》仕事にかかった。

(父親《ちゃん》は何事もないが、何故《なぜ》魚を喰《た》べないのだろう。左様《そう》だ、刺身《さしみ》は一寸《すん》だめしで、鱠《なます》はぶつぶつ切《ぎり》だ、魚《うお》の煮たのは、食べると肉がからみついたまま頭に繫《つなが》って、骨が残る、彼《あ》の皿の中の死骸に何《ど》うして箸がつけられようといって身震《みぶるい》をする、まったくだ。そして魚ばかりではない、柳の葉も食切《くいき》ると痛むのだ。)と思い思い、又この偉大なる樟《くすのき》の殆《ほとん》ど神聖に感じらるるばかりな巨材を仰ぐ。

高い屋根は、森閑《しんかん》として日中《ひなか》薄暗い中に、ほのぼのと見える材木から又ぱらぱらと、ぱらぱらと、其処《そこ》ともなく、鋸《のこぎり》の屑《くず》が溢《こぼ》れて落ちるのを、思わず耳を澄まして聞いた。中央の木目《もくめ》から渦《うずま》いて出るのが、池の小波のひたひたと寄する音の中に、隣の納屋の石を切る響《ひびき》に交って、繁った葉と葉が擦合《すれあ》うようで、たとえば時雨《しぐれ》の降るようで、又無数の山蟻《やまあり》が谷の中を歩行《ある》く跫音《あしおと》のようである。

与吉はとみこうみて、(83)肩のあたり、胸のあたり、膝《ひざ》の上、跪《ひざまず》いてる足の間《あいだ》に落溜《おちたま》った、堆《うずたか》い、木屑の積ったのを、樟の血でないかと思ってゾッとした。

今までその上について暖《あたたか》だった膝頭《ひざがしら》が冷々《ひやひや》とする、身体《からだ》が濡《ぬ》れはせぬかと疑って、彼処此処《あちこち》袖襟《そでえり》を手で拊《はた》いて見た。仕事最中、こんな心持《こころもち》のしたことは始めてである。

与吉は、一人谷のドン底に居るようで、心細くなったから、見透《みす》かす如く日の光を仰いだ。薄い光線が屋根板の合目《あわせめ》から洩《も》れて、幽《かす》かに樟に映ったが、巨大なるこの材木は唯単《ただたん》に三尺角《さんじゃくかく》のみのものではなかった。

与吉は天日を蔽《おお》う、葉の茂った五抱《いつかかえ》もあろうという幹に注連縄《しめなわ》を張った樟の大樹《だいじゅ》の根に、恰《あたか》も山の端《は》と思う処《ところ》に、しッきりなく降りかかる翠《みどり》の葉の中に、落ちて落ち重なる葉の上に、あたりは真暗《まっくら》な処に、虫よりも小《ちい》さな身体で、この大木の恰もその注連縄の下あたりに鋸を突《つき》さして居るのに心着いて、恍惚《うっとり》として目を睜《みは》ったが、気が遠くなるようだから、鋸を抜こうとすると、支《つか》えて、堅く食入《くいい》って、微《かす》かにも動かぬので、はッと思うと、谷々、峰々、一陣轟《いちじんごう》！と渡る風の音に吃驚《びっくり》して、数千仞《すうせんじん》(84)の谷底へ、真倒《まっさかさま》に落ちたと思って、小屋の中から転がり出した。

「大変だ、大変だ。」

「あれ！　お聞き、」と涙声《なみだごえ》で、枕も上《あが》らぬ寝床の上の露草の、がッくりとして仰向《あおむ》けの淋《さび》しい素顔に紅《べに》を含んだ、白い頬に、蒼《あお》みのさした、うつくしい、妹の、ばさばさした天神髷《てんじんまげ》の崩れたのに、浅黄《あさぎ》の手絡《てがら》が解《と》けかかって、透通《すきとお》るように真白《まっしろ》で細い頸《うなじ》を、膝の上に抱いて、抱占《かかえし》めながら、頬摺《ほおずり》していった。お品が片手にはしっかりと前刻《さっき》の手紙を握って居る。

「ねえ、ねえ、お聞きよ、あれ、柳ちゃん——柳ちゃん——しっかりおし。お手紙にも、そこらの材木に枝葉がさかえるようなことがあったら、夫婦に成って遣《や》るッて書いてあるじゃあないか。

親の為《ため》だって、何だって、一旦《いったん》他の人に身をお任せだもの、道理《もっとも》だよ。お前、お前、それで気を落したんだけれど、命をかけて願ったものを、お前、それまでに思うものを、柳ちゃん、何だってお見捨てなさるものかね、解《わか》ったかい、あれ、あれ、あれをお聞きよ。もう可《い》いよ。大丈夫だよ。願《ねがい》は叶《かな》ったよ。」

「大変だ、大変だ、材木が化けたんだぜ、小屋の材木に葉が茂った、大変だ、枝が出来た。」

と普請小屋《ふしんごや》、材木納屋の前で叫び足らず、与吉は狂気の如く大声で、この家《や》の前をも呼《よば》わって歩行《ある》いたのである。

「ね、ね、柳ちゃん――柳ちゃん――」

うっとりと、目を開《あ》いて、ハヤ色の褪《あ》せた唇《くちびる》に微笑《ほほえ》んで頷《うなず》いた。人に血を吸われたあわれな者の、将《まさ》に死なんとする耳に、与吉は福音《ふくいん》を伝えたのである、この与吉のようなものでなければ、実際また係《かか》る福音は伝えられなかったのであろう。

木精《こだま》（三尺角拾遺）

「あなた、冷えやしませんか。」

お柳は暗夜《りゅうやみ》の中に悄然《しょんぼり》と立って、池に臨《のぞ》んで、その肩を並べたのである。工学士は、井桁《いげた》に組んだ材木の下なる端《はし》へ、窮屈《きゅうくつ》に腰を懸《か》けたが、口元に近々《ちかぢか》と吸った巻煙草《まきたばこ》(1)が燃えて、その若々しい横顔と帽子の鍔広《つばびろ》な裏とを照らした。

お柳は男の背《せな》に手をのせて、弱いものいいながら遠慮《えんりょ》気《げ》なく、

「あら、しっとりしてるわ、夜露《よつゆ》が酷《ひど》いんだよ。直《じか》にそんなものに腰を掛けて、あなた冷《つめた》いでしょう。真《ほん》とに養生深《ようじょうぶか》(2)い方《かた》が、それに御病気挙句《あげく》(3)だというし、悪いわねえ。」

と言って、そっと圧《おさ》えるようにして、

「何ともありはしませんか、又《また》ぶり返すと不可《いけ》ませんわ、金《きん》さん。」

それでも、ものをいわなかった。

「真とに毒ですよ、冷えると悪いから立っていらっしゃい、立っていらっしゃいよ。その方が増《まし》ですよ。」

といいかけて、あどけない声で幽《かすか》に笑った。

「ほほほほ、遠い処《ところ》を引張《ひっぱ》って来て、草臥《くたび》れたでしょう。済みませんねえ。あなたも厭《いや》だというし、それに私《わたし》も、そりゃ様子を知って居て、一所《いっしょ》に苦労をして呉《く》れたからッたっても、姉さんには極《きまり》が悪くッて、内《うち》へお連れ申すわけには行《ゆ》かないしさ。我儘《わがまま》ばかり、お寝《よ》って在《い》らっしゃったのを、こんな処まで連れて来て置いて、坐《すわ》ってお休みなさることさえ出来ないんだよ。」

お柳はいいかけて涙ぐんだようだったが、しばらくすると、

「さあ、これでもお敷きなさい、些少《ちっと》はたしになりますよ。さあ、」

擦寄《すりよ》った気勢《けはい》である。

「袖か、」

「お厭《いや》?」

「そんな事を、しなくッても可《い》い。」

「可《よ》かあありませんよ、冷えるもの。」

「可いよ。」

「あれ、情《じょう》が強《こわ》いねえ、さあ、ええ、ま、痩《や》せてる癖《くせ》に。」と向《むこ》うへ突いた、男の身が浮いた下へ、片袖を敷かせると、まくれた白い腕を、膝《ひざ》に縋《すが》って、お柳は吻《ほっ》と呼吸《いき》。

男はじっとして動かず、二人ともしばらく黙然《だんまり》。

やがてお柳の手がしなやかに曲《まが》って、男の手に触《ふ》れると、胸のあたりに持って居た巻煙草は、心するともなく、放《はな》れて、婦人《おんな》に渡った。

「もう私は死ぬ処だったの。又笑うでしょうけれども、七日ばかり何にも塩《しお》ッ気《け》のものは頂かないいんですもの、斯《こ》うやってお目に懸《かか》りたいと思って、煙草も断《た》って居たんですよ。何だって一旦汚《いったんけが》した身体《からだ》ですから、そりゃおっしゃらないでも、私の方で気が怯《ひ》けます。それにあなたも旧《もと》と違って、今のような御身分《おみぶん》でしょう、所詮叶《しょせんかな》わないと断《あきら》めても、断められないもんですから、あなた笑っちゃ厭ですよ。」

といい淀《よど》んで一寸《ちょっと》男の顔。

「断めのつくように、断めさして下さいッて、お願い申した、あの、お返事を、夜《よ》の目も寝ないで待ッてますと、前刻《さっき》下すったのが、あれ……ね。深川《ふかがわ》のこの木場《きば》の材木に葉が繁ったら、夫婦《いっしょ》になって遣《や》るッておっしゃったのね。何《ど》うしたって出来そうもないことが出来たのは、私の念が届いたんですよ。あなた、こんなに思うもの、その位《くらい》なことはありますよ。」

と猶《なお》しめやかに、

「ですから、最《も》う人威張《おおいばり》。それでなくッてはお声だって聞くことの出来ないのが、押《お》懸《か》けて行って、無理にその材木に葉の繁った処をお目に懸けようと思って連出《つれだ》して来たんです。

あなた分ったでしょう、今あの木挽小屋《こびきごや》の前を通って見たでしょう。疑うもんじゃありませんよ。人の思《おもい》ですわ、真暗《まっくら》だから分らないってお疑《うたぐ》ンなさるのは、そりゃ、あなたが邪慳《じゃけん》だから、邪慳な方《かた》にゃ分りません。」

「あい。」

又黙って俯向《うつむ》いた、しばらくすると顔を上げて斜めに巻煙草を差寄《さしよ》せて、

「…………」

「さあ、」

「…………」

「邪慳だねえ。」

「…………」

「ええ!、要らなきゃ止《よ》せ。」

というが疾《はや》いか、ケンドン(5)に投《ほう》り出した、巻煙草の火は、ツツツと楕円形《だえんけい》に長く中空《なかぞら》

に流星の如き尾を引いたが、燦《ぱっ》と火花が散って、蒼《あお》くして黒き水の上へ乱れて落ちた。

屹《きっ》と見て、

「お柳、」

「え、」

「およそ世の中にお前位なことを、私にするものはない。」

と重々しく且《か》つ沈んだ調子で、男は粛然《しゅくぜん》としていった。

「女房ですから、」

と立派に言い放ち、お柳は忽《たちま》ち震《ふる》いつくように、岸破《がば》と男の膝に頰《ほお》をつけたが、消入《きえい》りそうな風采《とりなり》(6)で、

「そして同年紀《おなじとし》だもの。」

男はその頸《うなじ》を抱こうとしたが、フト目を反《そ》らす水の面《おも》、一点の火は未《ま》だ消えないで残って居たので。驚いて、じっと見れば、お柳が投げた巻煙草のそれではなく、靄《もや》か、霧《きり》か、朦朧《もうろう》とした、灰色の溜池《ためいけ》に、色も稍《やや》濃く、筏《いかだ》が見えて、天窓《あたま》の円《まる》い小《ちいさ》な形が一個《ひとつ》乗って蹲《しゃが》んで居たが、煙管《きせる》を啣《くわ》えたろうと思われる、火の光が、ぽッちり。

又水の上を歩行《ある》いて来たものがある。が船に居るでもなく、裾《すそ》が水について居るでも

ない。脊《せ》高《たか》く、霧と同鼠《おんなじねずみ》の薄い法衣《ころも》(7)のようなものを絡《まと》って、向《むこう》の岸からひらひらと。見る間に水を離れて、すれ違って、背後《うしろ》なる木納屋《きなや》に立てかけた数百本の材木の中に消えた、トタンに認めたのは、緑青《ろくしょう》(8)で塗ったような面《おもて》、目の光る、口の尖《とが》った、手足は枯木のような異人(9)であった。

「お柳。」と呼ぼうとしたけれども、工学士は余りのことに声が出なくッて瞳《ひとみ》を据《す》えた。爾時《そのとき》何事とも知れず仄《ほの》かにあかりがさし、池を隔てた、堤防《どて》の上の、松と松との間に、すっと立ったのが婦人《おんな》の形、ト思うと細長い手を出し、此方《こなた》の岸を気《け》だるげに指招《さしまね》く。学士が堪《た》まりかねて立とうとする足許《あしもと》に、船が横ざまに、ひたとついて居た、爪先《つまさき》の乗るほどの処にあったのを、霧が深い所為《せい》で知らなかったのであろう、単《ただ》そればかりでない。

船の胴《どう》の室《ま》に嬰児《あかご》が一人、黄色い裏をつけた、紅《くれない》の四《よ》ツ身《み》(10)を着たのが辷《すべ》って、彼《か》の婦人の招くにつれて、船ごと引きつけらるるように、水の上をするすると斜めに行く。その道筋《みちすじ》に、夥《おびただ》しく沈めたる材木は、恰《あたか》も手を以《も》て掻《か》き退《の》ける如くに、算《さん》を乱して颯《さっ》と左右に分れたのである。

それが向う岸へ着いたと思うと、四辺《あたり》また濛々《もうもう》、空の色が少し赤味を帯びて、殊《こと》に黒ずんだ水面に、五六人の気勢《けはい》がする、囁《ささや》くのが聞《きこ》えた。

「お柳、」と思わず抱占《だきし》めた時は、浅黄《あさぎ》の手絡《てがら》と、雪なす頸が、鮮やかに、狭霧《さぎり》の中に描《えが》かれたが、見る見る、色があせて、薄くなって、ぼんやりして、一体《いったい》に墨《すみ》のようになって、やがて、幻《まぼろし》は手にも留《とま》らず。

放して退《すさ》ると、別に塀際《へいぎわ》に、犇々《ひしひし》と材木の筋《すじ》が立って並ぶ中に、朧々《おぼろおぼろ》とものこそあれ、(11)学士は自分の影だろうと思ったが、月は無し、且《か》つ我が足は地に釘《つち》づけになってるのにも係《かかわ》らず、影法師《かげぼうし》は、薄くなり、濃くなり、濃くなり、薄くなり、ふらふら動くから我にもあらず、

「お柳、」

思わず又、

「お柳、」

といってすたすたと十間《けん》(12)ばかりあとを追った。

「待て。」

あでやかな顔は目前《めさき》に歴々《ありあり》と見えて、ニッと笑う涼《すず》しい目の、うるんだ露《つゆ》も手に取るばかり、手を取ろうする、と何にもない。掌《たなそこ》に障《さわ》ったのは寒い旭《あさひ》の光線で、夜はほのぼの

と明けたのであった。

学士は昨夜、礫川《こいしかわ》(13)なるその邸《やしき》で、確《たしか》に寝床《ねどこ》に入ったことを知って、あとは恰も夢のよう。今を現《うつつ》とも覚えず。唯見《とみ》れば(14)池のふちなる濡《ぬ》れ土を、五六寸離れて立つ霧の中に、唱名《しょうみょう》の声、鈴《りん》の音、深川木場のお柳が姉の門《かど》に紛《まぎ》れはない。然《しか》も面《おもて》を打つ一脈《いちみゃく》の線香の香《におい》に、学士はハッと我に返った。何も彼《か》も忘れ果てて、狂気の如く、その家《や》を音信《おとず》れて聞くと、お柳は丁《ちょう》ど爾時《そのとき》……。あわれ、草木も、婦人《おんな》も、霊魂《たましい》に姿があるのか。

朱《しゅ》日《にっ》記《き》

一

「小使《こづかい》(1)、小《こ》ウ使《づかい》。」

程《ほど》もあらせず、……廊下《ろうか》を急いで、尤《もっと》も授業中の遠慮、静《しずか》に教員控所《きょういんひかえじょ》の板戸の前へ敷《しき》居越《いごし》に髯面《ひげづら》……と云《い》うが頤頬《あごほお》などに貯えたわけではない。不精《ぶしょう》で剃刀《かみそり》を当てないから、むじゃむじゃとして黒い。胡麻塩頭《ごましおあたま》で、眉《まゆ》の迫った渋色(2)の真正面《まっしょうめん》を出したのは、苦虫《にがむし》と渾名《あだな》の古物《こぶつ》、但《ただ》し人の好《い》い漢《おとこ》である。

「へい。」

と唯《ただ》云ったばかり、素気《そっけ》なく口を引結《ひきむす》んで、真直《まっすぐ》に立って居る。

「おお、源助《げんすけ》か。」

その職員室真中《まんなか》の大卓子《おおテエブル》、向側《むこうがわ》の椅子《いす》に凭《かか》った先生は、縞《しま》の布子《ぬのこ》(3)、小倉《こくら》の袴《はかま》(4)、羽織は袖に白墨摺《はくぼくずれ》のあるのを背後《うしろ》の壁に遣放《やりばな》しに(5)更紗《さらさ》(6)の裏を捩《よじ》ってぶらり。髪の薄い天窓《あたま》を真《ま》俯向《うつむ》けにして、土瓶《どびん》やら、茶碗《ちゃわん》やら、解《とき》かけた風呂敷包《ふろしきづつみ》、混雑《ごった》に職員のが散《ちら》ばったが、その控えた前だけ整然として、硯箱《すずりばこ》を右手《めて》へ引附《ひきつ》け、一冊覚書《おぼえがき》らしいのを熟《じっ》と視《なが》めて居たのが、抜上《ぬけあが》った額《ひたい》の広い、鼻のすっと隆《たか》い、髯の無い、頤《おとがい》の細い、眉のくっきりした顔を上げた、雑所《ざいしょ》と云う教頭心得《きょうとうこころえ》(7)。何か落着《おちつ》かぬ色で、

「此方《こっち》へ入れ。」

と胸を張って袴の膝《ひざ》へ丁《ちゃん》と手を置く。

意味ありげな体《てい》なり。茶碗を洗え、土瓶に湯を注《さ》せ、では無さそうな処《ところ》から、小使もその気構《きがまえ》で、卓子の角《かど》へ進んで、太い眉をもじゃもじゃと動かしながら、

「御用で?」

「何は、三右衛門《さんえもん》は。」と聞いた。

これは背の抜群に高い、年紀《とし》は源助より大分少《わか》いが、仔細《しさい》も無かろう(8)、けれども発心《ほっしん》をしたように頭髪をすっぺりと剃附《そりつ》けた青道心《あおどうしん》(9)の、何時《いつ》も莞爾莞爾《にこにこ》した滑稽《おじ》けた男で、矢張《やっぱ》り学校に居る、最《も》う一人の小使である。

「同役《どうやく》(10)(と何時も云う、士《さむらい》の果《はて》か、仲間《ちゅうげん》(11)の上《あが》りらしい。)は番でございまして、唯今水瓶《ただいまみずがめ》へ水を汲込《くみこ》んで居《お》りまするが。」

「水を汲込んで、水瓶へ……むむ、この風で。」

と云う。閉込《しめこ》んだ硝子窓《がらすまど》がびりびりと鳴って、青空へ灰汁《あく》(12)を湛《たた》えて、上から揺《ゆす》って沸《わき》立《た》たせるような凄《すさ》まじい風が吹く。

その窓を見向いた片頬《かたほ》に、颯《さっ》と砂埃《すなほこり》を捲《ま》く影がさして、雑所は眉を顰《ひそ》めた。

「この風が、……何か、風……が烈《はげ》しいから火の用心か。」

と唐突《だしぬけ》に妙な事を言出《いいだ》した。が、成程《なるほど》、聞く方もその風なれば、然《さ》まで不思議とは思わぬ。

「否《いえ》、予《かね》てお諭《さと》しでもございますし、不断《ふだん》十分に注意はしまするが、差当《さしあた》り、火の用心と申すではございませぬ。……やがて、」

と例の渋い顔で、横手の柱に掛《かか》ったボンボン時計を睨《にら》むようにじろり。ト十一時……丁《ちょう》ど半。――小使の心持《こころもち》では、時間が最う些《ちっ》と経って居そうに思ったので、止まっては居らぬか、とさて瞻《みつ》めたもので。――風に紛《まぎ》れて針の音が全く聞《きこ》えぬ。

然《そ》う言えば、全校の二階、下《した》階、何《ど》の教場《きょうじょう》からも、声一つ、咳《しわぶき》、半分響いて来ぬ、一日中、またこの正午《ひる》に成る一時間ほど、寂寞《ひっそり》とするのは無い。――それは小児《こども》たちが一心不乱、目《め》まじろぎ(13)もせずにお弁当の時を待構《まちかま》えて、無駄《むだ》な足踏みもせぬからで。静《しずか》なほど、組々の、人一人《ひとひとり》の声も澄渡《すみわた》って手に取るようだし、広い職員室のこの時計のカチカチなどは、居ながら小使部屋でもよく聞えるのが例の処《ところ》を、ト瞻めても針けソッとも響かぬ。羅馬数字《ロオマすうじ》も風の硝子窓のぶるぶると震《ふる》うのに釣られて、波を揺って見える。が、分銅《ふんどう》だけは、調子を違《ちが》えず、とうんとうんと打つ——時計は止まったのではない。

「最《も》う、これ午餉《おひる》になりまするで、生徒方が湯を呑《の》みに、どやどやと見えますで。湯は沸《たぎ》らせましたが——いや、何《ど》の小児衆《こどもしゅ》も性急で、渇《かわ》かし切ってござって、突然《いきなり》がぶりと喫《あが》りまするで、気を着けて進ぜませぬと、直《じ》きに火傷《やけど》を。」

「火傷を……ふむ。」

と長い顔を傾ける。

二

「同役《どうやく》とも申合わせまする事で。」

と対向《さしむか》いの、可《か》なり年配のその先生さえ少《わか》く見えるくらい、老実な語《くち》。

「加減をして、うめて進ぜまする。その貴方様《あなたさま》、水をフト失念いたしましたから、精々《せっせ》と汲込《くみこ》んで居りまするが、何か、別して三右衛門《さんえむ》にお使《つかい》でもござりますか、手前ではお間には合い兼ね……………」

と言懸《いいか》けるのを、遮《さえぎ》って、傾けたまま頭《かぶり》を掉《ふ》った。

「いや、三右衛門(14)でなくって丁《ちょう》ど可《い》いのだ、あれは剽軽《ひょうきん》だからな。……源助、実は年上のお前を見掛けて、些《ち》と話があるがな。」

出方が出方で、源助は一倍まじりとする。

先生も少し極《きま》って(15)、

「最《も》っと此方《これ》へ寄らんかい。」

と椅子《いす》をかたり。卓子《テエブル》の隅を座取《ざと》って、身体《からだ》を斜《はす》に、袴《はかま》をゆらりと踏開《ふみひら》いて腰を落《おと》しつける。その前へ、小使《こづかい》はもっそり進む。

「卓子の向《むこ》う前でも、砂埃《すなッぽこり》に掠《かす》れるようで、話がよく分らん、喋舌《しゃべ》るのに骨が折れる。ええん。」と咳《しわぶき》をする下から、煙草《たばこ》を塡《つ》めて、吸口《すいくち》をト頬《ほお》へ当てて、

「酷《ひど》い風だな。」

「はい、屋根も憂慮《きづか》われまする……この二三年と申しとうござりまするが、何《ど》うでござりましょうぞ。五月も半ば、と申すに、北風《ならい》(16)の恁《こ》う烈《はげ》しい事は、十年以来《このかた》にも、ついぞ覚えませぬ。幾千《いくら》雪国でも、貴下様《あなたさま》。最《も》うこれ布子《ぬのこ》から単衣《ひとえもの》(17)と飛びまする処《ところ》を、今日《こんにち》あたりは何ういたして、また襯衣《しゃつ》に股引《ももひき》などを貴下様、下女の宿下《やどさが》り(18)見まするように、

古葛籠《ふるつづら》(19)を引覆《ひっくりかえ》しますような事でござりまして、一寸《ちょっと》戸外《おもて》へ出て御覧《ごろう》じませ。鼻も耳も吹切《ふきき》られそうで、何とも凌《しの》ぎ切れませんではござりますまいか。

三右衛門なども、鼻の尖《さき》を真赤《まっか》に致して、えらい猿田彦《さるだひこ》(20)にござります。はは。」と変哲もない愛想笑《あいそうわらい》。が、然《そ》う云《い》う源助の鼻も赤し、これは如何《いか》な事、雑所《ざいしょ》先生の小鼻のあたりも紅《べに》が染《にじ》む。

「実際、厳《きびし》いな。」

と卓子の上へ、煙管《きせる》を持ったまま長く露出《むきだ》しに火鉢へ翳《かざ》した、鼠色《ねずみいろ》の襯衣の腕を、先生ぶるぶると震《ふる》わすと、歯をくいしばって、引立《ひった》てるようにぐいと擡《もた》げて、床板へ火鉢をどさり。で、足を踏張《ふんば》り、両腕《りょううで》をずいと扱《しご》いて、

「御免《ごめん》を被《こうむ》れ(21)、行儀《ぎょうぎ》も作法も云っちゃ居《お》られん、遠慮は不沙汰《ぶさた》だ。源助、当《あた》れ。」

「はい、同役とも相談をいたしまして、昨日にも塞《ふさ》ごうと思いました、部屋(と溜《たまり》(22)の事を云う)の炉に又噛《またかじ》りつきますような次第にござります。」と中腰に成って、鉄火箸《かなひばし》で炭を開《あら》けて、(23)五徳《ごとく》を搯《ず》って(24)引傾《ひっかた》がった銅の大薬罐《おおやかん》の肌を、毛深い手の甲で無手《むず》と撫《な》でる。

「一杯沸《たぎ》ったのを注《さ》しましょうで、――軈《やが》てお弁当でござりましょう。貴下様組は、この時間御休憩で？」

「源助、その事だ。」

「はい。」

と獅噛面《しかみづら》(25)を後《あと》へ引込《ひっこ》めて目を据える。

雑所は前のめりに俯向《うつむ》いて、一服吸った後を、口でふっふっと吹落《ふきおと》して、雁首《がんくび》(26)を取って返して、吸殻《すいがら》を丁寧《ていねい》に灰に突込《つっこ》み、

「閉込《しめこ》んで置いても風が揺《ゆす》って、吸殻一つも吹飛ばしそうで成らん。危《あぶな》いよ、こんな日は。」

と又一つ灰を浴《あび》せた。瞳《ひとみ》を返して、壁の黒い、廊下《ろうか》を視《なが》め、

「可《い》い塩梅《あんばい》に、其方《そっち》からは吹通《ふきとお》さんな。」

「でも、貴方様まるで野原でござります。お児達《こだち》の歩行《ある》いた跡は、平一面《たいらいちめん》の足跡でござりまするが。」

「むむ、まるで野原……」

と陰気な顔をして、伸上《のびあが》って透《す》かしながら(27)、

「源助、時に、何、今小児《こども》を一人、少し都合があって、お前達の何だ、小使溜《こづかいだまり》へ遣《や》ったっけが、何は、……部屋に居るか。」

「居りまするで、悄乎《しょんぼり》としましてな。はい、……あの、嬢ちゃん坊ちゃんの事でござりましょう、部屋に居りますでございますよ。」

三

「嬢ちゃん坊ちゃん。」

と先生は一寸口《ちょっと》の裡《うち》で繰返《くりかえ》したが、直《す》ぐにその意味《こころ》を知って頷《うなず》いた。今年九歳《ここのつ》に成る、校内第一の綺麗《きれい》な少年、宮浜浪吉《みやはまなみきち》と云《い》って、名まで優しい。色の白い、髪の美しいので、源助はじめ、嬢ちゃん坊ちゃん、と呼ぶのであろう？……

「悄乎して居る。小使溜に。」

「時ならぬ時分に、部屋へ茫乎《ぼんやり》と入って来て、お腹《なか》が痛むのかと言うて聞いたでござりますが、雑所《ざいしょ》先生が小使溜へ行って居るように仰有《おっしゃ》ったとばかりで、悄《しお》れ返って居りまする。はてな、他のものなら珍《めず》らしゅうござりませぬ。この児《こ》に限って、悪戯《いたずら》をして、課業中、席から追出《おいだ》されるような事はあるまいが、何《ど》うしたものじゃ。……寒いで、まあ、当りなさいと、炉の縁《ふち》へ坐《すわ》らせまして、手前も胡坐《あぐら》を掻《か》いて、火をほじりほじり、仔細《しさい》を聞きましても、何も言わずに、恍惚《うっとり》したように鬱《ふさ》ぎ込みまして、あの可愛《かわい》げに掻合《かきあわ》せた美しい襟《えり》に、白う、そのふっくらとした頤《あご》を附着《くっつ》けて、頻《しき》りとその懐中《ふところ》を覗込《のぞきこ》みますのを、じろじろ見ますと、浅葱《あさぎ》(28)の襦袢《じゅばん》(29)が開《はだ》けまするまで、艶々露《つやつやつゆ》も垂れるげな、紅《べに》を溶いて玉にしたようなものを、溢《こぼ》れまするほど、な、貴方様《あなたさま》。」

「むむ然《そ》う。」

と考えるようにして、雑所はまた頷く。

「手前、御存じの少々近視眼《ちかめ》で。それへ恁《こ》う、霞《かすみ》が掛《かか》りました工合《ぐあい》に、薄い綺麗な紙に包んで持って居るのを、何か干菓子《ひがし》ででもあろうかと存じました処《ところ》。」

「茱萸《ぐみ》(30)だ。」と云って雑所は居直る。話が此所《ここ》へ運ぶのを待構《まちかま》えた体《てい》であった。

「で、ござりまするな。目覚める木《き》の実《み》(31)で、いや、小児《こども》が夢中に成るのも道理でござります。」と感心した様子に源助は云うのであった。

青梅も未《ま》だ苦い頃、やがて、李《すもも》でも色づかぬ中《うち》は、実際苺《いちご》と聞けば、小蕪《こかぶ》のように干《ひ》乾《から》びた青い葉を束《たば》ねて売る、黄色な実だ、と思って居る、恁《こ》うした雪国では、蒼空《あおぞら》の下に、白い日で暖《あたたか》く蒸す茱萸の実の、枝も撓《たわわ》々な処など、大人さえ、火の燃ゆるが如く目に着くのである。

「家《うち》から持ってござったか。教場《きょうじょう》へ出て何の事じゃ、大方《おおかた》その所為《せい》で雑所様に叱《しか》られたものであろう。まあ、大人《おとな》しくして居なさい、と然う云うて遣《や》りまして、実は何でございます。……あの児《こ》のお詫《わび》を、と間《ま》を見て居りました処を、丁《ちょう》どお召《めし》でございまして、……はい。何も小児でございます。口頃が日頃で、ついぞ世話を焼かした事の無い、評判の児でございまするから、今日《こんにち》の処は、源助、あの児に成りかわりまして御訴訟《ごそしょう》。(32)はい、気が小さいかいたして、口も利けずに、とぼんとして、(33)可哀《かわい》や、病気にでも成りそうに見えまするがい。」と揉手《もみで》をする。

「何《ど》うだい、吹く事は。酷《ひど》いぞ。」

と窓と一所《いっしょ》に、肩をぶるぶると揺《ゆす》って、卓子《テエブル》の上へ煙管《きせる》を棄《す》てた。

「源助。」

と再度更《あらたま》って、

「小児が懐中《ふところ》の果物なんか、袂《たもと》へ入れさせれば済む事よ。何うも変に、気に懸《かか》る事があってな、小児処《どころ》か、お互《たがい》に、大人が、とぼんと成らなければ可《い》いが、と思うんだ。

昨日夢を見た。」

と注《つ》いで置きの茶碗に残った、冷《つめた》い茶をがぶりと飲んで、

「昨日な、……昨夜《ゆうべ》とは言わん。が、昼寝をして居て見たのじゃない。日の暮れようと云う、そち此方《こち》、暗く成った山道だ。」

「山道の夢でござりまするな。」

「否《や》、実際山を歩行《ある》いたんだ。それ、日曜さ、昨日は——源助、お前は自《おのず》から得て居る。(34)私は本と首引《くびっぴ》きだが、本草《ほんぞう》(35)が好物でな、知ってる通り。で、昨日些《ち》と山を奥まで入った。つい浮々《うかうか》と谷々へ釣込《つりこ》まれて。

こりゃ途中で暗く成らなければ可いが、と山の陰が些と憂慮《きづか》われるような日ざしに成った。それから急いで引返したのよ。」

四

「山時分《やまじぶん》(36)じゃないから人ッ子に逢《あ》わず。又茸狩《またたけがり》にだって、あんなに奥まで行《ゆ》くものはない。随分路《ずいぶんみち》でもない処《ところ》を潜《もぐ》ったからな。三ツばかり谷へ下りては攀上《よじのぼ》り、下りては攀上りした時は、些《ち》と心細く成った。昨夜《ゆうべ》は野宿かと思ったぞ。でもな、秋とは違って、日の入《いり》が遅いから、まあ、可《よ》かった。漸《や》っと旧道に繞《めぐ》って出たのよ。

今日とは違った嘘《うそ》のような上天気で、風なんか薬にしたくもなかったが、薄着で出たから晩方《ばんがた》は寒い。それでも汗の出るまで、脚絆掛《きゃはんがけ》で(37)、すたすた来ると、幽《かすか》に城が見えて来た。城の方にな、可厭《いや》な色の雲が出て居たには出て居たよ――この風に成ったんだろう。

その内《うち》に、物見《ものみ》の松(38)の梢《こずえ》の尖《さき》が目に着いた。もう目の前の峰を越すと、あの見霽《みはら》しの丘(39)へ出る。……後は一雪崩《ひとなだれ》(40)にずるずると屋敷町の私の内へ辷《すべ》り込まれるんだ、と吻《ほっ》と息をした。処が又、知ってる通り、あの一町場《ひとちょうば》(41)が、一方谷《いっぽうたに》、一方覆被《おっかぶ》さった雑木林《ぞうきばやし》で、妙に真昼間《まっぴるま》も薄暗い、可厭《いや》な処じゃないか。」

「名代《なだい》な魔所(42)でござります。」

「何か知らんが。」

と両手で頤《あご》を扱《しご》くと、げっそり瘠《や》せたような顔色《かおつき》で、

「一ッ切《きり》(43)、洞穴《ほらあな》を潜《くぐ》るようで、それまで、ちらちら城下が見えた、大川(44)の細い靄《もや》も、大橋(45)の小さな灯《ひ》も、何も見えぬ。

ざわざわざわざわと音がする。……樹の枝じゃ無い、右のな(46)、その崖《がけ》の中腹《ちゅうふく》ぐらいな処を、熊笹《くまざさ》の上へむくむくと赤いものが湧《わ》いて出た。幾疋《いくひき》となく、やがて五六十、夕焼《ゆうやけ》

が其処等《そこいら》を胡乱《うろ》つくように……皆《みんな》猿だ。

丘の隅にゃ、荒れたが、それ山王《さんのう》の社《やしろ》(47)がある。時々山奥から猿が出て来ると云《い》う処だから、その数の多いにはぎょっとしたが――別に猿と云うに驚くこともなし、又猿の面《つら》の赤いのに不思議はないがな、源助。

何《ど》れも此《こ》れも、何うだ、その総身《そうしん》の毛が真赤《まっか》だろう。

然《しか》も数が、其処《そこ》へ来た五六十疋《ぴき》と云う、そればかりじゃない。後《あと》へ後へと群《むら》がり続いて、裏山の峰へ尾を曳《ひ》いて、遥《はる》かに高い処から、赤い滝を落《おと》し懸けたのが、岩に潜《くぐ》って又流れる、その末《すえ》の開《ひら》いた処が、目の下に見える数よ。最も遠くの方は中絶《なかだ》えして、一ツ二ツずつ続いたんだが、限りが知れん、幾百居るか。

で、何の事はない、虫眼鏡《むしめがね》で赤蟻《あかあり》の行列を山へ投懸《なげか》けて視《なが》めるようだ。それが一ツも鳴かず、静まり返って、さっさっさっと動く、熊笹がざわつくばかりだ。

夢だろう、夢でなくって(48)。夢だと思って、源助、まあ、聞け。……実は夢じゃないんだが、(49)現在見たと云っても真個《ほんと》にはしまい。」

源助はこれを聞くと、弥々《いよいよ》渋って、頤《あご》の毛をすくすくと立てた。

「はあ。」

と息を内《うち》へ引きながら、

「随分《ずいぶん》、真個《ほんとう》にいたします。場所がらでござりまするで。雑所《さいしょ》様、なかなか(50)源助は疑いませぬ。」

「疑わん、真個に思う。其処《そこ》でだ、源助、序《ついで》に最《も》う一ツ真個にして貰《もら》いたい事がある。其処へな、背後《うしろ》の、暗い路《みち》をすっと来て、私に、ト並んだと思う内に、大跨《おおまた》に前へ抜《ぬ》越《こ》したものがある。……

山遊びの時分には、女も駕籠《かご》も通る。狭《せま》くはないから、肩摺《かたず》れるほどではないが、まざまざと足が並んで、はっと不意に、此方《こっち》が立停《たちど》まる処を、抜けた。

下闇《したやみ》(51)ながら――此方も最う、僅《わず》かの処だけれど、赤い猿が夥《おびただ》しいので、人恋しい。で透《す》かして見ると、判然《はっきり》とよく分った。

それも夢かな、源助、暗いのに。――

裸体《はだか》に赤合羽《あかがっぱ》を着た、大きな坊主だ。」

「へい。」と源助は声を詰めた。

「真黒《まっくろ》な円《まる》い天窓《あたま》を露出《むきだし》でな、耳元を離した処へ、その赤合羽の袖を鯱子張《しゃちこば》らせる形に、大《おおき》な肱《ひじ》を、ト鍵形《かざなり》に曲げて、柄《え》の短い赤い旗を飜々《ひらひら》と見せて、しゃんと構えて、ずんずん通る。……

旗は真赤《まっか》に宙《ちゅう》を煽《あお》つ。

まさかとは思う……特《こと》にその言った通り人恋しい折からなり、対手《あいて》の僧形《そうぎょう》にも何分《なにぶん》か気が許されて、

（御坊《ごぼう》、御坊。）

と二声《ふたこえ》ほど背後《うしろ》で呼んだ。」

五

「物凄《ものすご》さも前《さき》に立つ。さあ、呼んだつもりの自分の声が、口へ出たか出んか分らないが、一も二もない、呼んだと思うと振向《ふりむ》いた。

顔は覚えぬが、頤《あご》も額《ひたい》も赤いように思った。

（何方《どちら》へ？）

と直《す》ぐに聞いた。

ト竹を破《わ》るような声で、

（城下を焼きに参るのじゃ。）と言う。ぬいと出て脚許《あしもと》へ、五《いつ》つ六《む》つの猿が届いた。(52) 赤

い雲を捲《ま》いたようにな、源助。」

「…………」小使《こづかい》は口も利かず。

「爾時《そのとき》、旗を衝《つ》と上げて、
(物見《ものみ》から些《ち》と見物なされ。)と云《い》うと、上げたその旗を横に、飜然《ひらり》と返して、指《さ》したと思えば、峰に並んだ向うの丘の、松の梢《こずえ》へ颯《さつ》と飛移《とびうつ》ったかと思う、旗の煽《あお》つような火が松明《たいまつ》を投附《なげつ》けたように燬《ぱっ》と燃え上る。顔も真赤《まっか》に一面の火に成ったが、遥《はる》かに小さく、ちらちらと、唯矢張《ただやっぱ》り物見の松の梢の処《ところ》に、丁子頭《ちょうじがしら》(53)が揺れるように見て、気が静《しず》ると、坊主も猿も影も無い。赤い旗も、花火が落ちる状《さま》になくなったんだ。

小児《こども》が転んで泣くようだ、他愛《たあい》がないじゃないか。さて然《そ》う成ってから、急に我ながら、世にも怯《おび》えた声を出して、
(わっ。)と云ってな、三反《だん》(54)ばかり山路《やまみち》の方へ宙《ちゅう》を飛んで遁出《にげだ》したと思え。

はじめて夢が覚めた気に成って、寒いぞ、今度は。がちがち震《ふる》えながら、傍目《わきめ》も触《ふ》らず、坊主が立ったと思う処は爪立足《つまだちあし》をして、それから、お前、前の峰を引掻《ひっか》くように駆《かけ》上《あが》って、……ましぐらに又摺落《またずりお》ちて、見霽《みはら》しへ出ると、何《ど》うだ。夜が明けたように広々として、崖《がけ》のはずれから高い処を、乗出《のりだ》して、城下を一人で、月の客(55)と澄まして視《なが》めて

居る物見の松の、丁《ちょう》ど、赤い旗が飛移った、と、今見る処に、五日頃の月が出て蒼白《あおじろ》い中に、松の樹はお前、大蟹《おおがに》が海松房《みるぶさ》(56)を引被《ひっかず》いて山へ這出《はいで》た形に、しっとりと濡《ぬ》れて薄靄《うすもや》が絡《まと》って居る。遥かに下だが、私の町内と思うあたりを……場末《ばすえ》で遅廻《おそまわ》りの豆腐屋《とうふや》の声が、幽《かすか》に聞《きこ》えようと云うのじゃないか。

話に成らん。苟《いやしく》も小児《こども》を預って教育の手伝もしようと云うものが、宛然《まるで》狐《きつね》に魅《つま》まれた(57)ような気持で、……家内にさえ、話も出来ん。

帰って湯に入って、寝たが、綿《わた》のように疲れて居ながら、何か、それでも寝苦《ねぐるし》くって時々早鐘《はやがね》(58)を撞《つ》くような音が聞えて、吃驚《びっくり》して目が覚める、と寝汗でぐっちょり、それも半分は夢心地さ。

明方《あけがた》からこの風さな。」

「正寅《しょうとら》の刻《こく》(59)からでござりました、海嘯《つなみ》のように、どっと一時《いっとき》に吹出《ふきだ》しましたに因《よ》って存じて居りまする。」と源助の言《こと》つき、恰《あたか》も口上《こうじょう》。何か、恐入《おそれい》って居る体《てい》がある。

「夜があけると、この砂煙《すなけぶり》。でも人間、(60)雲霧《くもきり》を払った気持だ。然《そ》して、赤合羽《あかがっぱ》の坊主の形《かたち》もちらつかぬ。やがて忘れてな、八時、九時、十時と何事もなく課業を済まして、この十一時が読本《とくほん》(61)の課目なんだ。

な、源助。

授業に掛《かか》って、読出《よみだ》した処が、怪訝《おかし》い。消火器の説明がしてある、火事に対する種々《いろいろ》の設備のな。しかし最《も》うそれさえ気に成らずに業《ぎょう》をはじめて、ものの十分も経ったと思うと、入口の扉を開けて、ふらりと、あの児《こ》が入って来たんだ。」

「へい、嬢ちゃん坊ちゃんが。」

「然《そ》う。宮浜がな。おや、と思った。あの児は、それ、墨《すみ》の中に雪(62)だから一番目に着く。……朝、一二時間とも丁《ちゃん》と席に着いて授業を受けたんだ。――この硝子窓《がらすまど》の並びの、運動場《うんどうば》の矢張窓際《やっぱりまどぎわ》に席があって、……尤《もっと》も二人並んだ内側の方だが。薩張《さっぱり》気が着かずに居た。……成程《なるほど》、その席が一ツ穴に成って居る。

又、箸《はし》の倒れた事でも、沸返《にえかえ》って騒立《さわぎた》つ連中が、一人それまで居なかったのを、誰もいッつけ口《ぐち》をしなかったも怪《あやし》いよ。

ふらりと廊下《ろうか》から、時ならない授業中に入って来たので、さすがに、わっと動揺《どよ》めいたが、その音も戸外《おもて》の風に吹攫《ふきさら》われて、どっと遠くへ、山へ打《ぶ》つかるように持って行かれる。口や目ばかり、ばらばらと、動いて、騒いで、小児等《こどもら》の声は幽《かすか》に響いた……」

六

「私も不意だから、変に気を抜かれたように成って、とぼんと、あの可愛《かわい》らしい綺麗《きれい》な児《こ》を見たよ。

密《そっ》と椅子《いす》の傍《そば》へ来て、愛嬌《あいきょう》づいた莞爾《にっこり》した顔をして、

（先生、姉さんが。）

と云《い》う。——姉さんが来て、今日は火が燃える、大火事があって危ないから、早仕舞《はやじまい》にしてお帰りなさい。先生に然《そ》うお願いして、と言いますから……家《うち》へ帰らして下さい、と云うんです。含羞《はにか》む児だから、小さな声して。

風はこれだ。

聞《きこ》えないで僥倖《さいわい》。一寸《ちょっと》でも生徒の耳に入ろうものなら、壁を打抜《ぶちぬ》く騒動だろう。

最《も》うな、火事と、聞くと頭から、ぐらぐらと胸へ響いた。

騒がぬ顔して、皆《みんな》には、宮浜が急に病気に成ったから今手当をして来る。予《かね》て言う通り静《しずか》にして居るように、と言聞《いいき》かして置いて、精々落着《せいぜいおちつ》いて、先《ま》ず、あの児をこの控所《ひかえじょ》へ連れ出して来たんだ。

処《ところ》で、気を静めて、と思うが、何分《なにぶん》、この風が、時々、かっと赤く成ったり、黒く成ったりする。な源助何《ど》うだ。こりゃ。」

と云う時、言葉が途切れた。二人とも目を据《す》えて瞻《みまも》るばかり、一時《ひとしきり》、屋根を取って挫《ひし》ぐが如く吹き撲《なぐ》る。

「気が騒いで成らんが。」

と雑所《ざいしょ》は、確乎《しっか》と腕組をして、椅子の凭《かか》りに、背中を摺着《すりつ》けるばかり、ぴたりと構えて、

「よく、宮浜に聞いた処が、本人にも何だか分らん、姉さんと云うのが見知らぬ女で、何も自分の姉と云う意味では無いとよ。

はじめて逢《あ》ったのかと、尋ねる、と然《そう》ではない。この七日《なぬか》ばかり前だそうだ。

授業が済んで帰ると成る、大勢列を造って、それな、門まで出る。足並を正《ただ》さして、私が一二《いちに》と送り出す……

すると、この頃塗直《ぬりなお》した、あの蒼《あお》い門の柱の裏に、袖口を口へ当てて、小児《こども》の事で形(63)は知らん。頭髪《かみ》の房々《ふさふさ》とあるのが、美しい水晶のような目を、恁《こ》う、俯目《ふしめ》ながら清《すず》しゅう瞪《みは》って、列を一人一人見遁《みのが》すまいとするようだっけ。

物見《ものみ》の松は此処《ここ》からも見える……雲のようなはそればかりで、よくよく晴れた暖《あたたか》い日だったと云う……この十四五日、お天気続きだ。

私も、毎日門外まで一同を連出すんだが、七日前にも二日此方《こっち》も、ついぞ、そんな娘を見掛けた事はない。然《しか》もお前、その娘が、ちらちらと白い指でめんない千鳥(64)をするように、手招きで引着《ひきつ》けるから、うっかり列を抜けて、その傍《そば》へ寄ったそうよ。それを私は何も知らん。

(宮浜の浪《なみ》ちゃんだねえ。)

とこの国のじゃない、本で読むような言《ことば》で聞くとさ。頷《うなず》くと、

(好《い》いものを上げますから私と一所《いっしょ》に、さあ、行きましょう、皆に構わないで。)

と、私等《わたしら》を構わぬ分に扱ったは酷《ひど》い！　なあ、源助。

で、手を取られるから、ついて行くと、何処《どこ》か、学校から然《さ》まで遠くはなかったそうだ。荒れには荒れたが、大きな背戸《せど》(65)へ裏木戸から連込《つれこ》んで、茱萸《ぐみ》の樹の林のような中へ連れて入った。目の眶《ふち》も赤らむまで、ほかほかとしたと云う。で、自分にも取れば、あの児にも取らせて、而《そ》して言う事が妙ではないか。

(沢山《たんと》お食《あが》んなさいよ。皆、貴下《あなた》の阿母《おっか》さんのような美しい血になるから。)

と言ったんだそうだ。土産《みやげ》にもくれた。帰って誰が下すった、と父《おやじ》に然《そ》う言いましょうと、聞くと、

（貴下のお亡《なく》なんなすった阿母《おっかさん》のお友だちです。）

と言ったってな。あの児の母親はなくなった筈《はず》だ。が、此処《ここ》までは兎《と》に角《かく》無事だ、源助。その婦人が、今朝また、この学校へ来たんだとな。」

源助は、びくりとして退《さが》る。

「今度は運動場。で、十時の算術が済んだ放課の時だ。風にもめげずに皆駆出《かけだ》すが、ああ云う児だから、一人で、それでも遊戯《ゆうぎ》さな……石盤《せきばん》へ恁《こ》う姉様《あねさま》の顔を描いて居ると、硝子戸《がらすど》越《ごし》に……夢にも忘れない……その美しい顔を見せて、外へ出るよう目で教える……一度逢ったばかりだけれども、小児は一目顔を見ると、最《も》うその心が通じたそうよ。」

七

「宮浜はな、今日は、その婦人が紅《あか》い木《こ》の実《み》の簪《かんざし》を挿《さ》して居た、矢張《やっぱ》り茱萸《ぐみ》だろうと

云《い》うが、果物の簪は無かろう……小児《こども》の目だもの、珊瑚《さんご》かも知れん。

そんな事は兎《と》に角《かく》だ。

直《す》ぐに、嬉々《いそいそ》と廊下《ろうか》から大廻《おおまわ》りに、丁《ちょう》ど自分の席の窓の外。その婦人の待って居る処《ところ》へ出ると、それ、散々に吹散《ふきち》らされながら、小児が一杯、ふらふらして居るだろう。

源助、それ、近々《ちかぢか》に学校で——頓《やが》て暑さにはなるし——余り青苔《あおごけ》が生えて、石垣も崩れたと云うので、井戸側《いどがわ》(66)を取替《とりか》えるに、石の大輪《おおわ》が門の内《うち》にあったのを、小児だちが悪戯《いたずら》に庭へ転がし出したのがある。——那個《あれ》だ。

大人なら知らず、円《まる》くて辷《すべ》るにせい、小児が三人や五人では一寸《ちょっと》動かぬ。其奴《そいつ》だが、婦人が、あの児《こ》を連れて、すっと通ると、むくりと脈を打ったように見えて、ころころと芝の上を斜違《はすっか》いに転がり出した。

(やあい、井戸側が風で飛ばい。)か、何か、哄《どっ》と吶喊《とき》(67)を上げて、小児が皆《みんな》それを追懸《おいか》けて、一団《ひとかたまり》に黒く成って駆出すと、その反対の方へ、誰にも見着《みつ》けられないで、澄まして、すっと行ったと云うが、何《ど》うだ、これも変だろう。

横手の土塀際《どべいぎわ》の、あの棕櫚《しゅろ》の樹の、ばらばらと葉が鳴る蔭へ入って、黙って背《せなか》を撫《な》でなぞしてな。

其処《そこ》で言聞《いいき》かされたと云うんだ。

（今に火事がありますから、早く家《うち》へお帰んなさい、先生に然《そ》う云って。でも学校の教師さん、そんな事がありますかッて肯《き》きなさらないかも知れません。黙ってずんずん帰って可《よ》うござんす。怪我《けが》には替えられません。けれども、後で叱《しか》られると不可《いけ》ませんから、なりたけお許しをうけてからになさいましよ。

時刻はまだ大丈夫だとは思いますが、そんな、こんなで帰りが遅れて、途中、もしもの事があったら、これをめしあがれよ。然うすると烟《けむ》に捲《ま》かれませんから。）

と然《そ》う云ってな。……其処で、袂《たもと》から紙包みのを出して懐中《ふところ》へ入れて、圧《おさ》えて、恁《こ》う抱寄《だきよ》せるようにして、而《そ》して襟《えり》を搔合《かきあわ》せてくれたのが、その茱萸なんだ。

（私がついて居られると可《い》いんだけれど、姉さんは、今日は大事な日ですから。）

と云う中《うち》にも、凬のなぐれで、(68)すっと黒髪を吹いて、まるで顔が隠れるまで、むらむらと懸《かか》る、と黒雲が走るようで、はらりと吹分《ふきわ》ける、と月が出たように白い頬《ほお》が見えたと云う……

けれども、見えもせぬ火事があると、そんな事は先生には言憎《いいにく》い、と宮浜が頭《かぶり》を振ったそうだ。

（では、浪ちゃんは、教師さんのおっしゃる事と、私の言う事と、どっちを真個《ほんとう》だと思います。――）

こりゃ小児《こども》に返事が出来なかったそうだが、然《そ》うだろう……なあ、無理はない、源助。

（先生のお言《ことば》に嘘《うそ》はありません。けれども私の言う事は真個です……今度の火事も私の気で何《ど》うにも成る。――私があるものに身を任せれば、火は燃えません。そのものが、思《おもい》の叶《かな》わない仇《あだ》に、私が心一つから、(69)沢山《たくさん》の家も、人も、なくなるように面当《つらあ》てにしますんだから。

まあ、これだって、浪ちゃんが先生にお聞きなされば、自分の身体《からだ》は何う成ってなりとも、人も家も焼けないようにするのが道だ、とおっしゃるでしょう。

殿方《とのがた》の生命《いのち》は知らず、女の操《みさお》と云うものは、人にも家にもかえられぬ。……と私は然う思うんです。然う私が思う上は、火事がなければなりません。今云う通り、私へ面当てに焼くのだから。

まだ私たち女の心は、貴下《あなた》の年では得心《とくしん》が行かないで、矢張《やっぱ》り先生がおっしゃるように、我身《わがみ》を棄《す》てても、人を救うが道理のように思うでしょう。

否《いいえ》、違います……殿方の生命は知らず。）

と繰返《くりかえ》して、

（女の操と云うものは。）と熟《じっ》と顔を凝視《みつ》めながら、

（人にも家にも代えられない、と浪ちゃん忘れないでおいでなさい。今に分ります……紅《あか》い木《こ》の実《み》を沢山《たんと》食べて、血の美しく綺麗《きれい》な児《こ》には、そのかわり、火の粉も桜の露《つゆ》と成って、美しく降るばかりですよ。さ、行《い》らっしゃい、早く。気を着けて、私の身体も大切な日ですから。）

と云う中《うち》にも、裾《すそ》も袂《たもと》も取って、空へ頭髪《かみ》ながら吹上げそうだったってな。これだ、源助、窓硝子《まどがらす》が波を打つ、あれ見い。」

八

雑所《ざいしょ》先生は一息吐《つ》いて、

「私が問うのに答えてな、あの宮浜は予《かね》て記憶の可《い》い処《ところ》を、母のない児《こ》だ。――優しい人の言う事は、よくよく身に染《し》みて覚えたと見えて、まるで口移《くちうつ》しに諳誦《あんしょう》をするように此処《ここ》で私に告げたんだ。が、一々、ぞくぞく膚《はだ》に粟《あわ》が立った。雖然《けれども》、その婦人の言う、謎のような事は分らん。

そりゃ分らんが、しかし詮《せん》ずるに火事がある一条《いちじょう》だ。

（まるで嘘《うそ》とも思わんが、全く事実じゃなかろう、兎《と》も角《かく》、小使溜《こづかいだまり》へ行って落着《おちつ》いて居なさい、些《ちっ》と熱もある。）

額《ひたい》を撫《な》でて見ると熱いから、其処《そこ》で、あの児を其方《そちら》へ遣《や》ってよ。

さあ、気に成るのは昨夜《ゆうべ》の山道の一件だ。……赤い猿、赤い旗な、赤合羽《あかがっぱ》を着た黒坊主よ。」

「緋《ひ》、緋の法衣《ころも》(70)を着たでござります、赤合羽ではござりません。魔、魔の人でござりますが。」とガタガタ胴震《どうぶる》いをしながら、躾《たしな》めるように言う。

「さあ、何か分らぬが、あの、雪に折れる竹のように、バシリとした声して……何と云《い》った。

（城下を焼きに参るのじゃ。）

源助、宮浜の児を遣ったあとで、天窓《あたま》を引抱《ひっかか》えて、傞《こ》う、風の音を忘れるように沈《じっ》と考えると、ひょい、と火を磨《す》るばかりに、目に赤く映ったのが、これなんだ。」

と両手で控帳《ひかえちょう》の端《はし》を取って、斜めに見せると、楷書《かいしょ》で細字《さいじ》に認《したた》めたのが、輝く如く、もそりと出した源助の顔に赫《か》ッと照って見えたのは、朱《しゅ》で濃く、一面の文字《もんじ》である。

「へい。」

「な、何からはじまった事だか知らんが、丁《ちょう》ど一週間前から、不図《ふと》朱で以《もっ》て書き続けた、こりゃ学校での、私の日記だ。

昨日は日曜で抜けて居る。一週間。」

と颯《さっ》と紙を刎《は》ねて、小口《こぐち》(71)をばらばらと繰返《くりかえ》すと、戸外《おもて》の風の渦巻《うずまき》に、一《ひと》らぎれの赤い雲が卓子《テエブル》を飛ぶ気勢《けはい》する。

「この前の時間にも、(暴風)と書いて消して(烈風)を又《また》消して(颶風《ぐふう》)(72)なり、と書いた、矢張《やっぱ》り朱で、見な……

然《しか》も変な事には、何を狼狽《うろたえ》たか、一枚半だけ、罫紙《けいし》で残して、明日《あす》の分を、此処《ここ》へ、これ(火曜)としたぜ。」

と指《さ》す指が、ひッつりのように、びくりとした。

「読本《とくほん》が火の処……源助、何《ど》う思う。他の先生方は皆《みん》な私より偉いには偉いが年下だ。校長さんもずッとお少《わか》い。

こんな相談は、故老《ころう》に限ると思って呼んだ。何うだろう。万一の事があるとなら、敢《あえ》て宮浜の児《こ》一人でない。……どれも大事《だいじ》な小児《こども》たち――その過失《あやまち》で、私が学校を止《や》めるまでも、地鞴《じだんだ》を踏んでなりと直《す》ぐに生徒を帰したい。が、何でもない事のようで、これが又一大事だ。苟《いやしく》も父兄《ふけい》が信頼して、子弟《してい》の教育を委《ゆだ》ねる学校の分として、婦《おんな》、小児《こども》や、茱萸《ぐみ》ぐらいの事で、臨時休業は沙汰《さた》の限りだ。

私一人の間抜《まぬけ》で済まん。

第一然《さ》ような迷信《めいしん》は、任《にん》として、私等《わたしら》が破って棄《す》てて遣らなけりゃ成らんのだろう。然《そ》うかッてな、もしやの事があるとすると、何より恐ろしいのはこの風だよ。ジャン(73)と来て見ろ、全市《ぜんし》瓦《かわら》は数えるほど、板葺屋根《いたぶきやね》が半月《はんつき》の上も照込《てりこ》んで、焚附《たきつけ》(74)同様。――何と私等が高台の町では、時ならぬ水切《みずぎれ》がして居ようと云う場合ではないか。土の底まで焼《やき》抜《ぬ》けるぞ。小児たちが無事に家へ帰るのは十人に一人もむずかしい。

思案に余った、源助。気が気でないのは、時が後《おく》れて驚破《すわ》(75)と言ったら、赤い実を吸え、と言ったは心細い――一時半時《いっときはんじ》を争うんだ。もし、ひょんな事があるとすると――何う思う、何う思う、源助、考慮《かんがえ》は。」

「尋常《ただ》、尋常ごとではござりません。」と、かッと卓子《テエブル》(76)に拳《こぶし》を摑《つか》んで、

「城下の家の、寿命が来たでござりましょう、争われぬ、争われぬ。」

と半分目を眠《ねむ》って、盲目がするように、白眼《しろまなこ》で首を据《す》えて、天井《てんじょう》を恐ろしげに視《なが》めな

がら、

「ものはあるげに(77)ございまして……旧藩頃の先主人(78)が、夜学《やがく》の端《はし》(79)に承《うけたま》わります。昔その唐《から》の都の大道《だいどう》を、一時《あるとき》、その何でございまして、怪しげな道人《どうじん》(80)が、髪を捌《さば》いて、何と、骨だらけな蒼《あお》い胸を岸破岸破《がばがば》と開けました真中《まんなか》へ、人、人と云う字を書いたのを掻開《かっぱだ》けて往来中駆廻《おうらいじゅうかけまわ》ったげでございます。何時《いつ》かも同役《どうやく》にも話した事でございまするが、何の事か分りません。唐の都でも、皆《みん》なが不思議がって居《お》りますると、その日から三日目に、年代記にもないほどな大火事が起りまして。」

「源助、源助。」

と雑所大《おお》きに急《せ》いて、

「何だ、それは。胸へ人と云う字を書いたのは。」と恁《かか》る折から、自分で考えるのがまだるこしそうであった。

「へい、まあ、一寸《ちょいと》した処、早いが可《よ》うございます。ここへ、人と書いて御覧《ごらん》じゃりまし。」

風の、その慌《あわただ》しい中でも、対手《あいて》が教頭心得《きょうとうこころえ》の先生だけ、もの問《とわ》れた心の矜《ほこり》に、話を咲《さか》せたい源助が、薄汚れた襯衣《しゃつ》の鈕《ぼたん》をはずして、ひくひくとした胸を出す。

雑所も急心《せきごころ》に、ものをも言わず有合《ありあ》わせた朱筆《しゅふで》を取って、乳《ちち》を分けて朱《あか》い人。と引かれて、カチカチと、何か、歯をくいしめて堪《こら》えたが、突込《つきこ》む筆の朱《しゅ》が刎《は》ねて、勢《いきおい》で、ぱっと胸毛《むなげ》に懸《かか》ると、火を曳《ひ》くように毛が動いた。

「あ熱々《つっ》！」

と唐突《だしぬけ》に躍《おど》り上って、とんと尻餅《しりもち》を支《つ》くと、血声《ちごえ》を絞《しぼ》って、

「火事だ！　同役、三右衛門《さんえむ》、火事だ。」と喚《わめ》く。

「何だ。」

と、雑所も棒立ちに成ったが、物狂《ものぐる》わしげに、

「何故《なぜ》、投げる。何故茱萸《ぐみ》を投附《なげつ》ける。宮浜。」

と声を揚《あ》げた。廊下《ろうか》をばらばらと赤く飛ぶのを、浪吉が茱萸を擲《なげう》つと一目《ひとめ》見たのは、矢を射る如く窓硝子《まどがらす》を映《さ》す火の粉であった。

途端《とたん》に十二時、鈴《りん》を打つのが、ブンブンと風に響くや、一つずつ十二ケ所、一時《いちじ》に起る擂半鉦《すりばん》(81)、早鐘《はやがね》。

早《は》や廊下にも烟《けむり》が入って、暗い中から火の空を透《す》かすと、学校の蒼い門が、真紫《まむらさき》に物凄い。

この日の大火《たいか》は、物見《ものみ》の松と差向《さしむか》う、市の高台の野にあった、本願寺《ほんがんじ》末寺《まつじ》の巨刹《おおでら》(82)の本堂床下から炎《ほのお》を上げた怪《あや》し火《び》で、唯《ただ》二時《みとき》(83)が間《あいだ》に市の約全部を焼払《やきはら》った。

烟は風よりも疾《と》く、火は鳥よりも迅《はや》く飛んだ。

人畜《じんちく》の死傷少《すくな》からず。

火事の最中、雑所先生、袴《はかま》の股立《ももだち》を、高く取った(84)は効々《かいがい》しいが、羽織も着ず……布子《ぬのこ》の片袖引断《ひっちぎ》れたなりで、足袋《たび》跣足《はだし》(85)で、据眼《すえまなこ》の面藍《おもてあい》の如く、(86)火と烟の走る大道《だいどう》を、蹌踉《ひょろひょろ》と歩行《ある》いて居た。

屋根から屋根へ、――樹の梢《こずえ》から、二階三階が黒烟《くろけむ》りに漾《ただよ》う上へ、飜々《ひらひら》と千鳥に飛交《とびか》(87)う、真赤《まっか》な猿の数を、行く行く幾度も見た。

足許《あしもと》には、人も車も倒れて居る。

唯《と》ある十字街《じゅうじがい》へ懸《かか》った時、横からひょこりと出て、斜《はす》に曲り角へ切れて行く、昨夜《ゆうべ》の坊主に逢《あ》った。同じ裸に、赤合羽を着たが、是《これ》ばかりは風をも踏固《ふみかた》めて通るような確《しか》とした足取《あしどり》であった。

が、赤旗を捲《ま》いて、袖へ抱くようにして、聊《いささ》か逡巡《しゅんじゅん》の体《てい》して、

「焼け過ぎる、これは、焼け過ぎる。」

と口の裡《うち》で呟《つぶや》いた、と思うと最《も》う見えぬ。顔を見られたら、雑所は灰に成ろう。

垣《かき》も、隔ても、跡はないが、倒れた石燈籠《いしどうろう》の大《おおき》なのがある。何某《なにがし》の邸《やしき》の庭らしい中へ、烟に追われて入ると、枯木に夕焼のしたような、火の幹、火の枝に成った大樹《たいじゅ》の下《もと》に、小さな足を投出して、横坐《よこすわ》りに成った、浪吉の無事な姿を見た。

学校は、便宜《べんぎ》(88)に隊を組んで避難したが、皆ちりちりに成ったのである。

唯見《とみ》ると、恍惚《うっとり》した美しい顔を仰向《あおむ》けて、枝からばらばらと降懸《ふりかか》る火の粉を、霰《あられ》は五《ごん》合《ご》(89)と掬《すく》うように、綺麗《きれい》な袂《たもと》で受けながら、

「先生、沢山《たくさん》に茱萸《ぐみ》が。」

と云って、臈長《ろうた》(90)けるまで莞爾《にっこり》した。

雑所は諸膝《もろひざ》を折って、倒れるように、その傍《かたわら》で息を吐《つ》いた。が、其処《そこ》では最う、火の粉は雪のように、袖へ掛《かか》っても、払えば濡《ぬ》れもしないで消えるのであった。

第二蒟蒻本《だいにこんにゃくぼん》

一

雪の夜路《よみち》の、人影《ひとかげ》もない真白《まっしろ》な中を、矢来《やらい》(1)の奥の男世帯《おとこじょたい》へ出先から帰った目に、狭《せま》い二階の六畳敷、机の傍《わき》なる置炬燵《おきごたつ》(2)に、肩まで入って待って居たのが、するりと起直《おきなお》った、逢《あ》いに来た婦《おんな》の一重《ひとえ》一重《ひとえ》、燃立《もえた》つような長襦袢《ながじゅばん》(3)ばかりだった姿は、思い懸《が》けずも又類《またたぐい》なく美しいものであった。

膚《はだ》を蔽《おお》うに紅《くれない》のみで、人の家に澄ました振《ふり》。長年連添《つれそ》って、気心《きごころ》も、羽織も、帯も打《う》解《と》けたものにだって一寸《ちょっと》あるまい。

世間も構わず傍若無人《ぼうじゃくぶじん》、と思わねば成らないのに、俊吉《しゅんきち》は別に怪《あや》しまなかった。それは、懐《なつか》しい、恋しい情《じょう》が昂《あが》って、路々《みちみち》の雪礫《ゆきつぶて》に目が眩《くら》んだ次第《しだい》ではない。

——逢いに来た——と報知《しらせ》を聞いて、同じ牛込《うしごめ》、北町《きたまち》(4)の友達の家《うち》から、番傘《ばんがさ》(5)を傾け傾け、雪を凌《しの》いで帰る途中も、その婦を思うと、鎖《とざ》した町家《まちや》の隙間《すきま》洩《も》る、仄《ほのか》な燈火《あかり》よりも颯《さっ》と濃い緋《ひ》の色を、酒井《さかい》の屋敷(6)の森越《もりごし》に、ちらちらと浮《う》いつ沈みつ、幻《まぼろし》のように視《み》たのであるから。

当夜《とうや》は、北町の友達のその座敷に、五人ばかりの知己《ちかづき》が集《あつま》って、袋廻《ふくろまわ》しの運座《うんざ》(7)があった。雪を当込《あてこ》んだ催《もよおし》では無かったけれども、黄昏《たそがれ》が白く成って、さて小留《こや》みもなく降頻《ふりしき》る。戸外《おもて》の寂寞《さみ》しいほど燈《ともしび》の興《きょう》は湧《わ》いて、血気《けっき》の連中、借銭《しゃくせん》ばかりにして女房なし、河豚《ふぐ》も鉄砲も、持って来い。(8)……勢《いきおい》は然《さ》りながら、もの凄《すご》いくらい庭の雨戸《あまど》を圧《あっ》して、ばさばさ鉢前《はちまえ》の南天《なんてん》(9)まで押寄《おしよ》せた敵に対して、驚破《すわ》や(10)、蒐《かか》れと、木戸を開いて切って出《い》づべき矢種《やだね》(11)はないので、逸雄《はやりお》(12)の面々歯噛《はがみ》をしながら、只管《ひたすら》籠城《ろうじょう》と軍議一決。

そのつもりで、——千破矢《ちはや》の雨滴《あまだれ》(13)と云《い》う用意は無い——水の手(14)の燗徳利《かんどくり》も宵《よい》からは傾けず。追加の雪の題が一つ増しただけ互選《ごせん》のおくれた初夜《しょや》(15)過ぎに、はじめて約束の酒と成った。が、筆の序《ついで》に、座中の各自《てんで》が、好《すき》、悪《きらい》、その季節、花の名、声、人、鳥、虫などを書きしるして、揃《そろ》った処《ところ》で、一《ひとつ》……何某《なにがし》……好なものは、美人。

「遠慮は要らないよ。」

悪《にく》むものは毛虫、と高らかに読上げよう、と云う事に成る。

箇条《かじょう》の中に、最好《さいこう》、としたのがあり。

「この最好と云うのは。」

「当人が何より、いい事、嬉しい事、好な事を引《ひっ》くるめて一寸金麩羅《きんぷら》にして頬張《ほうば》(16)るんだ。」

その標目《みだし》の下へ、何よりも先に――待人来る《まちびときた》(17)――と……姓《せい》を吉岡《よしおか》と云う俊吉が書込《かきこ》んだ時であった。

襖《ふすま》をすうと開けて、当家の女中が、

「吉岡さん、お宅からお使《つかい》でございます。」

「内《うち》から……」

「へい、女中さんがお見えなさいました。」

「何てって?」

「一寸、お顔をッて、お玄関《げんか》にお待ちでございます。」

「何だろう。」と俊吉はフトものを深く考えさせられたのである。

お互《たがい》に用の有りそうな連中は、大概《たいがい》この座に居合わす。出先へ慿《こ》うした急使《きゅうし》の覚えは聊《いささか》もないので、急な病気、と老人《としより》を持つ胸に応《こた》えた。

「敵の間諜《まわしもの》じゃないか。」と座の右に居て、猪口《ちょく》を持ちながら、膝《ひざ》の上で、箇条を拾って居た当家の主人が、ト俯向《うつむ》いたままで云った。

「まさか。」

と眴《みまわ》すと、ずらりと車座が残らず顔を見た時、燈《あかり》の色が颯《さっ》と白く、雪が降込《ふりこ》んだように俊吉の目に映った。

二

「一寸《ちょっと》、失礼する。」

で、引返《ひきかえ》して行く女中のあとへついて、出しなに、真中《まんなか》の襖を閉める、と降積《ふりつも》る雪の夜《よ》は、一重《ひとえ》の隔《へだて》も音が沈んで、酒の座は摺退《すりの》いたように、ずッと遠く成る……颯の寒い、冷《つめた》い縁側を、するする通って、来馴《きな》れた家《うち》で戸惑《とまど》いもせず、暗がりの座敷を一間《ひとま》、壁際《かべぎわ》を抜けると、次が玄関。

取次いだ女中は、最《も》う台所へ出て、鍋《なべ》を上《あが》る湯気《ゆげ》の影。

其処《そこ》から彗星《ほうきぼし》のような燈《あかり》の末《すえ》が、半《なか》ば開けかけた襖越《ふすまごし》、仄《ほのか》に玄関の畳へさす。と見ると、沓脱《くつぬぎ》の三和土《たたき》(18)を間《あい》に、暗い格子戸《こうしど》にぴたりと附着《くっつ》いて、横向きに立って居たのは、俊吉の世帯《しょたい》に年増《としま》(19)の女中で。

二月《ふたつき》ばかり給金の借《かり》のあるのが、同じく三月《みつき》ほど滞《とどこお》った、差配《さはい》で借りた(20)屋号《やごう》の黒い提灯《ちょうちん》を袖に引着《ひきつ》けて待設《まちもう》ける。が、この提灯を貸したほどなら、夜中に店立《たなだ》(21)てをくわせもしまい。

「おい、……何だ、何だ。」と框《かまち》(22)まで。

「あ、旦那《だんな》様《さま》。」

と小腰《こごし》を屈《かが》めたが、向直《むきなお》って、

「一寸、何《ど》うぞ。」と沈めて云う。

余り要《よう》ありそうなのに、急《せ》き心《ごころ》に声が苛立《いらだ》って、

「入れよ、此方《こっち》へ。」

「傘も何も、あの、雪で一杯でございますから。皆様のお穿《はき》ものが、」

成程《なるほど》、暴風雨《あらし》の舟が遁込《にげこ》んだ宛然《さながら》の下駄《げた》の並び方。雪が落ちると台なしと云《い》う遠慮であろう。

「それに、……あの、一寸何うぞ。」

「何だよ。」とまだ強く言いながら、俊吉は、台所から燈《あかり》の透《す》く、その正面の襖を閉めた。

真暗《まっくら》に成る土間の其方《そなた》に、雪の袖なる提灯一つ、夜を遥《はるか》な思《おもい》がする。(23)

労《ねぎ》らい心《ごころ》で、

「そんなに、降るのか。」といいいいい土間へ。

「最《も》う、貴方《あなた》、足駄《あしだ》(24)が沈みますほどでございます。」

聞きも果てずに格子《こうし》に着いて、

「何だ。」

「お客様でございまして。」と少し顔を退《ど》けながら、せいせい云う……道を急いだ呼吸《いき》づかい、提灯の灯《ひ》の額際《ひたいぎわ》が、汗ばむばかり、てらてらとして赤い。

「誰だ。」

「あの、宮本様《みやもとさま》とおっしゃいます。」

「宮本……どんな男だ。」

時に、傘《からかさ》(25)を横にはずす、とバサリと云う、片手に提灯を持直《もちなお》すと、雪がちらちらと軒《のき》を潜《くぐ》った。

「否《いいえ》、御婦人の方で在《い》らっしゃいます。」

「婦《おんな》が？」

「はい。」

「婦だ……待ってるのか。」

「ええ、是非《ぜひ》お目にかかりとうございますって。」

「はてな、……」

とのみで、俊吉は一寸黙った。

女中は、その太った軀《からだ》を揉《も》みこなすように、も一つ腰を屈《かが》めながら、

「それに、あの、お出先へお迎いに行《ゆ》くのなら、御朋輩《ごほうばい》の方に、御自分の事をお知らせ申さないように、内証《ないしょ》でと、くれぐれも、お託《ことづ》けでございましたものですから。」

「変だな、おかしいな、何処《どこ》のものだか言ったかい。」

「ええ、御遠方《ごえんぽう》。」

「遠い処《ところ》か。」

「深川《ふかがわ》から(26)とおっしゃいました。」

「ああ、襟巻《えりまき》なんか取らんでも可《い》い。……お帰り。」

女中はポカンとして膨《ふく》れた手袋の手を、提灯の柄《え》ごと唇《くちびる》へ当てて、

「何ういたしましょう。」

「……可《よ》し、直《す》ぐ帰る。」

座敷に引返《ひっかえ》そうとして、かたりと土間の下駄を踏んだが、一寸留《と》まって、

「どんな風采《ふう》をして居る。」と声を密《ひそ》めると。

「あの、真紅《まっか》なお襦袢《しゅばん》で、お跣足《はだし》で。」

三

「第一、それが目に着いたんだ、夜だし、……雪が白いから。」

俊吉は、外套《がいとう》も無しに、番傘《ばんがさ》で、帰途《かえり》を急ぐ中《うち》に、雪で足許《あしもと》も辿々《たどたど》しいに附《つ》けても、心も空も真白《まっしろ》に跣足《はだし》と云《い》うのが身に染《し》みる。

——然《しか》し可訝《おか》しい、いや可訝しくはない、けれども妙だ、——あの時、然《そ》うだ、久しぶりに逢《あ》って、その逢ったのが、その晩切《ばんぎり》……又《また》わかれに成った。——然もあの時、思いがけない、うっかりした仕損《しそこな》いで、あの、お染《そめ》の、あの体に、胸から膝《ひざ》へ血を浴びせるようなことをした。——

胸《みまわ》せば、我が袖も、他《ひと》の垣根《かきね》も雪である。

——去年の夏、たしか八月の末と思う、——

その事のあった時、お染は白地《しろじ》明石《あかし》(27)に藍《あい》で子持縞《こもちじま》(28)の羅《うすもの》(29)を着て居たから、場所と云い、

境遇も、年増《としま》の身で、小さな芸妓屋《げいしゃや》に丸抱《まるがか》え(30)と云う、可哀《あわれ》な流《ながれ》にしがらみを掛けた袖(31)も、花(32)に、もみじに、霜《しも》にさえその時々の色を染める。九月と云えば、暗いのも、明《あかる》いのも、其処等《そこいら》、……御神燈並《ごしんとうなみ》(33)に、絽《ろ》(34)なり、お召《めし》(35)なり単衣《ひとえもの》(36)に衣更《きか》える筈《はず》。……しょぼしょぼ雨で涼しかったが葉月《はづき》(37)の声を聞く前だった。それに、浅草へ出勤《で》て、お染はまだ間もなかった頃で、何処《どこ》にも馴染《なじみ》は無いらしく、連立《つれだ》って行く先を、内証《ないしょ》で、抱主《かかえぬし》(38)の蔦家《つたや》の女房とひそひそと囁《ささや》いて、その指図《さしず》に任《ま》かせた始末。

披露《ひろめ》(39)の日は、目も眩《くら》むように暑かったと云った。

主人が主人で、出先に余り数はなし、母衣《ほろ》(40)を掛けて護謨輪《ゴムわ》(41)を軋《きし》らせるほど、光った御《お》茶屋《ちゃや》(42)には得意もないので、洋傘《こうもり》(43)をさして、抱主がついて、細かく、せっせと近所の待《まち》合《あい》(44)小料理屋を刻んで(45)廻《まわ》った。

「かさかさして、えんえんえん、(46)と云う形なの、泣かないばかりですわ。私《わたし》もう、嬰児《あかんぼ》に生れかわった気に成ったんですけれど、情《なさけ》ないッてなかったわ。

その洋傘《かさ》だって、お前さん、新規《しんき》な涼しいんじゃないでしょう。旅で田舎《いなか》を持ち歩行《ある》いた、黄色い汚点《しみ》だらけなんじゃありませんか。

そして何《ど》うです、長襦袢《ながじゅばん》たら、まあ、矢張《やっぱ》りこれですもの。」

と包《つつ》ましやかに、薄藤色《うすふじいろ》の半襟《はんえり》を(47)、面瘦《おもや》せた、が、色の白い頤《おとがい》(48)で圧《おさ》えて云う。

その時、小《こ》雨《さめ》の夜の路地裏の待合で、述懐《じゅっかい》しつつ、恥《はじ》らったのが、夕顔《ゆうがお》の面影《おもかげ》ならず、膚《はだえ》を包んだ紅《くれない》であった。

「……この土地じゃ、これでないと不可《いけな》いんだって、主人が是非《ぜひ》と云いますもの、出《で》の衣裳(49)だから仕方がない。

それで、白足袋《しろたび》でお練《ねり》(50)でしょう。もう五《ご》にも成って真白《まっしろ》でしょう(51)、顔はむらに成る……奥山相当《おくやまそうとう》(52)で、煤《すす》けた行燈《あんどん》の影へ横向きに手を支《つ》いて、肩で挨拶《あいさつ》をして出るんなら可《い》いけれど、それだって凄《すご》いわね。

真昼間《まっぴるま》でしょう、遣切《やりき》れたもんじゃありゃしない。

冷汗《ひやあせ》だわ、お前さん、かんかん炎天《えんてん》に照附《てりつ》けられるのと一所《いっしょ》で、洋傘《かさ》を持った手が辷《すべ》るんですもの、掌《てのひら》から、」

と二の腕が衝《つ》と白く、且《か》つ白麻《しろあさ》の手巾《ハンケチ》で、ト肩をおさえて、熟《じっ》と見た瞼《まぶた》の白露《しらつゆ》。

——俊吉は、雪の屋敷町の中ほどで、唯《ただ》一人。……片袖をはたはたと払った。……払えば、ちらちらと散る、が、夜目《よめ》にも消えはせず、尚《な》お白々《しらじら》と俤立《おもかげた》つ。

四

「この、お前さん手巾《ハンケチ》でさ、洋傘《かさ》の柄《え》を、確乎《しっかり》と握って歩行《ある》きましたんですよ。あとへ跟《つ》いて来る女房《おかみ》さんの風俗《ふう》ッたら、御覧《ごらん》なさいなね。人の事を云《い》えた義理じゃないけれど、私よりか塗立《ぬりた》って、しょろしょろ裾長《すそなが》か何かで、鬢《びん》をべったりと出して、(53)黒い目を光らかして、おまけに腕まくりで、まるで、売《うり》ますの口上言《こうじょうい》(54)いだわね。察して下さいな。」

と遣瀬《やるせ》なげに、眉《まゆ》をせめて俯目《ふしめ》に成ったと思うと、まだその上に——気障《きざ》じゃありませんか、駈出《かけだ》しの女形《おんながた》がハイカラ娘を演《す》るように——と洋傘を持った風采《なり》を自《みずか》ら嘲《あざけ》った、その手巾を顔に当てて、水髪《みずがみ》や荵《しのぶ》の雫《しずく》、(55)縁《えん》に風《ふう》りんのチリリンと鳴る時、芸妓《げいこ》島田《しまだ》(56)を俯向《うつむ》けに膝《ひざ》に突伏《つっぷ》した。

その時、待合の女房が、襖越《ふすまごし》に、長火鉢の処《とこ》で、声を掛けた。

「染ちゃん、お出《で》(57)ばなが。」

俊吉はこれを聞くと、女の肩に掛けて居た手が震えた……染ちゃんと云う年紀《とし》ではない。遊女《つとめ》あがりの女をと気がさして、(58)何故《なぜ》か不思議に、女もともに、侮《あなど》り、軽《かろ》んじ、冷評《ひやか》されたような気がして、悚然《ぞっ》として五体を取って引緊《ひきし》められたまで、極《きま》りの悪い思いをしたのであった。

所謂《いわゆる》、その(お出ばな)の為《た》めであった、女に血を浴びせるような事の起ったのは。思えば、その女には当夜《とうや》は云うまでもなく、何時《いつ》も、何時までも逢《あ》うべきでは無かったのである。

はじめ、無理をして廓《くるわ》を出たため、一度、町の橋は渡っても、潮《しお》に落行《おちゆ》かねばならない羽目《はめ》(59)で、千葉へ行って芸妓《げいしゃ》に成った。

その土地で、一寸《ちょっと》した呉服屋《ごふくや》に思われたが、若い男が田舎気質《いなかかたぎ》の赫《かッ》と逆上《のぼ》せた深嵌《ふかはま》りで、家も店も潰《つぶ》した果《はて》が、女房子を四辻《よつつじ》へ打棄《うっちゃ》って、無理算段の足抜《あしぬ》き(60)で、女を東京へ連れて遁《に》げると、旅籠住居《はたごやずまい》の気を換える見物《けんぶつ》の一夜。洲崎《すさき》(61)の廓へ入った時、此処《ここ》の大籬《まがき》(62)の女を俺が、と手折《たお》った枝に根を生《はや》す、返咲《かえりざき》(63)の色を見せる気にも成ったし、意気な男で暮《くら》したさに、引手茶屋《ひきてちゃや》(64)が一軒、不景気で分散して、売物に出たのがあったを、届くだけの借金で、とにかく手附《てつけ》ぐらいな処《ところ》(65)で、話を着けて引受けて稼業《かぎょう》をした。

先《ま》ず引掛《ひっか》けの昼夜帯《ちゅうやおび》(66)が一つ鳴って〆《しま》った姿。故《わざ》と短い煙管《きせる》で、真新《まあたら》しい銅壺《どうこ》(67)に並んで、立膝《たてひざ》で吹かしながら、雪の素顔で、廓をちらつく影法師《かげぼうし》を見て思出《おもいだ》したか。

――勘定《つけ》をかく、掛《かけ》すずりに袖でかくして参らせ候《そうろう》(68)――

二年ぶり、打絶《うちた》えた女の音信《たより》を受取った。けれども俊吉は稼業は何でも、主《ぬし》あるものに、敢《あえ》て返事も為《し》なかったのである。

〆《しめ》の形や、雁《かり》の翼(69)は勿論《もちろん》、前の前の下宿屋あたりの春秋《はるあき》の空を廻《まわ》り舞って、二三度、俊吉の今の住居《すまい》に届いたけれども、疑《うたがい》も嫉妬《しっと》も無い、却《かえ》って、卑怯《ひきょう》だ、と自分を罵《ののし》りながらも逢わずに過《すご》した。

朧々《おぼろおぼろ》の夜《よ》も過ぎず(70)、廓は八重桜《やえざくら》の盛《さかり》と云うのに、女が先へ身を隠した(71)。……櫛巻《くしまき》が褄白《つましろ》く土手の暗がりを忍んで出たろう。

引手茶屋は、ものの半年とも持堪《もちこた》えず、――残った不義理の借金のために、大川《おおかわ》を深《ふか》川《がわ》から、身を倒《さかさま》に浅草へ流着《ながれつ》いた(72)。……手切《てぎれ》の髢《かもじ》(73)も中に籠《こ》めて、芸妓髷《げいしゃまげ》に結《い》った私、千葉の人とは、きれいに分《わけ》をつけ参らせ候《そろ》(74)。

然《そ》うした手紙を、やがて俊吉が受取ったのは、五重の塔の時鳥《ほととぎす》。奥山の青葉頃(75)。……

雪の森、雪の塀、俊吉は辻へ来た。

五

八月の末だった、その日、俊吉は一人、向島《むこうじま》の百花園《ひゃっかえん》(76)に行った帰途《かえるさ》、三囲《みめぐり》(77)のあたりから土手へ颯《さっ》と雲が懸《かか》って、大川が白く成ったので、仲見世《なかみせ》(78)前《まえ》まで腕車《くるま》(79)で来て、あれから(80)電車に乗ろうとしたが、平時《いつも》の雑沓《ざっとう》。急な雨の混雑は又夥《またおびただ》しい。江戸中の人を箱詰《はこづめ》にする体裁《ていたらく》。不見識《ふけんしき》なのは、もちに捏《でっ》ちられた蠅《はえ》の形で、窓にも踏台《ふみだい》にも、べたべたと手足をあがいて附着《くっつ》く。

電車は見る見る中《うち》に黒く幅《はば》ったく成って、三台五台、群衆を押離《おしはな》すが如く雨に洗い落したそうに軋《きし》んで出る。それをも厭《いと》わない浅間《あさま》しさで、児《こ》を抱いた洋服が漸《やっ》と手を縋《すが》って乗掛《のっか》けた処《ところ》を、鉄棒で払わぬばかり車掌《しゃしょう》の手で突離《つきはな》された。よろめくと帽子が飛んで、小児《こども》がぎゃっと悲鳴を揚《あ》げた。

この発奮《はずみ》に、

「乗るものか。」

濡《ぬ》れるなら濡れろ、で、奮然《ふんぜん》として駈出《かけだ》したが。

仲見世から本堂(81)までは、もう人気《ひとげ》もなく、雨は勝手に降って音も寂寞《ひっそり》としたその中を、一思《ひとおも》いに仁王門《におうもん》も抜けて、御堂《みどう》の石畳《いしだたみ》を右へついて廻廊《かいろう》の欄干《らんかん》を三階のように見ながら、廂《ひさし》の頼母《たのも》しさを親船《おやぶね》の舳《みよし》(82)の如《よう》に仰いで、沫《しぶき》を避《よ》けつつ、吻《ほっ》と息。

濡れた帽子を階段擬宝珠《ぎぼし》(83)に預けて、瀬多《せた》の橋に夕暮れた一人旅(84)と云《い》う姿で、茫然《ぼうぜん》として暫時《しばらく》イ《たたず》む。……

風が出て、雨は冷々《ひやひや》として小留《おや》むらしい。

雫《しずく》で、不気味さに、まくって居た袖をおろして、しっとりとある襟《えり》を掻合《かきあわ》す。この陽気なればこそ、蒸暑《むしあつ》ければ必定雷鳴《ひつじょうらいめい》が加わるのであった。

早《は》や暮れかかって、ちらちらと点《とも》れる、灯《ひ》の数ほど、ばらばら誰彼《たそがれ》(85)の人通り。話声《はなしごえ》がふわふわと浮いて、大屋根から出た蝙蝠《こうもり》のように目前《もくぜん》に幾《いく》つもちらつくと、柳も見えて、樹立《こだち》も見えて、濃く淡《あわ》く墨《すみ》に成り行《ゆ》く。

朝から内《うち》を出て、随分遠路《ずいぶんとおみち》を掛けた男は、不思議に遥々《はるばる》と旅をして、広野《ひろの》の堂に、一人雨宿りをしたような気がして、里懐《さとなつ》かしさ、人恋しさに堪《た》えやらぬ。

「訪ねて見ようか、この近処《きんじょ》だ。」

既《すで》に、駈込《かけこ》んで、一呼吸吐《ひといきつ》いた頃から、降籠《ふりこ》められた出前《でさき》の雨の心細さに、親類か、友達か、浅草辺《へん》に番傘一本(86)、と思うと共に、つい其処《そこ》に、目の前に、路地の出窓から、果敢《はか》ない顔を出して格子《こうし》に縋《すが》って、此方《こなた》を差覗《さしのぞ》くような気がして、筋骨《すじぼね》も、ひしひしとしめつけられるばかり身に染《し》みた、女の事が……恁《こ》うした人懐しさに弥増《いやまさ》る。……

此処《ここ》で逢《あ》うのは、旅路《たびじ》遥《はるか》な他国の廓《くるわ》で、夜更《よふ》けて寝乱れた従妹《いとこ》にめぐり合って、すがり寄る、手の緋《ひ》縮緬《ぢりめん》(87)は心の通う同じ骨肉の血であるが如く胸をそそられたのである。抱えられた家も、勤めの名も、手紙のたよりに聞いて忘れぬ。

「可《よ》し。」

肩を揺《ゆす》って、一ツ、胸で意気込《いきご》んで、帽子を俯向《うつむ》けにして、御堂の廂を出た。……軽い雨で、最《も》う面《おもて》を打つほどではないが、引緊《ひきし》めた袂《たもと》重たく、悄乎《しょんぼり》として、九十九折《つづらおり》(88)なる抜裏《ぬけうら》、横町《よこちょう》。谷のドン底の溝《どぶ》づたい、次第に暗き奥山路《おくやまみち》(89)。

六

時々足許《あしもと》から、はっと鳥の立つ女の影(90)。……けたたましく、可哀《あわれ》に、心悲《うらがな》しい、鳶《とび》にとらるると聞く果敢《はか》ない蝉《せみ》(91)の声に、俊吉は肝《きも》を冷《ひや》しつつ、燦々《ぱっぱっ》と面《おもて》を照らす狐火《きつねび》の御神《ごしん》燈《とう》に、幾度《いくたび》か驚いて目を塞《ふさ》いだが、路《みち》も坂に沈むばかり。いよいよ谷深く、水が漆《うるし》を流した溝端《どぶばた》(92)に、茨《いばら》の如き格子《こうし》前、消えずに目に着く狐火が一つ、ぼんやりとして(蔦屋《つたや》)とある。

「これだ。」

密《そっ》と、下へ屈《かが》むようにしてその御神燈を眴《みまわ》すと、他に小草《おぐさ》(93)の影は無い、染次《そめじ》、と記した一葉《ひとは》のみ。で、それさえ、もと居たらしい芸妓《げいしゃ》の上へ貼紙をしたのに記してあった。看板を書《かき》かえる隙《ひま》もない、まだ出たてだと云《い》う、新しさより、一人旅の木賃宿《きちんやど》(94)に、かよわい女が 紙衾《かみぶすま》(95)の可哀《かわい》(96)さが見えた。

とばかりで、俊吉は黙って通過《とおりす》ぎた。

が、筋向《すじむこ》うの格子戸の鼠鳴《ねずみなき》(97)に、ハッと、むささびが吠《ほ》えたほど驚いて引返《ひっかえ》して、蔦屋の門を逆に戻る。

俯向《うつむ》いて彳《たたず》んで又《また》御神燈を覗《のぞ》いた。が、前刻《さっき》の雨が降込《ふりこ》んで閉めたのか、框《かまち》の障子《しょうじ》は引いてある。……其処《そこ》に切張《きりばり》の紙に目隠しされて、あの女が染次か、と思う、胸がドキドキして、又行過《ゆきす》ぎる。

トあの鼠鳴が此方《こっち》を見た、狐のようで鼻が白い。

俊吉は取って返した。又戻って、同じことを四五度《たび》した。

いいもの望みで、木賃を恥じた外聞《がいぶん》では無い。……巡礼《じゅんれい》の笈《おい》(98)に国々の名所古跡の入《はい》ったほど、いろいろの影について廻《まわ》った三年ぶりの馴染《なじみ》に逢《あ》う、今、現在、此処《ここ》で逢うのに無事では済むまい、――お互《たがい》に降って湧《わ》くような事があろう、と取越苦労の胸騒《むなさわぎ》がしたのであった。

「御免《ごめん》。」

と、思切《おもいき》って声を掛けた時、俊吉の手は格子を圧《おさ》えて、而《そ》して片足遁構《にげがま》えで立って居た。

「今晩は。」

「はい、今晩は。」

と平べったい、が切口上《きりこうじょう》で、障子を半分開けたのを、孤家《ひとつや》の婆々《ばばあ》(99)かと思うと、たぼ(100)の張った、脊《せい》の低い、年紀《とし》には似ないで、頸《くび》を塗った、浴衣《ゆかた》の模様も大年増《おおどしま》(101)。

これが女房とすぐに知れた。

俊吉は、ト御神燈の灯《ひ》を避《よ》けて、路地の暗い方へ衝《つッ》と身を引く。

白粉《おしろい》のその頸を、ぬいと出額《おでこ》の下の、小慧《こざか》しげに、世智辛《せちがら》く光る金壺眼《かなつぼまなこ》(102)で、じろりと見越して、

「今晩は。誰方様《どなたさま》で？」

「お宅に染次ってのは居りますか。」

「はい居りますでございますが。」

と立塞《たちふさ》がるように、然《しか》も、遁《にが》すまいとするように、框《かまち》一杯にはだかるのである。

「一寸《ちょっと》お呼び下さいませんか。」

ああ、来なければ可《よ》かった、奥も無さそうなのに、声を聞いて出て来ないくらいなら、とがっくり泥濘《ぬかるみ》へ落ちた気がする。

「唯今《ただいま》お湯へ参ってますがね、……まあ、貴方《あなた》。」と金壺眼は愈々《いよいよ》光った。

「それじゃ又来ましょう。」

「まあ、貴方。」

風体《ふうてい》を見定めたか、慌《あわただ》しく土間へ片足を下ろして、

「直《じ》きに帰りますから、まあ、お上《あが》んなさいまし。」

「否《いや》、途中で困ったから傘を借りたいと思ったんですが、最《も》う雨も上りましたよ。」

「あら、貴方、串戯《じょうだん》じゃありません。私が染ちゃんに叱《しか》られますわ、お帰し申すもんですかよ。」

七

「相合傘《あいあいがさ》で行《い》らっしゃいまし、染ちゃん、嬉しいでしょう、えへへへへ、貴方、御機《ごき》

嫌《げん》よう。」

と送出《おくりだ》した。……

傘《からかさ》は、染次が褄《つま》を取って(103)さしかける。

「可厭《いや》な嬶《かかあ》々(104)だな。」

「まだ聞《きこ》えますよ。」

と下へ、袂《たもと》の先をそっと引く。

それなり四五間《けん》(105)、黙って小雨《こさめ》の路地を歩行《ある》く、……俊吉は少しずつ、……やがて傘《かさ》の下を離れて出た。

「濡《ぬ》れますよ、貴方。」

男は黙然《だんまり》の腕組して行く。

「一寸《ちょっと》、濡れるわ、お前さん。」

矢張《やっぱ》り暗い方を、男は、ひそひそ。

「濡れると云《い》うのに、」

手は届く、羽織の袖をぐっと引いて突附《つきつ》けて、傘《からかさ》を傾けて、

「邪慳《じゃけん》だねえ。」

「泣いてるのか、何だな、大《おおき》な姉さんが。」

「……お前さん、可懐《なつか》しい、恋しいに、年齢《とし》に加減はありませんわね。」

「何しろ、お前、……こんな路地端《ろじばた》に立ってちゃ、しょうがない。」

「ああ、早く行きましょう。」

と目を蔽《おお》うて居た袖口をはらりと落すと、瓦斯《がす》(106)の遠灯《とおあかり》にちらりと飜《かえ》る。

「少《わか》づくりで極《きま》りが悪いわね。」

と褄を捌《さば》いて取直《とりなお》して、

「極《きまり》が悪いと云えば、私は今、毛筋立《けすじだて》(107)を突張《つっぱ》らして、薄化粧《うすげしょう》は可《い》いけれども、のぼせて湯から帰って来ると、染ちゃんお客様が、ッて女房《おかみ》さんが言ったでしょう。内《うち》へ来るような馴染はなし、何処《どこ》の素見《ひやかし》だろうと思って、おや然《そ》うか何か気の無い返事をして、手拭《てぬぐい》を掛けながら台所口《だいどこぐち》から、ひょいと見ると、まあ、お前さんなんだもの。真赤《まっか》に成ったわ。極が悪くって。」

「何故《なぜ》だい。」

「悟られやしないかと思ってさ。」

「何を？……」

「だって、何をッて、お前さん、何処か、お茶屋か、待合《まちあい》からかけてくれれば可いじゃありませんか、唐突《だしぬけ》に内へなんぞ来るんだもの。」

「三年越《ごし》だよ、手紙一本が当《あて》なんだ。大事な落しものを捜《さが》すような気がするからね、何処かにあるには違いないが、居るか居ないか、逢《あ》えるか何《ど》うか分りゃしない。おまけに一向《いっこう》土地不案内で、東西分らずだもの。茶屋の広間に唯《たっ》た一つ膳《ぜん》を控えて、待って居て、そんな妓《こ》は居りません。……居ますが遠出《とおで》だなんぞと来て見たが可い。御存じの融《ゆ》通《ずう》が利かないんだから、可《よし》、序《ついで》にお銚子《ちょうし》のおかわりが、と知らない女を呼ぶわけにゃ行かずさ、瀬ぶみ(108)をするつもりで、行ったんだ。

尤《もっと》もね、居ると分ったら、門口《かどぐち》から引返《ひっかえ》して、何処かで呼ぶんだっけ。媽々《かかあ》が追掛《おっかけ》るじゃないか。仕方なし奥へ入ったんだ。一間《ひとま》しかありゃしない。すぐの長火鉢の前に媽々は控えた、顔の遣場《やりば》もなしに、しょびたれて居りましたよ、はあ。

光った旦那《だんな》じゃなし、飛《と》んだお前の外聞《がいぶん》だっけね、済まなかったよ。」

「あれ、お前さんも性悪《しょうわる》をすると見えて、ひがむ事を覚えたね。誰が外聞だと申しました、俊《しゅん》さん、」

取った袂に力が入って、

「女房《おかみ》さんに、悟られると、……だと悟られると、これから逢うのに、一々、勘定《かんじょう》が要るじゃありませんか。おまいりだわ、お稽古《けいこ》だわッて内証《ないしょ》で逢うのに出憎《でにく》いわ。はじめの事は知ってるから私の年が年ですからね。主人の方じゃ目くじらを立てて居ますもの、——顔を見られて了《しま》ってさ……しょびたれて居ましたよ、はあ。——お前の外聞だっけね、済まなかった。……誰が教えたの。」

とフフンと笑って、

「素人《しろうと》だね。」

八

「……故《わざ》と口数も利かないで、一生懸命に我慢《がまん》をして居た、御免《ごめん》なさいよ。」

声が又悄《またしお》れて沈んで、

「何にも言わないで、いきなり噛《かじ》りつきたかったんだけれど、澄《すま》し返って、悠々と髪を撫着《なでつ》けたりなんかして。」

「行場《ゆきば》がないから、熟々《しみじみ》拝見をしましたよ、……眩《まぶ》しい事でございました。」(109)

「雪のようでしょう、一寸片膝立《ちょっとかたひざだ》てた処《ところ》なんざ、千年ものだわね、……染ちゃん大分《だいぶ》御念入《ごねんいり》だねなんて、いつもはもっと塗れ、もっと髱《たぼ》を出せと云《い》う女房さんが云うんだもの。何《ど》う思ったか知らないけれど、大抵《たいてい》こんがらかったろう(110)と私は思うの。

そりゃ成りたけ、よくは見せたいが弱身《よわみ》だって、その人の見る前じゃあねえ、……察して頂戴《ちょうだい》。私はお前さんに恥《はず》かしかったわ、お乳《ちち》なんか。」

と緊《し》められるように胸を圧《おさ》えた、肩が細《ほっそ》りとして重そうなので、俊吉が傘を取る、と忘れたように黙って放す。

「否《いいえ》、結構でございました、湯あがりの水髪《みずがみ》で、薄化粧を颯《さっ》と直したのに、別《べつ》しては又緋縮緬《ひぢりめん》のお襦袢《じゅばん》を召した処と来た日にゃ。」

「あれさ、止《よ》して頂戴……火鉢の処は横町《よこちょう》から見通しでしょう、脱ぐにも着るにも、あの、鏡台《きょうだい》の前しかないんだもの。……だから、お前さんに壁の方を向いてて下さいと云ったじゃありませんか。」

「だって、以前は着ものを着たより、その方が多かった人じゃないか、私は些《ちっ》とも恐れやしないよ。」

「ねえ……ほほほ。……」

笑って一寸口籠《くちごも》って、

「ですがね、恁《こ》うなると、自分ながら気が変って、お前さんの前だと花嫁も同じことよ。……何でしたっけね、そら、川柳《せんりゅう》とかに、下に居て嫁は着てからすっと立ち(111)……」

「お前は学者だよ。」

「似てさ、お前さんに。」

「大きにお世話だ、学者に帯を〆《し》めさせる奴があるもんか、おい、……まだ一人じゃ結べないかい。」

「人、(112)……芸者の方が、ああするんだわ。」

「勝手にしやがれ。」

「あれ。」

「些《ちっ》とやけらあね。(113)」

「溝《どぶ》へ落っこちるわねえ。」

「えへん！」

と怒鳴《どな》って擦違《すれちが》いに人が通った。早《は》や、旧来《もとき》た瓦斯《がす》に頬冠《ほおかむ》りした薄青《うすあお》い肩の処が。

「何処《どこ》だ。」

「一直《いちなお》(114)の塀の処だわ。」

直《じ》きその近所であった。

「座敷はこれだけかね。」

と俊吉は小さな声で。

「最《も》う一間《ひとま》ありますよ。」

と染次が云う。……通された八畳は、燈《あかり》も明《あかる》し、ぱっとして畳も青い。床《とこ》には花も活《いか》って。山家《やまが》を出たような(115)俊吉の目には、博覧会の茶座敷(116)を見るが如く感じられた。が、入る時見た、襖一重《ふすまひとえ》が直《す》ぐ上框兼帯《あがりかまちけんたい》の茶の室《しつ》で、其処《そこ》に、髷《まげ》に結《い》った娑婆気《しゃげき》(117)なのが、と膝を占《し》めて構えて居たから。

話に雀《すずめ》ほどの声も出せない。

で、最う一間と眴《みまわ》すと、小庭《こにわ》の縁《えん》が折曲《おりまが》りに突当《つきあた》りが板戸に成る。……其処が細目《ほそめ》にあいた中に、月影かと見えたのは、廂《ひさし》に釣った箱燈籠《はこどうろう》の薄明りで、植込《うえごみ》を濃く、むこうへぼかして薄《うっす》りと青い蚊帳《かや》。

ト顔を見合せた。

急に二人は更《あらたま》ったのである。

男が真中《まんなか》の卓子台《ちゃぶだい》に、肱《ひじ》を支《つ》いて、

「その後《のち》は。何《ど》うしたい。」

「お話に成らないの。」

と自棄《やけ》に、おくれ毛を揺《ゆす》ったが、……心配はさせない、と云う姉のような呑込《のみこ》んだ優《やさし》い微笑《ほほえみ》。

九

「失礼な、何うも奥様をお呼立《よびた》て申しまして済みません。でも、お差向《さしむか》いの処《ところ》へ、他人が出ましては却《かえ》ってお妨《さまた》げ、と存じまして、ねえ、旦那《だんな》。」

と襖越《ふすまごし》に待合《まちあい》の女房が云《い》った。

ぴたりと後手《うしろで》にその後《うしろ》を閉めたあとを、もの言わぬ応答《うけこたえ》に一寸《ちょっと》振返って見て、そのまま片手に茶道具を盆ごと据《す》えて立直《たちなお》って、すらりと蹴出《けだ》(118)しの紅《くれない》に、明石《あかし》の裾《すそ》を曳《ひ》いた姿は、しとしとと雨垂れが、子持縞《こもちじま》の浅黄《あさぎ》に通って、露《つゆ》に活《い》きたように美しかった。

「いや。」

とただ間拍子《まびょうし》(119)もなく、女房の言いぐさに返事をする、俊吉の膝へ、衝《つ》と膝《ひざ》をのっかかるようにして盆ごと茶碗を出したのである。

茶を充満《いっぱい》の吸子《きびしょ》が(120)一所《いっしょ》に乗って居た。

これは卓子台《ちゃぶだい》に載せると可《よ》かった。でなくば、最《も》う少し間《なか》を措《お》いて居《すわ》れば仔細《しさい》なかった。固《もと》から芸妓《げいしゃ》だと離れたろう。前《さき》の遊女《おいらん》は(121)身を寄せるのに馴《な》れた。然《しか》も披露目《ひろめ》の日の冷汗を恥じて、俊吉の膝に俯伏《うつぶ》した処《ところ》を、(出ばな。)と叫ばれて立ったのである。


……


お染はもとの座へ然《そ》うして近々《ちかぢか》と来て盆ごと出しながら、も一度襖越《ふすまご》しに見返った。名ある女を、恁《こ》うは如何《いか》に、あしらうまい、——奥様と云ったな(122)——膝に縋《すが》った透見《すきみ》を(123)したか、恥と怨《うらみ》を籠《こ》めた瞳《ひとみ》は、遊里《さと》の二十《はたち》の張《はり》が(124)籠《こも》って、熟《じゅ》と襖に注がれた。

ト見つつ夢のように、うっかりして、なみなみと茶をくんだ朝顔形《あさがおなり》の茶碗に俊吉が手を掛ける、とコトリと響いたのが胸に通《かよ》って、女は盆ごと男が受取ったと思ったらしい。ドンと落ちると、盆は、ハッと持直《もちなお》そうとする手に引かれて、俊吉の分も浚《さら》った(125)茶碗が対《つい》。吸子も共に発奮《はずみ》を打って、お染は肩から胸、両膝かけて、ざっと、ありたけの茶を浴びたのである。

むらむらと立つ白い湯気《ゆげ》が、崩るる褄《つま》の紅《くれない》を陽炎《かげろう》の如く包んで伏せた。

頸《うなじ》を細く、面《おもて》を背《そむ》けて、島田を斜《ななめ》に、

「あっ。」と云う。

「火傷《やけど》はしないか。」と倒れようとするその肩を抱いた。

「何《ど》うなさいました。」と女房飛込み、この体《てい》を一目見るや、

「雑巾《ぞうきん》雑巾。」と宙《ちゅう》に躍《おど》って、蹴返《けかえ》す裳《もすそ》に刎《は》ねた脚は、ここに魅《さ》した魔の使《つかい》(126)が、鴨居《かもい》を抜けて出るように見えた。

女の袖つけ(127)から膝へ湛《たま》って、落葉が埋《うず》んだような茶殻《ちゃがら》を掬《すく》って、仰向《あおむ》けた盆の上へ、俊吉がその手の雫《しずく》を切った時。

「可《よ》ござんすよ、可ござんすよ、然《そ》うしてお置きなさいまし、今私が、」

と言いながら白に浅黄《あさぎ》を縁《へり》とりの手巾《ハンケチ》で、脇を圧《おさ》えると、脇。膝をずぶずぶと圧えると、膝を、濡《ぬ》れたのが襦袢《じゅばん》を透《とお》して、明石の縞に浸《にじ》んでは、手巾にひたひたと桃色の雫を染めた。――

「ええ、私あの時の事を思出《おもいだ》したの、短刀で、ここを切られた時、」……

と、一年おいて如月《きさらぎ》(128)の雪の夜更《よふ》けに、お染は、俊吉の矢来《やらい》の奥の二階の置炬燵《おきごたつ》に弱々《よわよわ》と凭《もた》れて語った。

却説《さて》その夜《よ》は、取って返して、両手に雑巾を持って、待合の女房が顕《あらわ》れたのに、染次は悄《しお》れながら、羅《うすもの》の袖を開いて見せて、

「汚点《しみ》に成りましょうねえ。」

「まあ、ねえ、何《ど》うも。」

と伸上《のびあが》ったり、縮んだり。

「何しろ、脱がなくッちゃお前さん、直《じ》き乾くだけは乾きますからね……彼方《あちら》へ来て。さあ――旦那、奥様のお膚《はだ》を見ますよ、済みませんけれど、貴下《あなた》が邪慳《じゃけん》だから仕方が無い。……」

俊吉は黙って横を向いた。

「浴衣《ゆかた》と、さあ、お前さん、」

と引立《ひきた》てるようにされて、染次は悄々《しおしお》(129)と次に出た。……組合(130)の気脈《きみゃく》が通《かよ》って、待合の女房も、抱主が一張羅《いっちょうら》を着飾らせた、損を知って、そんなに手荒にするのであろう、噫《ああ》。

「大丈夫よ……大丈夫よ。」

十

「飛《と》んだ、飛んだ事を……お前、主人に何《ど》うするえ。」

「まさか、取って食おうともしませんから、そんな事より。」

と莞爾《にっこり》した、顔は蒼白《あおじろ》かったが、しかしそれは蚊帳《かや》の萌黄《もえぎ》が映ったのであった。

帰る時は、効々《かいがい》しく雑《ざっ》と干したのを端折《はしょ》って着て居て、男に傘《かさ》を持たせて置いて、止《よ》せと云《い》うに、小雨《こさめ》の中をちょこちょこ走りに自分で俥《くるま》を雇って乗せた。

蛇目傘《じゃのめ》(131)を泥に引傾《ひっかた》げ、楫棒《かじぼう》を圧《おさ》えぬばかり、泥除《どろよけ》(132)に縋《すが》って小造《こづくり》な女が仰《あお》向《む》けに母衣《ほろ》を覗《のぞ》く顔の色白々と、

「お近い内《うち》に。」

「…………」

「屹《きっ》と？」

「むむ。」

「屹とですよ。」

俊吉は黙って頷《うなず》いた。

暗くて見えなかったろう。

「屹とよ。」

「分ったよ。」

「可《よ》ござんすか。」

「煩《うるさ》い。」と心にもなく、車夫《しゃふ》の手前、宵《よい》から心遣《こころづか》いに疲れ果てて、ぐったりして、夏の雨も寒いまでに身体《からだ》もぞくぞくする癇癪《かんしゃく》まぎれに云ったのを、気にも掛けず、ほっと安心したように立直ったと思うと、

「車夫《わかいしゅ》さん、はい――……あの車賃《くるまちん》は払いましたよ。」

「有るよ。」

「威張《いば》ってさ、それから少しですが御祝儀《ごしゅうぎ》。気をつけて上げて下さいよ、よくねえ、気をつけて、可ござんすか。」

「大丈夫でございますよ、姉さん。」と楫《かじ》を取った片手に祝儀を頂きながら。

「でも遠いんですもの、道は悪し、それに暗いでしょう。」

「承合《うけあい》ましたよ。」

「それじゃ、お近いうち。」

影を引切《ひっき》るように衝《つ》と過ぎる車のうしろを、トンと敲《たた》いたと思うと夜の潮《しお》に引残《ひきのこ》されて染次は残って悄乎《しょんぼり》と立つ。

車が路《みち》を離れた時、母衣の中とて人目も恥じず、俊吉は、ツト両掌《りょうて》で面《おもて》を蔽《おお》うて、はらはらと涙を落した。……

「でも、遠いんですもの、路《みち》は悪し、それに暗いでしょう。」

行方《ゆくえ》も知らず、分れるように思ったのであった。

そのまま等閑《なおざり》にすべき義理ではないのに、主人にも、女にも、あの羅《うすもの》の償《つぐない》をする用意なしには、忍んでも逢《あ》っては成らないと思うのに、あせっても掙《もが》いても、半月や一月でその金子《かね》は出来なかった。

のみならず、追縋《おいすが》って染次が呼出しの手紙の端《はし》に、――明石《あかし》のしみは、しみ抜屋《ぬきや》にても引受け申さず、この上は、くくみ洗い(133)をして、人肌《ひとはだ》にて暖《あたた》め乾かし候《そろ》よりせん方なしとて、毎日少しずつふくみ洗いいたし候《そうろう》ては、おかみさんと私とにて毎夜添臥《そいぶし》参らせ候。夜ごとにかわる何とか(134)より針の筵《むしろ》に候えども、お前さまにお目もうじのなごりと思い候えば、それさえうつつ心《ごころ》に嬉しく懐《なつか》しく存じ参らせ候……

ふくみ洗いで毎晩抱く、あの明石のしみを。行かれるものか、素手《すで》で、何うして。秋の半ばに、住《すみ》かえた、と云って、唯《ただ》それだけ、上州伊香保《じょうしゅういかほ》(135)から音信《たより》があった。やがてくわしく、と云うのが、そのままに成った——今夜なのである。

俊吉は捗取《はかど》らぬ雪を踏《ふみ》しめ踏しめ、俥を見送られた時を思出《おもいだ》すと、傘も忘れて、降る雪に、頭《つむり》を打たせて俯向《うつむ》きながら、義理と不義理と、人目と世間と、言訳《いいわけ》なさと可懐《なつか》しさ、と其処《そこ》に、見える女の姿に、心は暗《やみ》の目は懵《ぼう》として白い雪、睫毛《まつげ》に解《と》けるか雫《しずく》が落ちた。

十一

「……然《そ》う云ったわけだもの、ね、……そんなに怨《うら》むもんじゃない。」

襦袢一重《じゅばんひとえ》の女の背《せな》へ、自分が脱いだ絣《かすり》(136)の綿入羽織《わたいればおり》を着せて、その肩に手を置きながら、俊吉は向い合いもせず、置炬燵《おきごたつ》の同じ隅に凭《もた》れて居た。

内《うち》へ帰ると、一つ躓《つまず》きながら、框《かまら》へ上《あが》って、奥に仏壇のある、襖《ふすま》を開けて、其処《そこ》に行火《あんか》(137)をして、もう、すやすやと寐《ね》た、撫《なで》つけの可愛《かわい》らしい白髪《しらが》と、裾《すそ》に解《と》きもの(138)のある、女中の夜延《よなべ》とを見て、密《そっ》と又《また》閉めて、ずかずかと階子《はしご》を上《あが》ると、障子《しょうじ》が閉《しま》って、張合《はりあい》の無さは、燈《あかり》にその人の影が見えない。

で、嘘《うそ》だと思った。

此処《ここ》で、トボンと(139)夢《ゆめ》が覚めるのであろう、と途中の雪の幻さえ、一斉に消えるような、げっそり気の抜けた思いで、思切《おもいき》って障子を開けると、更紗《さらさ》(140)を掛けた置炬燵の、然《しか》も机に遠い、縁《えん》に向いた暗い中から、と黒髪が揺《ゆら》めいて、窶《やつ》れたが、白い顔。するりと緋縮《ひぢり》緬《めん》の肩を抽《ぬ》いたのは夢ではなかったのである。

「何《ど》うした。」

と顔を見た。

「こんな、うまい装《なり》(141)をして、驚いたでしょう。」

と莞爾《にっこり》する。

「驚いた。」

とほっと呼吸《いき》して、どっか、と俊吉は、はじめて瀬戸ものの火鉢の縁《へり》に坐《すわ》ったのである。

「ああ、座蒲団《ざぶとん》は此方《こっち》。」

と云《い》う、背中に当てて寝て居たのを、ずらして取ろうとしたのを見て、

「敷いておいで、其方《そっち》へ行こう、半分ずつ、」

と俊吉はじめて笑った。……

お染は、上野の停車場から。――深川の親の内へも行かずに――じかづり(142)に車で此処へ来たのだと云う。……神楽坂《かぐらざか》(143)は引上げたが、見る間に深く成る雪に、もう郵便局(144)の急な勾配《こうばい》で呼吸《いき》ついて、我慢《がまん》(145)にも動いてくれない。仕方なしに、あれから路《みち》の無い雪を分けて、矢来《やらい》の中を其方此方《そっちこっち》、窓明《まどあか》りさえ見れば気兼《きがね》をしいしい、一時《ひととき》ばかり尋ね廻《まわ》った。持ってた洋傘《こうもり》も雪に折れたから途中で落《おと》したと云う。それは洲崎《すさき》を出る時に買ったままの。憑《つ》きもののようだ、と寂しく笑った。

俊吉は、卍《まんじ》(146)の中を雪に漾《ただよ》う、黒髪のみだれを思った。

女中が、何よりか、と火を入れて炬燵に導いてから、出先へ迎《むか》いに出たあとで、冷《つめた》いとだけ思った袖も裙《すそ》も衣類《きもの》が濡《ぬ》れたから不気味で脱いだ、そして蒲団《ふとん》の下へ掛けた(147)と云う。

「何より不気味だね、衣類の濡れるのは。……私、聞いても悚然《ぞっと》する。……済まなかった。お染さん。」

女は其処で怨んだ。

帰る途《みち》すがらも、真実の涙を流した言訳《いいわけ》を聞いて、暖《あたたか》い炬燵の膚《はだ》のぬくもりに、とけた雪は、斉《ひと》しく女の瞳に宿った。その時のお染の目は、大《おおき》く瞶《みは》られて美しかった。

「女中《ねえ》さんは。」

「女中か、私はね、雪でひとりでに涙が出ると、茫《ぼ》っと何だか赤いじゃないか。引擦《ひっこす》って見るとお前、つい先へ提灯《ちょうちん》が一つ行くんだ。漸《や》っと、はじめて雪の上に、こぼこぼ下駄のあとの印《つ》いたのが見えたっけ。風は出たし……歩行《ある》き悩んだろう。先へ出た女中が未《ま》だ其処を、うしろの人足《ひとあし》も聞きつけないで、ふらふらして歩行いて居るんだ。追《おッ》着《つ》いてね、使《つかい》がこの使だ、手を曳《ひ》くようにして力をつけて、とぼとぼ遣《や》りながら炬燵の事も聞いたよ。

しんせつ序《ついで》だ、酒屋へ寄ってくれ、と云うと、二つ返事で快《こころよ》く引受けたから、図に乗ってもう一つ狐蕎麦《きつねそば》を誂《あつら》えた。」

「上州のお客には丁《ちょう》ど可《い》(148)いわね。」

「嫌味を云うなよ。……でも、お前は先《せん》から麺類《めんるい》を断《た》ってる事を知ってるから、てんのぬき(149)を誂えたぜ。」

「まあ、嬉しい。」

と膝《ひざ》で確《しっか》りと手を取って、

「じゃ、あの、この炬燵の上へ盆を乗せて、お銚子《ちょうし》をつけて、お前さん、あい、お酌《しゃく》って、それから私も飲んで。」

と熟《じっ》と顔を見つつ、

「願《ねがい》が叶《かな》ったわ、私。……一生に一度、お前さん、と然《そ》うして、お酒が飲みたかった。ああ、嬉しい。余り嬉しさに、わなわな震《ふる》えて、野暮《やぼ》なお酌をすると口惜《くやし》い。稽古《けいこ》をするわ、私。……一寸《ちょっと》その小さな掛花活《かけはないけ》(150)を取って頂戴《ちょうだい》。」

「何にする。」

「お銚子を持つ稽古するの。」

「狂人染みた、何だな、お前。」

「よう、後生《ごしょう》だから、一度だって私のいいなり次第に成った事はないじゃありませんか。」

「はいはい、今夜の処《とこ》は御意次第《ぎょいしだい》。」

其処が地袋《じぶくろ》(151)で、手が直《す》ぐに、水仙が少しすがれて(152)、摺《ず》って、危《あや》うく落ちそうに縋《すが》ったのを、密《そっ》と取ると、羽織の肩を媚《なま》めかしく脱掛《ぬぎか》けながら、受取ったと思うと留《と》める間もなく、ぐ、ぐ、と咽喉《のど》を通して一息《ひといき》に仰いで呑《の》んだ。

「まあ、お染。」

「だって、ここが苦しいんですもの、」

と白い指で、わなわなと胸を擦《さす》った。

「ああ、旨《おいし》かった。さあ、お酌。否《いいえ》、毒なものは上げはしません、一寸、ただ口をつけて頂戴。花にでも。」

「ままよ。」……構わず呑もうとすると雫《しずく》も無かった。

花を唇《くちびる》につけた時である。

「お酒が来たら、何にも思わないで、嬉しく飲みたい。……私、真個《ほんと》に伊香保《いかほ》では、酷《ひど》い、情《なさけ》ない目に逢《あ》ったの。

お前さんに逢って、皆《みんな》忘れたいと思うんだから、聞いて頂戴。……伊香保でね、——すぐに一人旦那《だんな》が出来たの。土地の請負師《うけおいし》(153)だって云うのよ、頼みもしないのに無理に引かして(154)さ、石段(155)の下に景《けい》ぶつ(156)を出す、射的《しゃてき》の店を拵《こしら》えてさ、其処に円髷《まるまげ》(157)で居たんですよ。

この寒いのに、単衣《ひとえ》一つでぶるぶる震えて、あの……千葉の。先《せん》の呉服屋が来たんでしょう。可哀相《かわいそう》でね、お金子《かね》を遣《や》って旅籠屋《はたごや》を世話するとね、逗留《とうりゅう》をして帰らないから、旦那は不断《ふだん》女にかけると狂人のような嫉妬《やきもち》やきだし、相場師《そうばし》と云うのが博徒《ばくちうち》(158)でね、命知らずの破落戸《ならずもの》の子分は多し、知れると面倒だから、次の宿《しゅく》まで、おいでなさいって因果《いんが》を含めて、(159)……その時止《よ》せば可《よ》かったのに、湯に入ったのが悪かった。……帯を解《と》いたのを見られたでしょう。

——染や、今日はいい天気だ、裏の山から隅田川《すみだがわ》が幽《かすか》に見えるのが、雪晴れの名所なんだ。一所《いっしょ》に見ないかって誘うんですもの。

余り可懐《なつか》しさに、うっかり雪路《ゆきみち》を上《のぼ》ったわ。峠の原で、たぶさを取って(160)引倒《ひきたお》して、覚えがあろうと、ずるずると引摺《ひきず》られて、積った雪が摺《す》れる枝の、さいかち(161)に手足が裂けて、あの、実の真赤《まっか》なのを見た時は、針の山に追上げられる雪の峠の亡者《もうじゃ》か、と思ったんですがね。それから……立樹《たちき》に結《ゆわ》えられて、……」

「お染。」

「短刀で、こ、此処《ここ》と此処を、彼方此方《あっちこっち》、ぎらぎら引かれて身体《からだ》一面に血が流れた時は、……私、その、たらたら流れて胸から乳から伝うのが、渇きの留《とま》るほど嬉しかった。莞爾莞爾《にこにこ》したわ。何とも言えない可《い》い心持《こころもち》だったんですよ。お前さんに、お前さんに、……あの時、——一面に染まった事を思出《おもいだ》して何とも言えない、いい心持だったの。この糯袢《じゅばん》です。斬られたのは、此処だの、此処だの、」

と俊吉の瞶《みは》る目に、胸を開くと、手巾《ハンケチ》を当てた。見ると、顔の色が真蒼《まっさお》に成るとともに、垂々《ぽたぽた》と血に染まるのが、溢《あふ》れて、わななく指を洩《も》れる。

俊吉は突伏《つっぷ》した。

血はまだ溢れる、音なき雪のように、ぽたぽたと鳴って留《や》まぬ。

カーンと仏壇のりんが響いた。

「旦那様、旦那様。」

「あ。」

と顔を上げると、誰《たれ》も居ない。炬燵の上に水仙が落ちて、花活の水が点滴《したた》る。

俊吉は、駈下《かけお》りた。

遠慮して段の下に立った女中が驚きながら、

「あれ、まあ、お銚子がつきましてございますが。」

俊吉は呼吸《いき》がはずんで、

「せ、せ、折角《せっかく》だっけ、(162)……客は帰ったよ。」

唯見《とみ》ると、仏壇に灯《あかり》が点《つ》いて、老人《としより》が殊勝《しゅしょう》に坐《すわ》って、御法《みのり》の声。

「……我常住於此《がじょうじゅうおし》(163)　以《い》諸神通力《しょじんつうりき》　令《りょう》顛倒衆生《てんどうしゅじょう》　雖近而不見《すいごんにふりん》　衆見我滅度《しゅけんがめつど》　広供養舎利《こうくようしゃり》
咸皆懐恋慕《げんかいえれんぼ》　而生渇仰心《にしょうかつごうしん》……」

白髪《しらが》に尊き燈火《ともしび》の星、観音《かんのん》、其処におわします。……駈寄って、はっと肩を抱いた。

「お祖母《ばあ》さん、何うして今頃御経を誦《よ》むの。」

慌《あわ》てた孫に、従容《しょうよう》として見向いて、珠数《じゅず》を片手に、

「あのう、今しがた私《わし》が夢にの、美しい女の人がござってこの、回向《えこう》(164)を頼むと言わしったた故《ゆえ》にの、……悉《くわ》しい事は明日話そう。南無妙法蓮華経《なむみょうほうれんげきょう》。……広供養舎利《こうくようしゃり》　咸皆懐恋慕《げんかいえれんぼ》　而生渇仰心《にしょうかつごうしん》(165)　衆生既信伏《しゅじょうきしんぷく》　質直意柔輭《しちじきいにゅうなん》。……」

新聞の電報と、続いて掲げられた上州の記事は、ここには言うまい。俊吉は年紀《とし》二十七。

いかほ野やいかほの沼のいかにして
恋しき人をいま一目見む(166)

革鞄《かばん》の怪《かい》

一

「そんな事があるものですか。」

「いや、真個《まったく》だから変なんです。馬鹿馬鹿しい、何、詰《つま》らないと思う後から声がします。」

「声がします。」

「確かに聞《きこ》えるんです。」

と云《い》った。私《わたし》たち二人は、その晩、長野の町の一大構《あるおおがまえ》の旅館の奥の、母屋《おもや》から板廊下《いたろうか》を遠く隔てた離座敷《はなれざしき》らしい十畳の広間に泊った。

はじめ、停車場《ステイション》から俥《くるま》(1)を二台で乗着《のりつ》けた時、帳場の若いものが、

「入《い》らっしゃい、何《ど》うぞ此方《こちら》へ。」

で、上靴《うわぐつ》を穿《は》かせて、つるつるする広い取着《とっつき》(2)の二階へ導いたのであるが、其処《そこ》から、も一ツつかつかと階子段《はしごだん》を上《あが》って行《ゆ》くので、連《つれ》の男は一段踏掛《ふみか》けながら慌《あわただ》しく云った。

「三階か。」

「へい、四階《しかい》でございます。」と横に開いて揉手《もみで》をする。

「其奴《そいつ》は堪《たま》らんな、下座敷《したざしき》は無いか。――貴方《あなた》は如何《いかが》です。」

途中で見た上阪《のぼりざか》の中途に、ばりばりと月に凍《い》てた廻縁《まわりえん》(3)の総硝子《そうがらす》。紅色《べにいろ》の屋号の電燈が怪しき流星の如き光を放つ。峰から見透《みとお》しに高い四階は落着《おちつ》かない。

「私《し》も下が可《い》い。」

「致《し》ますると、お気に入りますか何《ど》うでございましょうか。些《ち》とその古びて居《お》りますので。他には唯今《ただいま》何うも、へい、へい。」

「古くっても構わん。」

とに角《かく》、座敷はあるので、漸《やっ》と安心したように言った。

人の事は云われないが、連《つれ》の男も、身体《からだ》つきから様子、言語《ものいい》、肩の瘠《や》せた処《ところ》、色沢《いろつや》の悪いのなど、第一、屋財《やざい》、家財、身上《しんしょう》(4)ありたけを詰込《つめこ》んだ、と自《みずか》ら称《とな》える古革鞄《ふるかばん》の、象を胴切りにしたような格外《かくがい》の大《おお》きさで、然《しか》もぼやけた工合《ぐあい》が、何う見ても神経衰弱と云うのに違いない。

何と……そして、この革鞄の中で声がする、と夜中に騒ぎ出したろうではないか。

私は枕を擡《もた》げずには居られなかった。

時に、当人は、最《も》う蒲《ふ》団《とん》から摺出《ずりだ》して、茶縞《ちゃじま》に浴衣《ゆかた》を襲《かさ》ねた寝着《ねまき》の扮装《なり》で、ごつごつして、寒さは寒し、もも尻《しり》(5)に成って、肩を怒《いか》らし、腕組をして、真四角《まっしかく》で、二間《けん》(6)の——これには掛《かけ》ものが掛けてなかった——床《とこ》の間《ま》を見詰めて居る。其処《そこ》に件《くだん》の大革鞄があるのである。

白《しろ》ぼけた上へ、ドス黒くて、その身上ありたけだと云う、だふりと膨《ふく》だみを揺《ゆす》った形が、元来、仔細《しさい》の無い事はなかった。

今朝、上野(7)を出て、田端《たばた》、赤羽《あかばね》——蕨《わらび》を過ぎる頃から、向う側に居《きょ》を占《し》めた、その男の革鞄が、私の目にフト気に成りはじめた。

私は妙な事を思出《おもいだ》したのである。

やが(8)て、十八九年も経ったろう。小児《こども》が些《ち》と毛を伸ばした中僧《ちゅうぞう》(9)の頃である。……秋の招魂祭《しょうこんさい》の(10)、それも真昼間《まっぴるま》。両側に小屋を並べた見世《みせ》ものの中に、一ケ所目覚《めざま》しい看板を見た。

血だらけ、白粉《おしろい》だらけ、手足、顔だらけ。刺戟《しげき》の強い色を競《きそ》った、夥多《あまた》の看板の中にも、そのくらい目を引いたのは無かったと思う。

続き、上下《うえした》に凡《およ》そ三四十枚、極彩色《ごくさいしき》の絵看板、雲には銀砂子《ぎんすなご》(11)、襖《ふすま》に黄金《きん》箔《ぱく》、引手《ひきて》に朱《しゅ》の総《ふさ》(12)を提《さ》げるまで手を籠《こ》めた……芝居がかりの五十三次《ごじゅうさんつぎ》(13)。

岡崎《おかざき》の化猫《ばけねこ》(14)が、白髪《しらが》の牙《きば》に血を滴《したた》らして、破簾《やれみす》(15)よりも顔の青い、女を宙《ちゅう》に啣《くわ》えた絵の、無慙《むざん》さが眼《まなこ》を射る。

二

「さあさあ看板に無い処《ところ》は木曽《きそ》もあるよ、木曽街道もあるよ。」

と嗾《そそ》る。……

が、その外《ほか》には何も言わぬ。並んだ小屋は軒別《けんべつ》に、声を振立《ふりた》て、手足を揉上《もみあ》げ、躍《おど》り懸《かか》って、大砲の音で色花火を撒散《まきち》らすが如き鳴物《なりもの》まじりに人を呼ぶのに。

この看板の前にのみ、洋服が一人、羽織袴《はおりはかま》が一人、真中《まんなか》に、白襟《しろえり》、空色紋着《そらいろもんつき》の、廂《ひさし》髪《がみ》(16)で痩《や》せこけた女が一人交《まじ》って、都合三人の木戸番が、自若《じじゃく》として控えて一言《いちごん》も言わず。

唯《ただ》、時々……

「さあさあ看板に無い処は木曽もあるよ、木曽街道もあるよ。」

とばかりで、上目《うわめ》でじろりとお立合《たちあい》(17)を見て、黙然《もくねん》として澄まし返る。

容体《ようだい》が然《さ》も、ものあり気《げ》で、鶴の一声と云《い》う趣《おもむき》。掙《もが》き騒いで呼立《よびた》てない、非凡《ひぼん》の見識おのずから顕《あらわ》れて、裡《うち》(18)の面白さが思遣《おもいや》られる。

うかうかと入って見ると、こはいかに、と驚くにさえ張合《はりあい》も何にもない。表飾《おもてかざ》りの景気から推《お》せば、場内の広さも、一軒隣のアラビヤ式と銘打った競馬《けいば》(19)ぐらいはあろうと思うのに、筵囲《むしろがこ》いの廂合《ひあわい》(20)の路地《ろじ》へ入ったように狭《せま》くるしく薄暗い。

正面を逆に、背後向《うしろむ》きに見物《けんぶつ》を立たせる寸法《すんぽう》、舞台、と云うのが、新筵《あらむしろ》二三枚。前に青竹《あおだけ》の埒《らち》(21)を結廻《ゆいまわ》して、その筵の上に、大形の古革鞄《ふるかばん》唯一個《ただひとつ》……眴《みまわ》しても視《なが》めても、雨上《あまあが》りの湿気《しけ》た地《つち》へ、藁《わら》の散《ちら》ばった他に何にも無い。

中へ何を入れたか、だふりとして、ずしりと重量《おもみ》を溢《あぶ》まして、(22)筵の上に仇光《あだびか》りの陰気な光沢《つや》を持った鼠色《ねずみいろ》のその革鞄には、以来、大海鼠《おおなまこ》に手が生えて胸へ乗《の》っかかる夢を見て魘《うな》された。

梅雨《つゆ》期の所為《せい》か、(23)その時はしとしとと皮に潤湿《しめりけ》を帯びて居たのに、年数も経ったり、今は皺目《しわめ》がえみ割れて(24)乾燥《はしゃ》いで、(25)宛然《さながら》乾物《ひもの》にして保存されたと思うまで、色合《いろあい》、恰好《かっこう》、そのままの大革鞄を、下にも置かず、矢張《やっぱ》り色の褪《あ》せた鼠の半外套《はんがいとう》(26)の袖に引着《ひきつ》けた、その一人の旅客《りょかく》を認めたのである。

私は熟《じっ》と視《み》て、――長野泊《どま》り(27)で、明日《あす》は木曽へ廻《まわ》ろうと思う、たまさか(28)のこの旅行に、不思議な暗示を与えられたような気がして、何故《なぜ》か、変な、擽《くすぐ》ったい心地《ここち》がした。然《しか》も、その中から、怪しげな、不気味な、凄《すご》いような、恥《はず》かしいような、また謎のようなものを取出して見せられそうな気がして成らぬ。

少《すく》なくとも、あの、絵看板を畳込《たたみこ》んで持って居て、汽車が隧道《トンネル》へ入った、真暗《まっくら》な煙の裡《うち》で、颯《さっ》と化猫《ばけねこ》が女を噛《か》む血だらけな緋《ひ》の袴《はかま》の、真赤《まっか》な色を投出《ほうりだ》しそうに考えられた。で、何処《どこ》まで一所《いっしょ》に成るか、……稀有《けう》な、妙な事がはじまりそうで、危《あぶな》っかしい中《うち》にも、内々少《ないないすくな》からぬ期待を持たせられたのである。

けれども、その男を、年配、風采《ふうさい》、あの三人の中の木戸番の一人だの、興行《こうぎょう》ぬしだの、手品師だの、祈禱者《きとうじゃ》、山伏《やまぶし》だの、……何《なに》を間違えた処で、慌《あわ》てて魔法つかいだの、占術《うらない》家《や》だの、又強盗《またごうとう》、或《あるい》は殺人犯で、革鞄の中へ輪切《わぎり》にした女を油紙《あぶらがみ》に包んで詰込《つめこ》んで居ようの、従って、探偵《たんてい》などと思ったのでは決してない。

一目《ひとめ》見ても知れる、その何省《なにしょう》かの官吏《かんり》である事は。――やがて、知己《ちかづき》に成って知れたが、都合あって、飛驒《ひだ》の山の中の郵便局へ転任と成って、その任に趣《おもむ》く途中だと云う。

――それに聊《いささ》か疑《うたがい》はない。
が、持主《もちぬし》でない。その革鞄である。

三

這奴《しゃつ》(29)、窓硝子《まどがらす》の小春日《こはるび》の日向《ひなた》にしろじろと、光沢《つや》を漾《ただよ》わして、怪しく光って、ト構えた体《てい》が、何事をか企謀《たくら》んで居そうで、その企謀《たくらみ》の整うと同時に、驚破《すわ》(30)事《こと》を、仕出来《しでか》しそうで成らなかったのである。
持主の旅客は、唯《ただ》黙々として、俯向《うつむ》いて、街樹《なみき》に染めた錦葉《もみじ》も見ず、時々、額《ひたい》を敲《たた》くかと思うと、両手で熟《じっ》と頸窪《ぼんのくぼ》(31)を圧《おさ》える。やがて、中折帽《なかおれぼう》(32)を取って、ごしゃごしゃと、やや伸びた頭髪《かみのけ》を引掻《ひっか》く。巻莨《まきたばこ》(33)に点《てん》じて三分の一を吸うと、半《なかば》三分の一を瞑目《めいもく》して黙想して過《すご》して、はっと心着《こころづ》いたように、火先《ひさき》を斜《ななめ》に目の前へ、ト翳《かざ》しながら、熟《じっ》と灰に成るまで凝視《みつ》めて、慌《あわ》てて、ふッふッと吹落《ふきおと》して、後《あと》を詰《つま》らなそうにポタリと棄てる……すぐその額を敲く。続いて頸窪を両手で圧える。それを繰返《くりかえ》すばかりであるから、これが企謀《たくら》んだ処《ところ》で、自分の身の上の事に過ぎぬ。敢《あえ》て世間を何《ど》うしようなぞと云《い》う野心は無さそうに見えたのに――

お供の、奴《やっこ》の腰巾着然《こしぎんちゃくぜん》とした(34)件《くだん》の革鞄《かばん》の方が、物騒《ぶっそう》で成らないのであった。

果《はた》せる哉《かな》(35)。

小春凪《こはるなぎ》(36)のほかほかとした可《い》い日和《ひより》の、午前十一時半頃、汽車が高崎《たかさき》に着いた時、彼は向側《むこうがわ》を立って来て、弁当を買った。そして折《おり》を片手に、少時《しばらく》硝子窓に頬杖《ほおづえ》をついていたが、

「酒、酒。」

と威勢《いせい》よく呼んだ、その時は先生奮然《ふんぜん》たる態度で、のぼせるほどな日に、蒼白《あおじろ》い顔も、もう酔ったように焃《かッ》と勢《いきお》づいて、この日向で、かれこれ燗《かん》の出来て居るらしい、ペイパ(37)の乾いた罎《びん》、膚触《はだざわ》りも暖《あたた》かそうな二《に》合詰《ごうづめ》を買って、これを背広の腋《わき》へ抱えるが如くにして席へ戻る、と忙《いそが》わしく革鞄の口に手を掛けた。

私はドキリとして、おかしく時めくように胸が躍《おど》った。九段《くだん》(38)第一、否《いな》、皇国　の見世物小屋へ入った、その過般《いっか》の時のように。

しかし、細目に開けた、大革鞄の、それも、僅《わず》かに口許《くちもと》ばかりで、彼が取出したのは一冊赤表紙の旅行案内(39)。五十三次《ごじゅうさんつぎ》、木曽街道に縁《えん》のない事はないが。

それを熟《じっ》と、酒も飲まずに凝視めて居る。

私も弁当と酒を買った。

大《おおき》な蝦蟇《がま》とでもあろう事か、革鞄の吐出《はきだ》した第一幕が、旅行案内ばかりでは桟敷《さじき》(40)で飲むような気はしない、が蓋《けだ》しそれは僭上《せんじょう》の沙汰《さた》(41)で。

「まず、飲もう。」

その気で、席へ腰を掛直《かけなお》すと、口を抜こうとした酒の香《か》より、はッと面《おもて》を打った、懐《なつか》しく床《ゆか》しい、留南奇《とめき》(42)がある。

この高崎では、大分《だいぶ》旅客の出入りがあった。

其処此処《そこここ》、疎《まばら》に透《す》いて居た席が、ぎっしりに成って――二等室(43)の事で、云うまでもなく荷物が小児《こども》よりは厄介《やっかい》に、中には大人ほど幅をして彼方此方《あちこち》に挟《はさま》って。勿論《もちろん》、知合《しりあい》に成ったあとでは失礼ながら、件の大革鞄もその中《うち》の数の一つではあるが――一人、袴羽《はかまは》織《おり》で、山高《やまたか》(44)を被《かぶ》ったのが仕切《しきり》の板戸《いたど》に突立《つった》って居るのさえ出来て居た。

私とは丁《ちょう》ど正面、彼《か》の男と隣合《となりあ》った、其処へ、艶麗《あでやか》な女が一人腰を掛けたのである。

待て、ただ艶麗な、と云うと何処《どこ》か世話(45)で居て、やや婀娜《あだ》(46)めく。

内端《うちわ》に、品よく、高尚と云おう。

前挿《まえざし》(47)、中挿《なかざし》(48)、鼈甲《べっこう》の照りの美しい、華奢《きゃしゃ》な姿に重そうなその櫛笄《くしこうがい》に対しても、のん気に婀娜だなどと云っては成るまい。

四

一目見ても知れる、濃い紫の紋着《もんつき》で、白襟《しろえり》、緋《ひ》の長襦袢《ながじゅばん》。水の垂《た》りそうな、しかしその貞淑《ていしゅく》を思わせる初々《ういうい》しい、高等な高島田《たかしまだ》(49)に、鼈甲を端正《きちん》と堅く挿《さ》した風采《とりなり》(50)は、桃の小道を駕籠《かご》で遣《や》りたい。嫁に行《ゆ》こうとする女であった。……

指の細く白いのに、紅《あか》いと、緑なのと、指環《ゆびわ》二つ嵌《は》めた手を下に、三指《みつゆび》ついた状《さま》(51)に、裾模様《すそもよう》の松の葉に、玉の折鶴《おりづる》のように組合《くみあわ》せて、褄《つま》を深く正しく居ても(52)、溢《こぼ》るる裳《もすそ》の紅《くれない》を、しめて、踏みくぐみの(53)雪の羽二重《はぶたえ》足袋《たび》(54)。幽《かすか》に震《ふる》えるような身を緊《し》めた爪尖《つまさき》の塗《ぬり》駒下駄《こまげた》(55)。

将《まさ》に嫁《とつ》がんとする娘の、嬉しさと、恥《はじ》らいと、心遣《こころづか》いと、恐怖《おそれ》と、涙《なんだ》と、笑《えみ》とは、ただその深く差俯向《さしうつむ》いて、眉《まゆ》も目も、房々《ふさぶさ》した前髪に隠れながら、殆《ほとん》ど、顔のように見えた真向《まむか》いの島田の鬢《びん》に包まれて、簪《かんざし》の穂に顕《あらわ》るる。……窈窕《ようちょう》(56)たる哉風采《かなふうさい》、花嫁を祝《しゅく》するにはこの言《ことば》が可《い》い。

然《しか》り、窈窕たるものであった。

中にも慎《つつ》ましげに、可憐《かれん》に、床《ゆか》しく、最惜《いとし》らしく(57)見えたのは、汽車の動くままに、玉の緒(58)の揺《ゆ》るるよ、と思う、微《かすか》な元結《もとゆい》(59)のゆらめきである。
耳許《みみもと》も清らかに、玉を伸べた頸許《えりもと》の綺麗《きれい》さ。うらすく紅《くれない》の且《か》つ媚《なまめ》かしさ。

袖《そで》の香《か》も目前《めさき》に漾《ただよ》う、さしむかいに、余り間近《まぢか》なので、その裏恥《うらはず》かしげに、手も足も緊《し》め悩まされたような風情《ふぜい》が、宛然《さながら》、我がためにのみ、然《そ》うするのであるように見て取られて、私は暫時《しばらく》、壜《びん》の口を抜くのを差控《さしひか》えたほどであった。

汽車に連《つら》なる、野も、畑《はた》も、畑の薄《すすき》も、薄に交《まじわ》る紅の木《こ》の葉《は》も、紫籠《むらさきこ》めた野末《のずえ》の霧《きり》も、霧を刷《は》いた山々も、皆嫁《ゆ》く人の背景であった。迎うる如く、送るが如く、窓に燃《もゆ》るが如く見え初《そ》めた妙義《みょうぎ》(60)の錦葉《もみじ》と、蒼空《あおぞら》の雲のちらちらと白いのも、ために、紅《べに》、白粉《おしろい》の粧《よそおい》を助けるが如くであった。

一つ、次の最初の停車場《ステイション》へ着いた時、——下りるものはなかった——私の居た側《がわ》の、出入り口の窓へ、五《いつ》ツ六《む》ツ、土地のものらしい鄙《ひな》めいた男女《なんにょ》の顔が押累《おしかさな》って室《しつ》を覗《のぞ》いた。

累《かさな》りあふれて、ひょこひょこと瓜《うり》の転がる体《てい》に、次から次へ、また二ツ三ツ頭が来て、額《ひたい》で覗込む。

私の窓にも一つ来た。

唯見《とみ》ると、板戸に凭《もた》れて居た羽織袴《はおりはかま》が、

「やあ！」

と耳の許《とこ》へ、山高帽を仰向《あおむ》けに脱いで、礼をしたのに続いて、四五人一斉に立った。中には、袴らしい風呂敷包《ふろしきづつみ》を大《おおき》な懐中《かいちゅう》に入れて、茶紬《ちゃつむぎ》を着た親仁《おやじ》も居たが――揃《そろ》って車外の立合《たちあい》に会釈《えしゃく》した、いずれも縁女《えんじょ》(61)を送って来た連中らしい。

「あのや、あ、一寸御《ちょっとご》挨拶《あいさつ》を。」

とその時まで、肩が痛みはしないかと、見る目も気の毒らしいまで身を緊《し》めた裾模様の紫紺《しこん》――この方が適当であった。前には濃い紫と云ったけれども――肩に手を掛けたのは、近頃流行《はや》る半コオト(62)を幅広《はばびろ》に着た、横肥《よこぶと》りのした五十恰好《かっこう》。骨組《ほねぐみ》の逞《たく》ましい、この女の足袋は、だふついて汚れて居た……赤ら顔の片目眇《めっかち》(63)で、その眇の力を下上へ向けて渋のついた薄毛の円髷《まるまげ》を斜向《はすっかい》に、頤《あご》を引曲《ひんま》げるようにして、嫁御が俯向《うつむ》けの島田からはじめて、室内を白目《しろめ》沢山《だくさん》で、虻《あぶ》の飛ぶように、じろじろと飛廻《とびまわ》しに眗《みまわ》して居たのが、肥った膝《ひざ》で立ち状《ざま》に然《そ》うして声を掛けた。

五

少し揺《ゆす》るようにした。

指に平打《ひらうち》(64)の黄金《きん》の太く逞《たく》ましいのを嵌《は》めて居た。

肖《に》も着《つ》かぬが、乳母《うば》ではない、継《まま》しいなか(65)と見たが、何《どう》も母親に相違《そうい》あるまい。

白襟《しろえり》に消えもしそうに、深くさし入れた頤《おとがい》で幽《かすか》に頷《うなず》いたのが見えて、手を膝《ひざ》にしたまま、肩が撓《しな》って、緞子《どんす》(66)の帯を胸高《むなだか》にすらりと立ったが、思うに違《たが》わず、品の可《い》い、些《ち》と寂しいが美しい、瞼《まぶた》に颯《さっ》と色を染めた、薄《すすき》の綿《わた》に撫子《なでしこ》が咲く。

ト挨拶をしそうにして、赤ら顔に引添《ひきそ》って、前へ出ると、ぐい、と袖を取って引戻《ひきもど》されて、ハッと胸で気を揉《も》んだ褄《つま》の崩れに、捌《さば》いた紅《くれない》。紅糸《べにいと》で白い爪先《つまさき》を、きしと劃《しき》ったように、其処《そこ》に駒下駄《こまげた》が留《と》まったのである。

南無三宝《なむさんぼう》(67)! 私は恥を言おう。露《つゆ》に濡羽《ぬれば》の烏《からす》が、月の桂《かつら》(68)を啣《くわ》えたような、鼈甲《べっこう》の花の照栄《てりは》える、目前《めのまえ》の島田の黒髪に、魂を奪われて、あの、その、旅客《りょかく》を忘れた。旅行案内を忘れた。いや、大切な件《くだん》の大革鞄《おおかばん》を忘れて居た。

何と、その革鞄の口に、紋着《もんつき》の女の袖が挟《はさま》って居たではないか。

仕出来《しでか》した、然《さ》ればこそはじめた(69)。

私は敢《あえ》て、這個《この》老怪《ろうくゎい》の歯が引啣《ひきくわ》えて居たと言おう。……

いま立《た》ち科《しな》(70)の身じろぎに、少し引かれて、ずるずると出たが、女が留《と》まるとともに、床《ゆか》へは落ちもせず、がしゃりと据《すわ》った。

重量《おもみ》が、自然と伝《つたわ》ったろう、靡《なび》いた袖を、振返《ふりかえ》って、横顔で見ながら、女は力なげに、すっと原《もと》の座に返って、

「御免《ごめん》なさいまし。」

と呼吸《いき》の下で云《い》うと、襟の白さが、颯《さっ》と紫を蔽《おお》うように、はなじろんで(71)顔をうつむけた。

赤ら顔は見免《みのが》さない。

「お前、何《どう》したのかねえ。」

彼《か》の男はと見ると、丁《ちょう》どその順が来たのか何《ど》うか、くしゃくしゃと両手で頭髪《かみ》を掻《かき》しやなぐる、中折帽《なかおれぼう》も床に落ちた、夢中で引毟《ひんむし》る。

「革鞄に挟った。」

「何《ど》うしてな。」

と二三人立掛《たちか》ける。

窓へ、や、えんこらさ、と攀上《よじのぼ》った若いものがある。

駅夫《えきふ》の長い腕が引払《ひっぱら》った。

笛は、胡桃《くるみ》を割る駒鳥《こまどり》(72)の声の如く、山野《さんや》に響く。

汽車は猶予《ためら》わず出た。

一人発奮《はずみ》をくって、のめりかかったので、雪頽《なだれ》を打ったが、それも、赤ら顔の手も交《まじ》って、三四人大革鞄に取《とり》かかった。

「これは貴方《あなた》のですか。」

で、その答も待たずに、口を開けようとするのである。

なかなか以《も》って、何うして古狸《ふるだぬき》の老武者が、そんな事で行くものか。

「これは堅い、堅い。」

「巌丈《がんじょう》な金具じゃええ。」

それ言わぬ事ではない。

「こりゃ開かぬ、鍵が締まってるんじゃい。」

と一先《ひとま》ず手を引いたのは、茶紬《ちゃつむぎ》の親仁《おやじ》で。

成程《なるほど》、と解《よ》めた風《ふう》で、皆白《しら》けて控えた。更《あら》めて、新しく立ちかかったものもあった。室内は動揺《どよ》む。嬰児《こども》は泣く。汽車は轟《とどろ》く。街樹《なみき》は流るる。

「誰《たれ》の麁匆《そそう》じゃい。」

と赤ら顔は愈々《いよいよ》赤く成って、例の白目で、じろり、と一ツずつ、女と、男とを見た。

彼は仰向《あおむ》けに目を瞑《つぶ》った。瞼《まぶた》を掛けて、朱《しゅ》を灌《そそ》ぐ、――二《に》合壜《ごうびん》は、帽子とともに倒れて居た――そして、しかと腕を拱《こまぬ》く。

女は頤《おとがい》深《ふか》く、優《やさ》しらしい眉《まゆ》が前髪に透《す》いて、唯差俯向《たださしうつむ》く。

六

「この次で下車《おり》るのじゃに。」

と何故《なぜ》か、わけも知らない娘を躾《たしな》めるように云《い》って、片目を男にじろりと向り直して、

「何てまあ、馬鹿馬鹿しい。」

と当着《あてつ》けるように言った。

が、まだ二人とも何《な》にも言わなかった時、連《つれ》と目配せをしながら、赤ら顔の継母《ままおや》は更《あら》めて、男の前に故《わざ》とらしく小腰《こごし》、――と云っても大きい――を屈《かが》めた。

突如嚙着《いきなりかみつ》き兼《か》ねない剣幕《けんまく》だったのが、翻《ひるがえ》ってこの慇懃《いんぎん》な態度に出たのは、人は須《すべか》らく渠等《かれら》に対して洋服を着るべきである。(73)

赤ら顔は悪く切口上《きりこうじょう》で、

「旦那《だんな》、何方《どちら》の麁匆《そそう》か存じましないけれども、で、ございますね。飛《と》んだことでございます。この娘は嫁に帰《や》ります大切な身体《からだ》でございます。はい、鍵をお出し下さいまし、鍵をでございますな、旦那。」

声が眉間《みけん》を射たように、旅客は苦しげに眉《まゆ》を顰《ひそ》めながら、

「鍵はありません。」

「ございませんと?……」

「鍵は棄てました。」

とぶるぶると胴震《どうぶる》いをすると、翼を開いたように肩で掻縮《かいちぢ》めた腕組を衝《つ》と解《と》いて、一度投出《ほうりだ》す如くばたりと落した。その手で、挫《ひし》ぐばかり確《しか》と膝頭《ひざがしら》を摑《つか》んで、呼吸《いき》が切れそうな咳《せき》を続けざまにしたが、決然として矗乎《すっく》と立った。

「一寸《ちょっと》御挨拶を申上げます、……同室の御婦人、紳士の方々も、失礼ながらお聞取《ききとり》を願いとうございます。私は、ここに隣席《りんせき》においでに成る、窈窕《ようちょう》たる淑女。」

彼は窈窕たる淑女と云った。

「この令嬢の袖を。袂《たもと》をでございます。口へ挟《はさ》みました旅行革鞄《かばん》の持主《もちぬし》であります。挟んだのは、諸君。」

と眴《みまわ》す目が空《そら》ざまに天井《てんじょう》に上《うわ》ずって、

「……中兼《もうしか》ねましたが私《わたくし》です。尤《もっと》もはじめから、もくろんで致したのではありません。袂が革鞄の中に入って居たのは偶然であったのです。

退屈まぎれに見て居《お》りました旅行案内を、もとへ突込《つっこ》んで、革鞄の口をかしりと啣《くわ》えさせました時、フト柔《やわら》かな、滑《なめら》かな、ふっくりと美しいものを、きしりと縊《くび》って、引緊《ひきし》めたと思う手応《てごたえ》がありました。

真白《まっしろ》な薄《すすき》の穂か、窓へ散込《ちりこ》んだ錦葉《もみじ》の一葉《ひとは》、散際《ちりぎわ》のまだ血も呼吸《いき》も通《かよ》うのを、引挟《ひっぱさ》んだのかと思ったのは事実であります。

それが、紫に緋《ひ》を襲《かさ》ねた、斯《か》の如く盛粧《せいしょう》された片袖の端《はし》、……即《すなわ》ち人間界に於《お》ける天《てん》人《にん》の羽衣《はごろも》の羽の一枚であったのです。

諸君、私は謹《つつし》んで、これなる令嬢の淑徳《しゅくとく》と貞操《ていそう》を保証いたします。……令嬢は未《いま》だ嘗《かつ》て一度も私如きものに、唯《ただ》姿さえ御見せなすった、否《いや》、寧《むし》ろ見られた事さえお有《あ》んなさらない。

東京でも、上野でも、途中でも、日本国に於《お》いて、私がこの令嬢を見ましたのは、今しがた革鞄の口に袖の挟まったのをはじめて心着《こころづ》きましたその瞬間に於けるのみなのです。

お見受け申すと、これから結婚の式にお臨《のぞ》みに成るようなんです。

いや、ようなんですぐらいだったら、私も憖《か》ような不埒《ふらち》、不心得、失礼なことはいたさなかったろうと思います。

確《たし》かに御縁《ごえん》着きに成る。……双方の御親属《ごしんぞく》に向って、御縁女《ごえんじょ》の純潔を更《あらた》めて確証いたします。室内の方々も、願わくはこの令嬢のために保証にお立ちを願いたいのです。

余り唐突《とうとつ》な狼藉《ろうぜき》ですから、何かその縁組について、私の為《ため》に、意趣遺恨《いしゅいこん》でもお受けに成るような前事《ぜんじ》が有るかとお思われに成っては、尚《な》おこの上にも身の置き処《どころ》がありませんから——」

七

「実に、寸毫《すんごう》(74)と雖《いえど》も意趣遺恨はありません。けれども、未練と、執着と、愚痴《ぐち》と、卑《ひ》劣《れつ》と、悪趣《あくしゅ》と、(75)怨念《おんねん》と、もっと直截《ちょくせつ》に申せば、狂乱があったのです。

狂気が。」

と吻《ほっ》と息して、……

「汽車の室内で隣合《となりあ》って一目見た、早《は》や忽《たちま》ち、次か、二ツ目か、少《すく》くともその次の駅では、人妻にお成りに成る。プラットフォームも婚礼に出迎《でむかい》の人橋《ひとばし》(76)で、直《ただ》らに婿君《むこぎみ》の家の廊下《ろうか》をお渡りなさるんだと思うと、つい知らず我を忘れて、カチリと錠《じょう》を下《おろ》しました。優雅、乳房《ちぶさ》に五寸釘《ごすんくぎ》(77)を打たれるように、この御縁女はお驚きになったろうと存じます。温柔《おんじゅう》でおいでなさる、心弱い女性《にょしょう》は、然《さ》ような狼藉《ろうぜき》にも、人中《ひとなか》の身を恥じて、端《はし》なく声をお立てに成らないのだと存じました。

しかし、只今《ただいま》、席をお立ちに成った御容子《ごようす》を見れば、その時まで何事も御存じではなかったのが分って、お心遣《こころづか》いの時間が五分たりとも少なかった、のみならず、お身体《からだ》の一箇処《いっかしょ》にも紅《あか》い点も着《つ》かなかった事を、――実際、錠をおろした途端《とたん》には、髪一条《かみひとすじ》の根にも血をお出しなすったろうと思いました――この祝言《しゅうげん》を守護する、黄道吉日《こうどうきちにち》(78)の手に感謝します。

けれども、それも唯僅《ただわずか》の間《あいだ》で、今の思《おもい》は何《ど》うおいでなさるだろうと御推察申上げるばかりなのです。
自白した罪人《ざいにん》は此処《ここ》に居《お》ります。遁《にげ》も隠れもしませんから、憚《はばか》りながら、御萱堂《ごけんどう》(79)とお見受け申します年配の御婦人は、私の前をお離れに成って、お引添《ひきそ》いの上、傷心《しょうしん》した、かよわい令嬢の、背《せな》を抱く御介抱《ごかいほう》が願いたい。」

一室は悉《ことごと》く目を注いだ、が、淑女は崩折《くずお》れもせず、柔《やわらか》な褄《つま》はずれ(80)の、彩《いろ》ある横縦《よこたて》の微《び》線《せん》さえ、ただ美しく玉に刻まれたもののようである。

ひとり彼男《かのおとこ》のみ、堅く突立《つった》って、頰《ほお》を傾《かし》げて、女を見返ることさえ得為《えし》ない。

赤ら顔も足も動かさなかった。

「剰《あまつさ》え、乱暴とも狼藉とも申しようのない、未練と、執着と、愚痴と、卑劣と、悪趣と、怨念と、尚《な》おその上に殆《ほとん》ど狂乱だと申しました。

外《ほか》ではありません。それの革鞄《かばん》の鍵を棄てた事です。私は、この、この窓から、遥《はるか》に巽《たつみ》(81)の天《そら》に雪を銀線《ぎんせん》の如く刺繡《ぬいとり》した、あの、遠山《とおやま》の頂《いただき》を望んで投げたのです。……私は目を瞑《つぶ》った、殆ど気が狂ったのだとお察しを願いたい。

為業《しわざ》は狂人です、狂人は御覧《ごらん》の如く、浅間《あさま》しい人間の区々《くく》たる(82)一個の私です。が、鍵は宇宙が奪いました、これは永遠に捜《さが》せますまい。発見《みいだ》せますまい、決して帰らない、戻りますまい。

小刀《こがたな》をお持ちの方は革鞄をお破り下さい。力ある方は口を取ってお裂き下さい。それは如何《いか》ようとも御随意《ごずいい》です。

鍵は投棄てました、決心をしたのです。私は皆さんが、たとい如何なる手段を以《もっ》てお迫りに成ろうとも、自分でこの革鞄は開けないのです。令嬢の袖は放さないのです。

ただし、この革鞄の中には、私一身《いっしん》に取って、大切な書類、器具、物品《ぶっぴん》、軽少にもしろ、あらゆる財産、一切の身代《しんだい》、祖先、父母の位牌《いはい》。実際、生命《せいめい》と斉《ひと》しいものを残らず納《い》れてあるのです。

が、開けない以上は、誓って、一冊の旅行案内と雖《いえど》も取出さない事を盟約する。小出《こだ》(83)しの外《ほか》、旅費もこの中にある、……野宿する覚悟です。

私は――」

と此処で名告《なの》った。

八

「年は三十七です。私は逓信省《ていしんしょう》(84)に勤めた小官吏《しょうかんり》です。この度飛騨《たびひだ》の国の山中《さんちゅう》、一小寒村の郵便局に電信の技手と成って赴任する第一の午前。」

と俯向《うつむ》いて探《さぐ》って、鉄縁《てつぶち》の時計を見た。

「零時《れいじ》四十三分です。この汽車は八分に着く。……

令嬢の御一行は、次の宿《しゅく》で御下車だと承《うけたまわ》ります。

駅員に御話しに成ろうと、巡査にお引渡しに成ろうと、それは然《しか》し御随意《ごずいい》です。

又《また》、同室の方々にも申上げます。御婦人、紳士方が、社会道徳の規律に因《よ》って、相当の御制裁を御満足にお加えを願う。それは甘んじて受けます。

いずれも命を致さねば(85)なりますまい。

それは、しかし厭《いと》いません。

が、唯《ただ》ここに、あらゆる罪科、一切の制裁の中《うち》に、私が最も苦痛を感ずるのは、この革鞄《かばん》と、袖と、令嬢とともに、私が連れられて、膝行《しっこう》(86)して当日の婿君《むこぎみ》の前に参る事です。

絞罪《こうざい》より、斬首《ざんしゅ》より、その極刑《きょっけい》をお撰《えら》びなさるが宜《よろ》しい。

途中、田畝《たんぼ》道《みち》で自殺をしますまでも、私は、しかしながらお従い申さねば成りますまい。

或《あるい》は、革鞄をお切りなさるか、お裂きになるか。……

凡《すべ》て、聊《いささ》かも御斟酌《ごしんしゃく》に及びません。

諸君が姑息《こそく》(87)の慈善心《じぜんしん》を以《もっ》て、些少《さしょう》なりとも、為《た》めに御斟酌下さろうかと思う、父母も親類も何にもない。

妻女《かない》は亡くなりました、それは一昨年です。最愛の妻でした。」

彼は口吃《くちきつ》しつつ(88)目瞬《またたき》した。

「一人の小児《こども》も亡くなりました、それはこの夏です。可愛《かわい》い児《こ》でした。」

と云《い》う時、せぐりくる(89)胸や支え兼ねけん、睫《まつげ》を濡《ぬ》らした。

「妻《かない》の記念《かたみ》だったのです。二人の白骨もともに、革鞄の中にあります。墓も一《ひし》まとめに持って行くのです。

感ずる仔細《しさい》がありまして、私は望んで僻境孤立《へききょうこりつ》の、奥山家《おくやまが》の電信技手に転任されたのです。この職務は、人間の生活に暗号を与えるのです。一種絶島《ぜっとう》の燈台守《とうだいもり》です。其処《そこ》に於《おい》て、終生……つまらなく言えば囲炉裡端《いろりばた》の火打石《ひうちいし》です。神聖に云えば霊山《れいざん》に於ける電光です。瞬間に人間の運命を照らす、仙人の黒き符《ふ》(90)の如き電信の文字《もんじ》を司《つかさど》ろうと思うのです。

が、辞令も革鞄に封じました。受持《うけもち》の室の扉を開けるにも、鍵がなければ成りません。

鍵は棄てたんです。

令嬢の袖の奥へ魂は納めました。

誓って私は革鞄を開けない。

御親類の方々、他《た》に御婦人、紳士諸君、御随意に適当の御制裁、御手段が願いたい。

お聴《きき》を煩《わず》らわしました。——別に申す事はありません。」

彼は従容《しょうよう》として席に復した。が、あまたたび額の汗を拭《ぬぐ》った。汗は氷の如く冷たかろう、と私は思わず慄然《りつぜん》とした。

室内は寂然《ひっそり》した。彼の言《げん》は、明晰《めいせき》に、口吃《くちきっ》しつつも流暢沈着《りゅうちょうちんちゃく》であった。この独白《どくはく》に対して、汽車の轟《とどろき》は、一種のオオケストラを聞くが如きものであった。

停車場《ステイション》に着くと、湧返《わきかえ》ったその混雑さ。

羽織、袴、白襟、紋着、迎いの人数《にんず》がずらりと並ぶ、礼服を着た一揆《いっき》を思え。時に、継母《ままおや》の取った手段は、極めて平凡な、然《しか》も最上《もっとも》常識的なものであった。

「旦那《だんな》、この革鞄だけ持って出ますでな。」

「否《いいえ》、貴方《あなた》。」

判然《はっきり》した優しい含声《ふくみごえ》で、屹《きっ》と留《と》めた女が、八《や》ツ口《くち》(91)に手を掛ける、と口を添えて、袖着《そでつけ》の糸をきりきりと裂いた、籠《こ》めたる心に揺《ゆら》めく黒髪、島田は、黄金《おうごん》の高彫《たかぼり》(92)した、輝く斧《おの》の如くに見えた。

紫の襲《かさね》の片袖、紋清らかに革鞄に落ちて、膚《はだ》を裂いたか、女の片身に、颯《さつ》と流るる襦《じゅ》袢《ばん》の緋《ひ》鹿子《がのこ》(93)。

プラットフォームで、真黒《まっくろ》に、うようよと多人数《たにんず》に取巻かれた中に、すっくと立って、山が彩《いろど》る、目瞼《まぶた》の紅梅《こうばい》。黄金《きん》を溶《とか》り炎の如き妙義山《みょうぎさん》の錦葉《もみじ》に対して、ハッと燃え立つ緋《ひ》の片袖。二の腕に颯《さつ》と飜《ひるが》えって、雪なす小手《こて》を翳《かざ》しながら、黒煙《くろけむり》の下に成り行く汽車を遥《はるか》に見送った。

百合若《ゆりわか》の矢のあとも、そのかがみよ(94)、と見返る窓に、私は急に胸迫って、何故《なぜ》か思わず落涙《らくるい》した。

つかつかと進んで、驚いた技手の手を取って握手したのである。

其処《そこ》で知己《ちかづき》に成った。

茸《きのこ》の舞姫

一

「杢《もく》さん、これ、何《なあに》？……」

と小児《こども》が訊《き》くと、真赤《まっか》な鼻の頭《さき》を撫《な》でて、

「綺麗《きれい》な衣服《べべ》だよう。」

これは又《また》余りに情《なさけ》ない。町内の杢若《もくわか》どのは、古筵《ふるむしろ》の両端《りょうはし》へ、笹《ささ》の葉ぐるみ青竹《あおだけ》を立てて、縄《なわ》を渡したのに、幾《いく》つも蜘蛛《くも》の巣を引掛《ひっから》ませて、商売《あきない》をはじめた。まじまじと(1)控えた、が、然《そ》うした鼻の頭の赤いのだからこそ可《よ》けれ、嘴《くちばし》の黒い烏《からす》だと、そのままの流灌《ながれかん》頂《ちょう》(2)。で、お宗旨違《しゅうしちがい》の神社の境内《けいだい》、額《がく》の古びた木の鳥居《とりい》の傍《かたわら》に、裕福な仕舞家《しもたや》(3)の土蔵《どぞう》の羽《は》目板《めいた》を背後《うしろ》にして、秋の祭礼《まつり》に、日南《ひなた》に店を出して居る。

売るのであろう、商人《あきんど》と一所《いっしょ》に、のほんと(4)構えて、晴れた空の、薄い雲を見て居るのだから。

飴《あめ》は、今でも埋火《うずみび》(5)に鍋《なべ》を掛けて暖《あたた》めながら、飴ん棒と云《い》う麻殻《あさがら》(6)の軸《じく》に巻いて売る、賑《にぎや》かな祭礼《さいれい》でも、寂《さ》びたもので、お市《いち》(7)、豆捻《まめねじ》(8)、薄荷糖《はっかとう》(9)なぞは、お婆《ばあ》さんが白髪《しらが》に手拭《てぬぐい》を巻いて商《あきな》う。何でも買いなの小父《おじ》さんは、紺《こん》の筒袖《つつそで》(10)を突張《つっぱ》らかして懐手《ふところで》の黙然《もくねん》たるのみ。景気の好《い》いのは、蜜垂《みつたらし》じゃ蜜垂じゃと、菖蒲団子《あやめだんご》(11)の附焼《つけやき》を、はたはたと煽《あお》いで呼ばるる。……毎年顔も店も馴染《なじみ》の連中、場末《ばすえ》から出る際商人《きわあきんど》(12)。丹波鬼灯《たんばほおずき》(13)、海酸漿《うみほおずき》(14)は手水鉢《ちょうずばち》(15)の傍《わき》、大きな百日紅《さるすべり》の樹の下に風船屋などと、よき所に陣を敷いたが、鳥居外のは、気まぐれに山から出て来た、もの売で。――

売るのは果《くだ》もの類。桃は遅い。小さな梨、粒林檎《つぶりんご》、栗《くり》は生のまま……うでたのは、甘藷《さつまいも》とともに店が違う。……奥州《おうしゅう》(16)辺《へん》とは事かわって、加越《かえつ》(17)のあの辺に朱実《あけび》(18)は殆《ほとん》どない。ここに林の如く売るものは、黒く紫な山葡萄《やまぶどう》(19)、黄と青の山茱萸《やまぐみ》(20)を、蔓《つる》のまま、枝のまま、その甘渋《あましぶ》くて、且《か》つ酸《すっぱ》き事、狸《たぬき》が咽《む》せて、兎《うさぎ》が酔いそうな珍味《ちんみ》である。

このおなじ店が、筵《むしろ》三枚、三軒ぶり。笠被《かさき》た女が二人並んで、片端《かたはし》に頬被《ほおかぶ》りした馬《ま》士《ご》(21)のような親仁《おやじ》が一人。で、一方の端《はし》の所に、件《くだん》の杢若が、縄に蜘蛛の巣を懸けて罷出《まかりで》た。

「これ、何さあ。」

「美しい衣服《べべ》じゃが買わんかね。」と鼻をひこつかす。

幾歳《いくつ》に成る……杢の年紀《とし》が分らない。小児《こども》の時から大人のようで、大人になっても小児に斉《ひと》しい。彼は、元来、この町に、立派な玄関を磨《みが》いた医師《いしゃ》のうちの、書生《しょせい》兼小使《こづかい》(22)、と云うが、それほどの用には立つまい、ただ大食いの食客《いそうろう》。

世間体《せけんてい》にも、容体《ようだい》にも、痩《や》せても袴《はかま》とある処《ところ》を、毎々《まいまい》薄汚れた縞《しま》の前垂《まえだれ》を〆《し》めて居たのは食溢《くいこぼ》しが激しいからで——この頃は人も死に、邸《やしき》も他《よそ》のものに成った。その医師と云うのは、町内の小児の記憶に、もう可《か》なりの年輩だったが、色の白い、指の細く美しい人で、ひどく権高《けんだか》な、その癖婦《くせおんな》のように、口を利くのが優しかった。……細君は、赭《あか》ら顔、横ぶとりの肩の広い大円髷《おおまるまげ》(23)。眦《めじり》が下《さが》って、脂《あぶら》ぎった頬《ほお》へ、恁《こ》う……何時《いつ》でもばらばらとおくれ毛を下げて居た。下婢《おさん》(24)から成上《なりあが》ったとも言うし、妾《めかけ》を直した(25)のだとも云う。実《まこと》の御新造《ごしんぞ》(26)は、人づきあいは固《もと》よりの事、門《かど》、背戸《せど》(27)へ姿を見せず、座敷牢《ざしきろう》とまでもないが、奥まった処に籠切《こもりき》りの、長年の狂女であった。——で、赤鼻は、章魚《たこ》とも河童《かっぱ》ともつかぬ御難《ごなん》(28)なのだから、待遇《あつかい》も態度《なりふり》も、河原《かわら》の砂から拾って来たような体《てい》であったが、実は前妻のその狂女がもうけた、実子《じっし》で、然《しか》も長男で、この生れたて変なのが、やや育ってからも変なため、それを気にして気が狂った、御新造は、以前、国家老《くにがろう》(29)の娘とか、それは美しい人であったと言う……

或《ある》秋の半《なか》ば、夕《ゆうべ》より、大雷雨《だいらいう》のあとが暴風雨《あらし》に成った、夜の四つ時《どき》(30)十時過ぎと思う頃、凄《すさま》じい電光の中を、蜩《ひぐらし》が鳴くような、うらさみしい、冴えた、透《とお》る、女の声で、キイキイと笑うのが、恰《あたか》も樹の上、雲の中を伝《つた》うように大空に高く響いて、この町を二三度、四五度《たび》、風に吹廻《ふきまわ》されて往来《ゆきき》した事がある……通魔《とおりま》がすると恐れて、老若《ろうにゃく》、呼吸《いき》をひそめたが、あとで聞くと、その晩、斎木《さいき》(医師の姓《せい》)の御新造が家《うち》を抜出《ぬけだ》し、町内を彷徨《さまよ》って、疲れ果てた身体《からだ》を、社《やしろ》の鳥居の柱に、黒髪を颯《さっ》と乱した衣《きぬ》は鱗《うろこ》の、膚《はだえ》の雪の、電光《いなびかり》に真蒼《まっさお》なのが、滝《たき》をなす雨に打たれつつ、怪しき魚《うお》のように身震《みぶるい》して跳《は》ねたのを、追手が見つけて、医師《いしゃ》のその家へかつぎ込んだ。間もなく柩《ひつぎ》と云う四方張《しほうばり》の俎《まないた》に載せて焼かれて了《しま》った。斎木の御新造は、人魚に成った、あの暴風雨《あらし》は、北海《ほっかい》の浜から、潮《うしお》が迎いに来たのだと言った――

その翌月《よくげつ》、急病で斎木《さいき》国手《こくしゅ》(31)が亡く成った。あとは散々《ちりぢり》である。代診《だいしん》を養子に取立《とりた》ててあったのが、成上りのその肥満女《ふとっちょ》と、家蔵《いえくら》を売って行方《ゆくえ》知れず、……下男下女、薬局の輩《ともがら》まで。勝手に摑《つか》み取り(32)の、梟《ふくろう》に枯葉(33)で散り散りばらばら。……薬臭い寂しい邸は、冬の日売家《うりいえ》の札が貼られた。寂《しん》とした暮方《くれがた》、……空地の水溜《みずたまり》を町の用心水《ようじんみず》(34)にしてある掃溜《はきだめ》の芥棄場《ごみすてば》に、枯れた柳の夕霜《ゆうしも》に、赤い鼻を、薄ぼんやりと、提灯《ちょうちん》の如くぶら下げて立って居たのは、屋根から落ちたか、杢若どの。……親は子に、杢介《もくすけ》とも杢蔵《もくぞう》とも名づけはしない。待て、御典医《ごてんい》(35)であった、彼のお祖父《じい》さんが選んだので、本名は杢之丞《もくのじょう》だそうである。

——時に、木の鳥居へ引返《ひきかえ》そう。

二

ここに、杢若《もくわか》がその怪しげなる蜘蛛《くも》の巣を拡げて居る、この鳥居《とりい》の向《むこ》うの隅、以前医師《いしゃ》の邸《やしき》の裏門のあった処《ところ》に、むかし番太郎《ばんたろう》(36)と言って、町内の走り使人《つかい》、斎《とき》、非時《ひじ》の振廻《ふれまわ》り(37)、香奠《こうでん》がえしの配歩行《くばりある》き、秋の夜番《よばん》、冬は雪掻《ゆきかき》の手伝いなどした親仁《おやじ》が住んだ……町中《まちじゅう》が、半《なか》ば立腐《たちぐさ》りの長屋建《ながやだ》て、掘立小屋《ほったてごや》(38)と云《い》う体《てい》なのが一棟《ひとむね》ある。杢若を其処《そこ》へ入れて、役に立つ立たないは話の外《ほか》で、寄合持《よりあいもち》(39)で、雑《ざっ》と扶持《ふち》(40)をして置くのであった。

「杢さん、何処《どこ》から仕入れて来たよ。」

「縁の下か、廂合《ひあわい》(41)かな。」

その蜘蛛の巣を見て、通掛《とおりかか》りのものが、苦笑《にがわら》いしながら、声を懸けると、……

「違います。」

と鼻ぐるみ頭を掉《ふ》って、

「さとからじゃ、ははん。」と、ぽんと鼻を鳴らすような咳払《せきばらい》をする。此奴《こいつ》が取澄《とりす》まして如何《いか》にも高慢で、且《か》つ翁寂《おきなさ》びる(42)。争われぬのは、お祖父《じい》さんの御典医《ごてんい》から、父典養《ちちてんよう》に相伝《そうでん》して、脈を取って、ト小指を刎《は》ねた時の容体《ようだい》と少しも変らぬ。

杢若が、さとと云うのは、山、村里のその里の意味でない。註《ちゅう》をすれば里よりは山の義で、字に顕《あらわ》せば故郷《ふるさと》に成る……実家《さと》に成る。

八九年前《ぜん》晩春の頃、同じこの境内《けいだい》で、小児《こども》が集《あつま》って凧《たこ》を揚《あ》げて遊んで居た――杢若は顱《はち》(43)の大きい坊主頭で、誰《たれ》よりも群を抜いて、のほんと脊《せ》が高いのに、その揚げる凧は糸を惜《おし》んで、一番低く、山の上、松の空、桐《きり》の梢《こずえ》(44)とある中に、僅《わずか》に百日紅《さるすべり》(45)の枝とすれすれな所を舞った。

大風《おおかぜ》(46)来い、大風来い。

小風《こかぜ》は、可厭《いや》、可厭……

幼い同士が威勢《いせい》よく唄《うた》う中《なか》に、杢若は唯《ただ》一人、寒そうな懐手《ふところで》、糸巻を懐中《ふところ》に差込《さしこ》んだまま、この唄にはむずむずと襟《えり》を摺《す》って、頭《かぶり》を掉《ふ》って、そして面打《つらう》って舞う己《おの》が凧に、合点《がてん》合点(47)をして見せて居た。

……にも係《かかわ》らず、烏《からす》が騒ぐ逢魔《おうま》が時《どき》(48)、颯《さっ》と下《おろ》した風も無いのに、杢若のその低い凧が、懐の糸巻をくるりと空に巻くと、キリキリと糸を張って、一ツ星に颯と外《そ》れた。

「魔が来たよう。」

「天狗《てんぐ》(49)が取ったあ。」

ワッと怯《おび》えて、小児《こども》たちの逃散《にげち》る中を、団栗《どんぐり》の転がるように杢若は黒くなって、凧の影を何処《どこ》までも追掛《おっか》けた、その時から、行方《ゆくえ》知れず。

五日目のおなじ晩方《ばんがた》に、骨ばかりの凧を提《さ》げて、矢張《やっぱ》り鳥居《とりい》際《ぎわ》に茫乎《ぼんやり》と立って居た。

天狗に攫《さら》われたと言う事である。

それから時々、三日、五日、多い時は半月ぐらい、月に一度、或《あるい》は三月《みつき》に二度ほどずつ、人間界に居なく成るのが例年で、いつか、そのあわれな母の然《そ》うした時も、杢若は町には居なかったのであった。

「何処《どこ》へ行ってござったの。」

町の老人が問うのに答えて、

「実家《さと》へだよう。」

と、それ言うのである。この町からは、間《あいだ》に大川《おおかわ》を一つ隔てた、山から山へ、峰続きを分入《わけい》るに相違《そうい》ない、魔の棲《す》むのは其処《そこ》だと言うから。

「お実家は何処じゃ。何《ど》う云う人が居さっしゃる。」

「実家の事かねえ、ははん。」

スポンと栓《せん》を抜く、件《くだん》の咳《せきばらい》を一つすると、これと同時に、鼻が尖《とが》り、眉《まゆ》が引釣《ひっつ》り、額《ひたい》の皺《しわ》が縊《くび》れるかと凹《へこ》むや、眼《まなこ》が光る。……歯が鳴り、舌が滑《なめらか》に赤くなって、滔々《とうとう》として弁舌《べんぜつ》鋭く、不思議に魔界の消息を洩《もら》す――これを聞いたものは、親たちも、祖父祖母《おおじおおば》も、その児《こ》、孫などには、決して話さなかった。

幼いものが、生意気に直接《じか》に打撞《ぶつか》る事がある。

「杢やい、実家は何処だ。」

「実家の事かい、ははん。」

や、もうその咳で、小父《おじ》さんのお医師《いしゃ》さんの、膚触《はだざわ》りの柔《やわら》かい、冷《ひや》りとした手で、脈《みゃく》所《どころ》をぎゅうと握られたほど、悚然《ぞっ》とするのに、忽《たちま》ち鼻が尖《とが》り、眉が逆立《さかだ》ち、額の皺が、ぴりぴりと蠢《うごめ》いて眼が血走る。……

聞く処《どころ》か、これに怯《おび》えて、ワッと遁《に》げる。

「実家《さと》はな。」

と背後《うしろ》から、蔽《おお》われかかって、小児《こども》の目には小山《こやま》の如く追って来る。

「御免《ごめん》なさい。」

「きゃっ！」

その時に限っては、杢若の耳が且《か》つ動くと言う――嘘《うそ》を吐《つ》け。

三

海、また湖へ、信心の投網《とあみ》を颯《さっ》と打って、水に光るもの、輝くものの、仏像、名剣《めいけん》を得たと言っても、売れない前《さき》(50)には、その日一日の日当《にっとう》が何《ど》うなった、米は両《りょう》につき(51)三升《じょう》、と云《い》うのだから、かくの如き杢若《もくわか》が番太郎小屋に唯《ただ》ぼうとして活《い》きて居るだけでは、世の中が納まらぬ。

入費《にゅうひ》は、町中持合《まちじゅうもちあ》いとした処《ところ》で、半《なか》ば白痴で――たといそれが、実家《さと》と言う時、魔の魂が入替《いれかわ》るとは言え――半ば狂人であるものを、肝心《かんじん》火の元の用心は何とする。……炭《た》団《どん》(52)、埋火《うずみび》、榾《ほだ》(53)、柴《しば》を焚《た》いて煙は揚《あ》げずとも、大切な事である。

方便《ほうべん》な事には、杢若は切凧《きれだこ》の一件で、山に実家《さと》を持って以来、未《いま》だ嘗《かつ》て火食《かしょく》(54)をしない。

多くは果物を餌《えさ》とする。松葉を噛《か》めば、椎《しい》なんぞ葉までも頬張《ほねば》る。瓜《うり》の皮、西瓜《すいか》の種も差支《さしつか》えぬ。桃、栗、柿、大得意で、烏《からす》や鳶《とび》は、むしゃむしゃと裂いて鱠《なます》(55)だし、蝸牛虫《まいまいつぶろ》やなめくじは刺身に扱う。春は若草、薺《なずな》(56)、茅花《つばな》(57)、つくつくし(58)のお精進《しょうじん》(59)……蕪《かぶ》を噛《かじ》る。牛蒡《ごぼう》、人参《にんじん》は縦《たて》に啣《くわ》える。

この、秋は又《また》いつも、食通大得意、と云うものは、木《き》の実時《みどき》なり、実り頃、実家の土産《みやげ》の雉《きじ》、山鳥《やまどり》(60)、小雀《こがら》(61)、山雀《やまがら》(62)、四十雀《しじゅうから》、色どりの色羽《いろばね》を、ばらばらと辻に撒《ま》き、廂《ひさし》に散らす。但《ただ》、魚類《ぎょるい》に至っては、金魚も目高《めだか》も決して食わぬ。

最も得意なのは、も一つ茸《きのこ》で、名も知らぬ、可恐《おそろ》しい、故郷《ふるさと》の峰谷《みねたに》の、蓬々《おどろおどろ》しい名の無い菌《くさびら》(63)も、皮づつみの餡《あん》ころ餅《もち》ぼたぼたと覆《こぼ》すが如く、袂《たもと》に襟《えり》に溢《あふ》れさして、山野《さんや》の珍《ちん》味《み》に厭《あ》かせ給える殿様が、これにばかりは、露《つゆ》のようなよだれを垂《たら》し、

「牛肉のひれや、人間の娘より、柔々《やわやわ》として膏《あぶら》が滴《したた》る……旨味《うまい》ぞのッ。」

は凄《すさま》じい。

が、恁《か》く菌《きのこ》を嗜《たしな》む所為《せい》だろうと人は言った、まだ杢若に不思議なのは、日南《ひなた》では、影《かげ》形《かたち》が薄ぼやけて、陰では、汚れたどろどろの衣《きもの》の縞目《しまめ》も判明《はっきり》する。……委《くわ》しく言えば、昼は影法師《かげぼうし》に肖《に》て居て、夜は明《あきら》かなのであった。

却説《さて》、店を並べた、山茱萸《やまぐみ》、山葡萄《やまぶどう》の如きは、この老舗《しにせ》には余り資本が掛《かか》らな過ぎて、恐らくお銭《あし》に成るまいと考えたらしい。で、精一杯に売るものは。

「何だい、こりゃ！」

「美しい衣服《べべ》じゃがい。」

氏子《うじこ》は呆《あき》れもしない顔して、これは買いもせず、貰《もら》いもしないで、隣の木の実に小遣《こづかい》を出して、枝を蔓《つる》を提《さ》げるのを、じろじろと流眄《ながしめ》して、世に伯楽《はくらく》なし矣《い》(64)、とソレ青天《あおてん》井《じょう》(65)を向いて、えへらえへらと嘲笑《あざわら》う……

その笑《わらい》が、日南《ひなた》に居て、蜘蛛《くも》の巣の影になるから、鳥が嘴《くちばし》を開けたか、猫が欠伸《あくび》をしたように、人間離れをして、笑の意味を為《な》さないで、ぱくりと成る……

と言うもので、筵《むしろ》を並べて、笠《かさ》を被《かぶ》って坐《すわ》った、山茱萸、山葡萄の婦《おんな》どもが、件《くだん》のぼやけさ加減に何となく誘われて、この姿も、又何《ど》うやら太陽《ひ》の色に朧々《おぼろおぼろ》として見える。

蒼《あお》い空、薄雲よ。

人の形が、然《そ》うした霧《きり》の裡《なか》に薄いと、可怪《あやし》や、掠《かす》れて、明《あか》さまには見えない筈《はず》の、扱《しご》いて搦《から》めた縺《もつ》れ糸の、蜘蛛の囲《い》の幻影《まぼろし》が、幻影が。

真綿《まわた》をスイと繰《く》ったほどに判然《はんぜん》と見えるのに、薄紅《うすべに》の蝶《ちょう》、浅葱《あさぎ》の蝶、青白い蝶、黄色な蝶、金糸《きんし》銀糸《ぎんし》や消《き》え際《ぎわ》の草葉蜉蝣《くさばかげろう》(66)、金亀虫《こがねむし》(67)、蠅《はえ》の、蒼蠅《あおばえ》、赤蠅《あかばえ》。

羽ばかり秋の蟬《せみ》、蜩《ひぐらし》の身の経帷子《きょうかたびら》(68)、いろいろの虫の死骸《しがい》ながら巣を引拗《ひんむし》って来たらしい。それ等《ら》が艶々《つやつや》と色に出る。

あれ見よ、その蜘蛛の囲に、ちらちらと水銀の散った玉のような露がきらめく……

この空の晴れたのに。――

四

これには仔細《しさい》がある。

神の氏子《うじこ》のこの数々の町に、(69)やがて、あやかしのあろうとてか(70)――その年、秋のこの祭礼《まつり》に限って、見馴《みな》れない商人《あきゅうど》が、妙な、異《かわ》ったものを売った。

宮の入口に、新しい石の鳥居《とりい》の前に立った、白い幟《のぼり》の下に店を出して、其処《そこ》に鬻《ひさ》ぐ(71)は何等《なんら》のものぞ。

河豚《ふぐ》の皮の水鉄砲。

蘆《あし》の軸《じく》に、黒斑《くろぶち》の皮を小袋に巻いたのを、握って離すと、スポイト仕掛《じか》けで、衝《つッ》と水が迸《ほとばし》る。

鰒《ふぐ》は多し、又壮《またさかん》に膳《ぜん》に上《のぼ》す国で、魚市《うおいち》は言うにも及ばず、市内到《いた》る処《ところ》の魚屋の店に、春と成ると、この怪《あやし》い魚《うお》を鬻《ひさ》がない処はない。

が、おかしな売方《うりかた》、一頭一頭《ひとつひとつ》を、あの鰭《ひれ》の黄ばんだ、黒斑なのを、ずぼんと裏返しに、どろりと脂切《あぶらぎ》って、ぬらぬらと白い腹を仰向《あおむ》けて並べて置く。

もし唯《ただ》二つ並ぼうものなら、切落《きりおと》して生々しい女の乳房《ちぶさ》だ。……然《しか》も真中《まんなか》に、ズキリと庖丁目《ほうちょうめ》を入れた処が、パクリと赤黒い口を開いて、西施《せいし》の腹の裂目《さけめ》(72)を曝《さら》す………中から、ずるずると引出《ひきだ》した、長々とある百腸《ひゃくひろ》(73)を、巻かして、束《つか》ねて、ぬるぬると重ねて、白腸《しろわた》、黄腸《きわた》と称《とな》えて売る。……剰《あまつさ》え、目の赤い親仁《おやじ》や、襤褸《ぼろ》半纏《はんてん》の漢等《おのこら》、俗に――云《い》う腸拾《わたひろ》いが、出刃庖丁《でばぼうちょう》を斜《しゃ》に構えて、この腸《はらわた》を切売《きりうり》する。

待て、我が食通の如きは、これに較《くら》ぶれば処女の膳《ぜん》であろう。

要するに、市《し》、町の人は、挙《こぞ》って、手足のない、女の白い胴中《どうなか》を筒切《つつぎり》にして食うらしい。

その皮の水鉄砲。小児《こども》は争って買競《かいきそ》って、手の腥《なまぐさ》いのを厭《いと》いなく、参詣群集《さんけいぐんしゅう》の隙《すき》を見ては、シュッ。

「打上げ!」

「流星！」

と花火に擬《まね》て、縦横《たてよこ》や十文字《じゅうもんじ》。

いや、隙どころか、件《くだん》の杢若《もくわか》をば侮《あなど》って、その蜘蛛《くも》の巣の店を打った。

白玉《しらたま》の露《つゆ》はこれである。

その露の鏤《ちりば》むばかり、蜘蛛の囲に色籠《いろこ》めて、いで膚寒《はださむ》き夕《ゆうべ》と成んぬ。山から颪《おろ》す風一《いち》陣《じん》。

はや篝火《かがりび》の夜にこそ。

五

笛《ふえ》も、太鼓《たいこ》も音《ね》を絶《た》えて、唯御手洗《ただみたらし》(74)の水の音《おと》。寂《しん》としてその夜更《よふ》け行《ゆ》く。この宮の境《けい》内《だい》に、階《きざはし》の方《かた》から、カタンカタン、三《み》ツ四《よ》ツ七《なな》ツ足駄《あしだ》(75)の歯の高響《たかひびき》。脊丈《せたけ》のほども惟《おも》わるる、あの百日紅《さるすべり》の樹の枝に、真黒《まっくろ》な立烏帽子《たてえぼし》(76)、鈍色《にぶいろ》(77)に黄を交《まじ》えた練衣《ねりぎぬ》(78)に、水色のさしぬき(79)した神官の姿一体。社殿《しゃでん》の雪洞《ぼんぼり》(80)も早《は》や影の届かぬ、暗夜《やみ》の中に顕《あらわ》れたのが、やや屈《かが》みなりに腰を捻《ひね》って、その百日紅の梢《こずえ》を覗《のぞ》いた、霧《きり》に朦朧《もうろう》と火が映って、ほんのりと薄紅《うすくれない》の射《さ》したのは、其処《そこ》に焚落《たきおと》した篝火《かがりび》の残余《なごり》である。

この明《あかり》で、白い襟《えり》、烏帽子《えぼし》の紐《ひも》の縹色《はないろ》(81)なのがほのかに見える。渋紙《しぶかみ》した(82)顔に黒痘痕《くろあばた》、(83)塵《ちり》を飛ばしたようで、尖《とん》がった目の光、髪はげ、眉《まゆ》薄く、頬骨《ほおぼね》の張った、その顔容《かおかたち》を見ないでも、夜露《よつゆ》ばかり雨のないのに、その高足駄の音で分る、本田摂理《ほんだせつり》と申す、この宮の社司《しゃし》で……草履《ぞうり》か高足駄の他は、下駄を穿《は》かないお神官《かんぬし》。

小児《こども》が社殿に遊ぶ時、摺違《すれちが》って通っても、じろりと一睨《ひとにら》みをくれるばかり。威《い》あって容易《たやす》く口を利かぬ。それを可恐《こわ》くは思わぬが、この社司の一子《いっし》に、時丸《ときまる》と云《い》うのがあって、おなじ悪戯盛《いたずらざかり》であるから、或時《あるとき》、大勢が軍《いくさ》ごっこの、番に当って、一子時丸が馬に成った、叱《しっ》(84)! 騎《の》った奴がある。……で、廻廊《かいろう》を這《は》った。

大喝一声《だいかついっせい》、太鼓の皮の裂けた音して、

「無礼もの!」

社務所を虎《とら》の如く猛然《もうぜん》として顕れたのは摂理の大人《うし》(85)で。「動《どう》(86)!」と喚《わめ》くと、一子時丸の襟首《えりくび》を、長袖のまま引摑《ひっつか》み、壇《だん》を倒《さかしま》に引落《ひきおと》し、ずるずると広前《ひろまえ》(87)を、石の大鉢《おおばち》の許《もと》に摑《つか》み去って、いきなり衣帯《いたい》を剝《は》いで裸にすると、天窓《あたま》から柄杓《ひしゃく》で浴びせた。

「塩を持て、塩を持て。」

塩どころじゃない、百日紅の樹を前にした、社務所と別な住居《すまい》から、よちよち、臀《いしき》(88)を横に振って、肥《ふと》った色白な大円髷《おおまるまげ》が、夢中で駈《か》けて来て、一子の水垢離《みずごり》(89)を留《と》めようとして、身を楯《たて》に逸《はや》るのを、仰《あおむ》向けに、ドンと蹴倒《けたお》いて、

「汚《けが》れものが、退《しさ》り居《お》れ。――塩を持て、塩を持てい。」

いや、小児等《こどもら》は一《ひと》すくみ。

あの顔一目で縮み上る……

が、大人《うし》に道徳というはそぐわぬ。博学深識《はくがくしんしき》の従七位《じゅしちい》(90)、花咲く霧に烏帽子は、大宮人《おおみやびと》(91)の風情《ふぜい》がある。

「火を、ようしめせよ、燠《おき》(92)が散るぞよ。」

と烏帽子を下向けに、その住居へ声を懸けて、樹の下を出しなの時、

「雨は何《ど》うじゃ……些《ち》と曇ったぞ。」と、密《そ》と、袖を捲《ま》きながら、紅白の旗のひらひらする、小松大松のあたりを見た。

「あの、大旗が濡《ぬ》れては成らぬが、降りもせまいかな。」

と半《なか》ば呟《つぶや》き呟き、颯《さつ》と巻袖《まきそで》の笏《しゃく》(93)を上げつつ、唯恁《とこ》う、石の鳥居《とりい》の彼方《かなた》なる、高き帆柱《ほばしら》の如き旗棹《はたざお》の空を仰ぎながら、カタリカタリと足駄を踏んで、斜めに木の鳥居に近づく

と、呀《や》！　鼻の提灯《ちょうちん》、真赤《まっか》な猿の面《つら》、飴屋《あめや》一軒、犬も居《お》らぬに、杢若《もくわか》が明《あきら》かに店を張って、暗がりに、のほんとして居る。

馬鹿が拍手《かしわで》を拍《う》った。

「御前様《ごぜんさま》。」

「杢か。」

「ひひひひひ。」

「何をして居《お》る。」

「少しも売れませんわい。」

「馬鹿が。」

と夜陰《やいん》に、一つ洞穴《ほら》を抜けるような乾《から》びた声の大音《だいおん》で、

「何を売るや。」

「美しい衣服《べべ》だがのう。」

「何？」

暗《やみ》を見透《みす》かすようにすると、ものの静かさ、松の香《か》が芬《ぷん》とする。

六

鼠色《ねずみいろ》の石持《こくもち》(94)、黒い袴《はかま》を穿《は》いた宮奴《みやつこ》(95)が、百日紅《さるすべり》の下に影の如く踞《うずく》まって、びしゃッびしャッと、手桶《ておけ》を片手に、箒《ほうき》で水を打つのが見える、と……其処《そこ》へ――

あれあれ何じゃ、ばばばばばば、と赤く、かなで書いた字が宙《ちゅう》に出て、白い四角な燈《あかり》が通る、三箇《こ》の人影、六本の草鞋《わらじ》の脚。

燈《ともしび》一つに附着合《くッつきあ》って、スッと鳥居《とりい》を潜《くぐ》って来たのは、三人斉《ひと》しく山伏《やまぶし》(96)也《なり》。白衣《びゃくえ》に白布《しろぬの》の顱巻《はちまき》したが、面《おもて》こそは異形《いぎょう》なれ。丹塗《にぬり》(97)の天狗《てんぐ》に、緑青色《ろくしょういろ》(98)の般若《はんにゃ》(99)と、面《つら》白く鼻の黄なる狐《きつね》である。魔とも、妖怪変化《ようかいへんげ》とも、もしこれが通魔《とおりま》なら、あの火をしめす宮奴が気絶をしないで堪《こら》えるものか。で、般若は一挺《いっちょう》の斧《おの》を提《さ》げ、天狗は注連《しめ》(100)結《ゆ》いたる半《はん》弓《きゅう》(101)に矢を取添《とりそ》え、狐は腰に一口《ひとふり》の太刀《たち》を佩《は》く。

中に荒縄《あらなわ》の太いので、笈摺《おいずり》めかいて、(102)灯《とも》した角行燈《かくあんどん》を荷《にな》ったのは天狗である。が、これは、勇《いさま》しき男の獅子舞《ししまい》、媚《なまめ》かしき女の祇園囃子《ぎおんばやし》(103)などに斉《ひと》しく、特に夜に入《い》って練歩行《ねりある》く、祭の催物《もよおしもの》の一つで、意味は分らぬ、(やしこばば)(104)と称《とな》うる若連中《わかれんじゅう》のすさみ(105)である。

それ、腰にさげ、帯にさした、法螺《ほら》の(106)貝と横笛に拍子《ひょうし》を合せて、

やしこばば、うばば(107)、
うば、うば、うばば。
火を一つ貸せや。
火はまだ打たぬ。
あれ、あの山に、火が一つ見えるぞ。
やしこばば、うばば、
うば、うば、うばば。

……と唄《うた》う、ただそれだけを繰返《くりかえ》しながら、矢をはぎ(108)、斧を舞《ま》わし、太刀をかざして、頤《あご》から頭なりに、首を一つぐるりと振って、交《かわ》る交《がわ》るに緩《ゆる》く舞う。舞果てると鼻の尖《さき》に指を立てて、臨兵闘者《りんぺいとうしゃ》云々《うんぬん》と九字《くじ》を切る(109)。一体、悪魔を払う趣意だと云《い》うが、何《ど》うやら夜陰《やいん》のこの業体《ぎょうてい》(110)は、魑魅魍魎《ちみもうりょう》の類を、呼出し招き寄せるに髣髴《ほうふつ》として、実は、希有《けぶ》に、怪しく不気味なものである。

然《しか》も些《ち》と来《き》ようが遅い。渠等《かれら》は社《やしろ》の抜裏《ぬけうら》の、くらがり坂《ざか》(111)とて、穴のような中を抜けて弗《ふ》と此処《ここ》へ顕《あらわ》れたが、坂下に大川一つ(112)、橋を向うへ越すと、山を屏風《びょうぶ》に繞《めぐ》らした、翠帳《すいちょう》紅閨《こうけい》の衢《ちまた》(113)がある。おなじ時に祭だから、宵《よい》から、その軒《のき》、格子《こうし》先《さき》を練廻《ねりまわ》って、ここに時おくれたのであろう。が、あれ、何処《どこ》ともなく瀬の音して、雨雲の一際《ひときわ》黒く、大《おお》なる蜘《く》蛛《も》の浸《にじ》んだような、峰の天狗松《てんぐまつ》(114)の常燈明《じょうとうみょう》の一《ひと》つ灯《び》が、地獄《じごく》の一《ひと》つ星《ぼし》の如く見ゆるにつけても、何《ど》うやら三体の通魔めく。

渠等《かれら》は、すっと来て通り際《しな》に、従七位《じゅしちい》の神官の姿を見て、黙って、言い合せたように、音の無い草鞋を留《と》めた。

この行燈《あんどん》で、巣に搦《から》んだいろいろの虫は、空蟬《うつせみ》のその羅《うすもの》の柳条目《しまめ》も見えた。灯《ひ》に蛾《ひとりむし》(115)よりも鮮明《あざやか》である。

但《ただ》し異形な山伏の、天狗、般若、狐も見えた。が、一際色《ひときわいろ》は、杢若《もくわか》の鼻の頭《さき》で、

「えら美しい衣服《べべ》じゃろがな。」

と蠢《うごめ》かいて言った処《ところ》は、青竹《あおだけ》二本に渡したにつけても、魔道に於《お》ける七夕《たなばた》の貸小袖《かしこそで》(116)と云う趣《おもむき》である。

従七位の摂理《せつり》の太夫《たいふ》は、黒痘痕《くろあばた》の皺《しわ》を歪《ゆが》めて、苦笑《にがわらい》して、

「白痴《たわけ》が。今にはじめぬ事じゃが、先《ま》ずこれが衣類ともせい……何処の棒杭《ぼうぐい》がこれを着るよ。余りの事ゆえ尋《たず》ねるが、おのれとても、氏子《うじこ》の一人じゃ、恁《こ》う訊《き》くのも、氏神《うじがみ》様《さま》の、」

と厳《おごそか》に袖に笏《しゃく》を立てて、

「恐多《おそれおお》いが、思召《おぼしめし》じゃと然《そ》う思え。誰が、着るよ、この白痴《たわけ》、蜘蛛の巣を。」

「綺麗《きれい》な喃《のう》、(117)若い婦人《おなご》じゃい。」

「何。」

「綺麗な若い婦人は、お姫様じゃろがい、そのお姫様が着さっしゃるよ。」

「天井《てんじょう》か、縁《えん》の下か、そんなものが何処に居る？」

と従七位は又《また》苦い顔。

七

杢若《もくわか》は筵《むしろ》の上から、古綿《ふるわた》を啣《くわ》えたような唇《くちびる》を仰向《あおむ》けに反《そ》らして、

「あんな事を言って、従七位《じゅしちい》様、天井や縁の下にお姫様が居るものかよ。」

馬鹿にしないもんだ、と抵抗面《はむかいづら》は可《よ》かったが、

「解《わか》った事を、草の中に居るでないかね……」

果然《はたして》、言う事がこれである。

「然《そ》うじゃろう、草の中で無《の》うて、そんなものが居るものか。ああ、何《な》んと云《い》う、ど

んな虫じゃい。」

「あれ、虫だとよう、従七位様、えらい博識《ものしり》な神主様《かんぬしさま》がよ。お姫様は茸《きのこ》だものをや。……虫だとよう、あはは、あはは。」と、火食《かしょく》せぬ奴の歯の白さ、べろんと舌の赤い事。

「茸だと……これ、白痴《たわけ》。聞くものはないが、あまり不便《ふびん》じゃ。氏神様《うじがみさま》のお尋ねだと思え。茸が婦人《おんな》か、おのれの目には。」

「紅茸《べにたけ》(118)と言うだあね、薄紅《うすあこ》うて、白うて、美《うつくし》い綺麗《きれい》な婦人《おんな》よ。あれ、知らっしゃんねえがな、この位《くらい》な事をや。」

従七位は、白痴《ばか》の毒気を避けるが如く、笏《しゃく》を廻《まわ》して、二《ふた》つ三《み》つ這奴《しゃつ》(119)の鼻の尖《さき》を払いながら、

「ふん、で、その、おのれが婦《おなご》は、蜘蛛《くも》の巣を被《かぶ》って草原《くさはら》に寝て居《お》るじゃな。」

「寝る時は裸体《はだか》だよ。」

「む、茸はな。」

「起きとっても裸体だにのう。――粧飾《めか》す時に、薄《うっす》らと裸体に巻く宝ものの美《うつくし》い衣服《きもの》だよ。これは……」

「うむ、天の恵《めぐみ》は洪大《こうだい》じゃ。茸にもさて、被《き》るものをお授けなさるじゃな。」

「違うよ。——お姫様の、めしものを持て——侍女《こしもと》が然《そ》う言うだよ。」

「何じゃ、侍女とは。」

「矢張《やっぱ》り、はあ、真白《まっしろ》な膚《はだ》に薄紅《うすべに》のさした紅茸だあね。おなじものでも位が違うだ。人間に、神主様も飴屋もあると同一《おなじ》でな。……従七位様は何も知らっしゃらねえ。あは、松蕈《まつたけ》なんぞは正七位《しょうしちい》(120)の御前様《ごぜんさま》だ。錦《にしき》の褥《しとね》(121)で、のほんとして、お姫様を視《なが》めて居《お》るだ。」

「黙れ！　白痴《たわけ》！　……と、此様《こん》なものじゃ。」

と従七位は、山伏《やまぶし》どもを、じろじろと横目に掛けつつ、過言《かごん》を叱《しっ》する威《い》を示して、

「で、で、その衣服《きもの》は何《ど》うじゃい。」

「ははん——姫様《ひいさま》のおめしもの持て——侍女が然《そ》う言うと、黒い所へ、黄色と紅条《あかすじ》の縞《しま》を持った女郎蜘蛛《じょろうぐも》の肥《こ》えた奴が、両手で、へい、この金銀珠玉《きんぎんしゅぎょく》だや、それを、その織《おり》込《こ》んだ、透通《すきとお》る錦《にしき》を捧げて、赤棟蛇《やまかがし》(122)と言うだね、燃える炎のような蛇《へび》の鱗《うろこ》へ、馬乗りに乗って、谷底から駈《か》けて来ると、蜘蛛も光れば蛇も光る。」

と物語る。(123)君が所謂実家《いわゆるさと》の話柄《こと》とて、喋《しゃべ》る杢若の目が光る。と、黒痘痕《くろあばた》の眼《まなこ》も輝き、天狗《てんぐ》、般若《はんにゃ》、白狐《しろぎつね》の、六箇《むつ》の眼玉《めだま》も赫《かッ》と成る。

「まだ足りないで、燈《あかり》を——燈を、と細い声して言うと、土からも湧《わ》けば、大木《たいぼく》の幹にも伝わる、土蜘蛛《つちぐも》だ、朽木《くちき》だ、山蛭《やまひる》だ、俺《おれ》が実家は祭礼《おまつり》の蒼《あお》い万燈《まんどう》(124)、紫色の揃《そろ》いの提灯《ちょうちん》、さいかち茨《いばら》(125)の赤い山車《だし》だ。」

と言う……葉《は》ながら散った、山葡萄《やまぶどう》と山茱萸《やまぐみ》の夜露《よつゆ》が化けた風情《ふぜい》にも、深山《みやま》の状《さま》が思わるる。

「何時《いつ》でも俺は、気の向いた時、勝手にふらりと実家へ行くだが、今度は山から迎いが来たよ。祭礼《まつり》に就《つ》いてだ。この間《あいだ》、宵《よい》に大雨のどッとと降った夜《よ》(126)さり、あの用心池《ようじんいけ》の水溜《みずたまり》の所を通ると、掃溜《はきだめ》の前に、円《まる》い笠《かさ》を着た黒いものが蹲踞《しゃが》んで居たがね、俺を見ると、ぬうと立って、すぽんすぽんと歩行《ある》き出して、雲の底に月のある、どしゃ降《ぶり》の中でな、時々、のほん、と立停《たちどま》っては俺が方をふり向いて見い見いするだ。頭からずぼりと黒い奴で、顔は分んねえだが、此方《こっち》を呼びそうにするから、その後へついて行くと、石の鳥居《とりい》から曲って入って、此方へ来ると見えなく成った——俺《おら》あ家《うち》へ入ろうと思うと、向《むこ》うの百日紅《さるすべり》の樹の下に立って居る……」

指《さ》した方《かた》を、従七位が見返った時、もう其処《そこ》に、宮奴《みやつこ》の影はなかった。御手洗《みたらし》の音も途絶《とだ》えて、時雨《しぐれ》のような川瀬《かわせ》が響く。……

八

「そのまんま消えたがのう。お社《やしろ》の柵《さく》の横手を、坂の方へ行ったらしいで、後へ、すたすた。坂の下口《おりくち》で気が附くと、驚《おど》かしやがらい、畜生《ちくしょう》めが。俺の袖の中から、皺《しわ》びた、いぼいぼのある蒼《あお》い顔を出して笑った。——山は御祭礼《おまつり》で、お迎いだ——とよう。……此奴《こやつ》はよ、大《でか》い蕈《きのこ》で、釣鐘蕈《つりがねだけ》(127)と言うて、叩《たた》くとガーンと音のする、劫羅《こうら》経《へ》(128)た親仁《おやじ》よ。……巫山戯《ふざけ》た爺《じじい》が、驚かしやがって、頭をコンとお見舞申そうと思ったりゃ、もう、すっこ抜けて、坂の中途の樫《かし》の木の下に雨宿りと澄ましてけつかる。(129)

川端《かわばた》へ着くと、薄《うっす》らと月が出たよ。大川はいつもより幅が広い、霧で茫《ぼう》として海見たようだ。流《ながれ》の上の真中《まんなか》へな、小船が一艘《いっそう》。——先刻《さっき》ここで木《き》の実《み》を売って居《お》った婦《おんな》のような、丸い笠《かさ》きた、白い女が二人乗って、川下《かわしも》から流《ながれ》を逆に泳いで通る、漕《こ》ぐじゃねえ。底蛇《そこへび》と言うて、川に居《お》る蛇が船に乗ッけて底を渡るだもの。船頭《せんどう》なんか、要るものかい、ははん。」

と高慢な笑い方で、

「船からよ、白い手で招くだね。黒親仁は俺を負《おぶ》って、ざぶざぶと流を渡って、船に乗った。二人の婦人《おんな》は、柴《しば》に附着《くっつ》けて売られたっけ、毒だ言うて川下へ流されたのが遁《に》げて来ただね。

ずっと川上《かわかみ》へ行くと、其処等《そこら》は濁《にご》らぬ。山奥の方は明《あかる》い月だ。真蒼《まっさお》な激《はげ》しい流が、白く颯《さっ》と分れると、大《おおき》な蛇が迎いに来た、でないと船が、もうその上は小蛇の力で動かんでな。底を背負《しょ》って、一廻《ひとまわ》りまわって、船首《みよし》へ、鎌首《かまくび》を擡《もた》げて泳ぐ、竜頭《りゅうとう》(130)の船と言うだとよ。俺は殿様だ。……

大巌《おおいわ》の岸へ着くと、その鎌首で、親仁の頭をドンと敲《たた》いて、(お先へ。)だってよ、べろりと赤い舌を出して笑って谷へ隠れた。山路《やまじ》はぞろぞろと皆、お祭礼《まつり》の茸《きのこ》だね。坊《ぼん》主様《さま》も尼様《あまさま》も交《まじ》ってよ、尼は大勢、びしょびしょびしょびしょと湿った所を、坊主様は、すたすたすたすた乾いた土を行く。湿地《しめじ》茸《たけ》、木茸《きくらげ》、針茸《はりたけ》(131)、革茸《こうたけ》(132)、羊肚茸《いぐち》(133)、白茸《しろたけ》(134)、やあ、一杯だ一杯だ。」

と筵《むしろ》の上を膝《ひざ》で刻《きざ》んで、嬉しそうに、ニヤニヤして、

「初茸《はったけ》(135)なんか、親孝行で、夜遊びはいたしません、指を啣《くわ》えて居るだよ。……さあ、お姫様の踊がはじまる。」

と、首を横に掉《ふ》って手を敲《たた》いて、

「お姫様も一人ではない。侍女《こしもと》は千人だ。女郎蜘蛛《じょろうぐも》が蛇に乗っちゃ、ぞろぞろぞろ皆《みん》な衣裳を持って来ると、すっと巻いて、袖を開く。裾《すそ》を浮かすと、紅玉《ルビイ》に乳《ちち》が透《す》き、緑玉《エメラルド》に股《もも》が映る、金剛石《ダイヤモンド》に肩が輝く。薄紅《うすあか》い影、青い隈取《くまど》り(136)、水晶のような可愛《かわい》い目、珊瑚《さんご》の玉は唇《くちびる》よ。揃って、すっ、はらりと、すっ、袖をば、裳《すそ》をば、碧《あい》(137)に靡《なび》かし、紫に颯《さっ》と捌《さば》く、薄紅《うすべに》を飜《ひるがえ》す。

笛が聞《きこ》える、鼓《つづみ》が鳴る。ひゅうら、ひゅうら、ツテン、テン、おひゃら、ひゅうい、チテン、テン、ひゃあらひゃあら、トテン、テン。」廓《くるわ》のしらべか、松風か、ひゅうら、ひゅうら、ツテン、テン。あらず、天狗《てんぐ》の囃子《はやし》であろう、杢若《もくわか》の声を遥《はるか》に呼交《よびかわ》す。

「唄《うた》は、やしこばばの唄なんだよ、ひゅうらひゅうら、ツテン、テン、

やしこばば、うばば、
うば、うば、うばば、
火を一つくれや……」

と、唄うに連れて、囃子に連れて、少しずつ手足の科《しな》した(138)、三個《みつ》の這個山伏《このやまぶし》が、腰を入れ、肩を撓《た》め(139)、首を振って、踊出《おどりだ》す。太刀《たち》、斧《おの》、弓矢に似もつかず、手足のこなしは、

しなやかなものである。

従七位《じゅしちい》が、首を廻《まわ》いて、笏《しゃく》を振って、臀《いしき》を廻《まわ》いた。

二本の幟《のぼり》はたはたと飜り、虚空《こくう》を落《おと》す天狗風《てんぐかぜ》(140)。

蜘蛛の囲《い》の虫晃々《きらきら》と輝いて、鏘然《しょうぜん》(141)、珠玉《たま》の響《ひびき》あり。

「幾干金《いくら》ですか。」

般若《はんにゃ》の山伏が恁《こ》う聞いた。その声の艶《えん》に媚《なまめ》かしいのを、神官は怪《あやし》んだが、やがて三人とも仮装を脱いで、裸にして縷《る》無《な》き雪の膚《はだ》(142)を顕《あらわ》すのを見ると、いずれも、……血色《けっしょく》うつくしき、肌理《きめ》細かなる婦人《おんな》である。

「銭《ぜに》ではないよ、皆《みん》な裸に成れば一反《たん》ずつ遣《や》る。」

価《あたい》を問われた時、巫若が蜘蛛の巣を指して、然《そ》う言ったからであった。

裸体《らたい》に、被《かず》いて、大旗の下を行く三人の姿は、神官の目に、実《げ》に、紅玉《ルビイ》、岩玉《サファイヤ》、金剛石《ダイヤモンド》、真珠、珊瑚を星の如く鏤《ちりば》めた羅綾《らりょう》(143)の如く見えたのである。

神官は高足駄《たかあしだ》で、よろよろと成って、鳥居《とりい》を入ると、住居《すまい》へ行かず、階《きざはし》を上って拝殿《はいでん》に入った。が、額《がく》の下の高麗《こうらい》べり(144)の畳の隅に、人形のように成って坐睡《いねむ》りをして居た、十四に成る緋《ひ》の袴《はかま》の巫女《みこ》を、いきなり、引立《ひきた》てて、袴を脱がせ、衣《きぬ》を剝《は》いだ。……この巫女は、当年初《はつ》に仕えたので、傒《こ》うされるのが掟《おきて》だと思って自由に成ったそうである。宮奴《みやつこ》が仰天した、馬顔の、痩《や》せた、貧相な中年もので、予《かね》て吶《どもり》であった。

「従《じゅ》、従、従、従、従七位、七位様、何《な》、何、何、何事！」

笏《しゃく》で、ぴしゃりと胸を打って、

「退《すさ》りおろうぞ。」

で、虫の死んだ蜘蛛の巣を、巫女の頭《かしら》に翳《かざ》したのである。

嘗《かつ》て、山神《さんじん》の社に奉行《ぶぎょう》(145)した時、丑《うし》の時参詣《ときまいり》(146)を谷へ蹴込《けこ》んだり、と告《の》った、大権威の摂《せっ》理太夫《りだいふ》は、これから発狂した。

——既に、廓《くるわ》の芸妓《げいこ》三人が、あるまじき、その夜、その怪しき仮装をして内証《ないしょう》で練《ね》った、と云うのが、尋常《ただ》ごとではない。

十日を措《お》かず、町内の娘が一人、白昼《はくちゅう》、素裸《すはだか》に成って格子《こうし》から抜けて出た。門《かど》から手招きする杢若の、あの、宝玉《ほうぎょく》の錦《にしき》が欲しいのであった。余りの事に、これは親さえ組留《くみと》められず、あれあれと追う間《ま》に、番太郎《ばんたろう》へ飛込んだ。

市の町々から、やがて、木蓮《もくれん》が散るように、幾人《いくたり》となく女が舞込む。

——夜、その小屋を見ると、おなじような姿が、白い陽炎《かげろう》の如く、杢若の鼻を取巻いて居るのであった。

注

化鳥

(1) **五尺**　約一五〇センチメートル。

(2) **橋銭**　「化鳥」の舞台となるこの川には、金沢市の鏡花生家付近を流れる浅野川が想定されている。浅野川には、江戸時代から明治時代にかけて、橋銭(橋の通行料)を取る「一文橋」と呼ばれる仮橋が複数架かっていた。

(3) **時雨榎**　「榎」はニレ科の落葉高木。「時雨榎」は、葉ずれの音が時雨に似ていることからきた名か。

(4) **日傭取**　日雇いで働く人々。

(5) **越後獅子**　児童によって演じられる獅子舞の大道芸。越後(現在の新潟県)で発祥したためこの名がある。角兵衛獅子。

(6) **附木**　木の薄片の端に硫黄を塗ったもの。火付木。

(7) **元結より**　元結(髪の髻《もとどり》を結ぶ紙縒紐《こより》)を作る手仕事で生計を立てている人。

(8) **早附木**　マッチ。摺付木《すりつけぎ》。明治初年から輸入された。

(9) **瓢**　ひょうたん。酒などの容器に用いた。

(10) **蕈狩**　きのこ狩り。

(11) **お心易立** 親しさのせいで遠慮のないこと。
(12) **けんどん** 慳貪。愛想がない様子。とげとげしい様子。
(13) **修身** 旧制の学校教科の一つで、国家への忠誠や孝行・勤勉などの徳目を教育した。
(14) **鳥をさす** 先端に鳥もちをつけた竹竿で鳥を捕らえること。
(15) **手拱** 両腕を胸の前で組むこと。腕組み。
(16) **一本占治茸** イッポンシメジ科の茸。食用茸のしめじに似るが、一本ずつ生える毒茸。
(17) **千本しめじ** キシメジ科の茸で、一箇所にたくさん固まって生える小型のしめじ茸。食用。
(18) **蛇籠** 割竹などを編んだ籠の中に石を詰めたもので、護岸などに用いる。
(19) **天窓** 鏡花は「頭」を多く「天窓」と表記する。
(20) **猿松** 一般に、猿を罵って呼ぶ語。
(21) **浮世床** 人のよく集まる床屋。
(22) **その身体の色ばかりがそれである、小鳥ではない** 紅雀にたとえられる「みいちゃん」や目白にたとえられる「吉公」のように、体の色ばかりが鳥に似ている人間のことではなく、の意。
(23) **初卯** 正月最初の卯の日。神社に参詣する初卯詣での習慣がある。
(24) **卯辰の方の天神様** 「卯辰」は、東南東。金沢市の東南東に金沢五社の一つである椿原天満宮がある。
(25) **鼻目鏡** 耳当てのつるがなく鼻筋を挟んで着ける西洋眼鏡。十九世紀末から欧米で流行し、明治初年に日本に輸入されたが、同十年代半ばから国産品が製造され始めた。
(26) **衣兜** 洋服のポケット。

(27) **渡**　橋を渡るための通行料。

(28) **市内衛生会委員**　伝染病予防などを目的に明治十八年に制定された「地方衛生会規則」によって各自治体に「衛生会」が設置され、衛生会委員が任命された。『金沢市史　資料編11　近代一』（金沢市、平成十一年）によれば、明治二十二年の市制施行前の自治組織である金沢区では、明治十八年に「金沢区衛生会規則」が制定され、医師七名、薬舗五名、区会議員六名、戸長七名で編成された。以下に列挙される名刺の肩書きは、地域の近代化の施策に関わる要職にあることを示す。初出ではこれに「大日本赤十字社社員」が加わっている。一六会は未詳。

(29) **生命保険会社社員**　生命保険会社は一般に相互会社の形式をとっており、契約者はその「社員」となる。

(30) **何だか徽章を**　初出では「赤十字の徽章を」。

(31) **遊びに行こうや**　遊びに行こうかな。

(32) **二町**　「町」は距離の単位で、一町は約一一〇メートル。

(33) **媽々**　母親、もしくは他家の主婦を指していう俗称。かかあ。「媽々」は中国語で母の意。

(34) **緋羅紗のずぼん**　赤く染めた羅紗で作った陸軍騎兵のズボン。羅紗は厚地の毛織物。

(35) **とても**　どうせ。所詮。

清心庵

(1) **孤家**　あたりに家のない一軒家。

（2）**椎の葉ばかりなる**　椎の葉ほどの大きさの刃がついた。椎の葉は長さ約一〇—一五センチメートル。
（3）**袷**　裏地のついた着物。一般に秋から春にかけて用いる。
（4）**午の時**　午《うま》の時。正午、もしくは正午をはさんだ約二時間。
（5）**東雲よりする**　明け方から始める。ここは茸狩を指す。
（6）**芝茸**　赤松林などに生える黄土色の小型の茸。イグチ科。食用。「芝茸」は北陸地方の呼び名で、一般には「網茸《あみたけ》」という。「芝茸と称《とな》へて、笠薄樺《かさうすかば》に、裏白《うらじろ》なる、小さな茸の、山近く谷浅きあたりにも群生して、子供にも就中《なかんずく》これが容易《たやす》き獲ものなるべし。毒なし。味もまた佳し。」(泉鏡花「寸情風土記」)
（7）**松露**　松林の土中に生じるショウロ科の茸。直径約一—三センチメートルの球形で、土中では白色、地表では淡黄色となる。食用。
（8）**筧**　節を抜いた竹などを架け渡して水を通ずる樋。
（9）**紅茸**　漏斗上に開く鮮紅色の傘と白色の茎をもつベニタケ科の茸。ドクベニタケとも呼ばれて一般に毒茸とされるが、毒性のないものもある。
（10）**食べられましねえ**　食べられませんよ。「ましねえ」は江戸時代の丁寧な打ち消し語。
（11）**塩を浴びせたつて**　毒茸でも、塩漬けにすれば食べられるという俗信があった。
（12）**五六町**　「町」は距離の単位で、一町は約一一〇メートル。
（13）**盂蘭盆**　祖先の霊を祀る仏事で、陰暦七月十三日から十五日を中心に行われる。お盆。
（14）**まめだちて**　まじめになって。

(15) **お初穂**　その年に初めて収穫した穀物などを神仏に捧げるもの。ここは、この日初めて仏に供える水。
(16) **掬ばむとして**　両手を合わせて水をすくおうとして。
(17) **清涼掬すべし**　すくい取って飲むに価するだけの清く澄んだ味わいの水である。
(18) **悪熱のあらむ時……掬ばんに**　堪えがたいほどの高熱に苦しむとき、山寺の水、庵の水、母と住んでいた家の水のいずれかを飲むと、の意。
(19) **丁稚**　商家などに奉公人として住み込んで雑役などに従事する少年。
(20) **清心様**　明治二十八年八月十八日付「北国新聞」の「加越能人物話」欄に「卯辰山の半腹に小《さゝ》やかなる柴の戸をさしもせで、月下に茶を煎るを楽みとし、持仏に経を読むを勤めとする老比丘尼のありけり。(中略)名を清心と呼ぶ。」という記事があり、実在の人物を想定していると考えられる。「欄に倚りて伸上れば半腹なる尼の庵も見ゆ。卯辰山、霞が峰、日暮の丘、一帯波のごとく連りたり。」(泉鏡花「照葉狂言」)
(21) **まひ茸**　舞茸。サルノコシカケ科の扁平な茸で、楢《なら》などの老木の根に重なり合って生える。食用。
(22) **樺色**　赤味がかった黄色。
(23) **榎**　ニレ科の落葉高木。
(24) **枝折戸**　細竹や木の枝を組み合わせて作った開き戸。
(25) **初茸**　松林に生えるベニタケ科の茶褐色の茸で傘は漏斗状に開く。食用。初出は「松耳」。「金沢にて言ふ松みゝは初茸なり。この茸《きのこ》は、松美しく草浅き所にあれば子供にも獲《え》らるべし。」(泉鏡花「寸情風土記」)

(26) **手の触れしあとの錆つきて** 初茸は傷をつけると緑青色に変色する性質がある。

(27) **緑晶** 緑青。銅に生ずる緑色の錆。

(28) **練衣** 生糸で織った絹織物を精練した、やわらかく光沢のある絹布。

(29) **風采の佚なるが** なりふりが活発な様子なのが。

(30) **扱帯** 一幅の布をしごいて用いる女の腹帯。

(31) **裳を深く** 着物の裾の合わせを深く、きちんと着込んで。

(32) **中ざし** 中挿。女性の日本髪の髻《もとどり》に挿す簪《かんざし》や笄《こうがい》。

(33) **円髷** 丸髷。既婚女性の一般的な髪の結い方で、後頭部に楕円形の髷をつける。

(34) **孀** 夫に死別した女性。

(35) **御新造様** 上層の家の妻女に対する敬称。

(36) **裏店** 裏通りにある庶民的な家。

(37) **媽々** 母親、もしくは他家の主婦を指していう俗称。かかあ。

(38) **国中** この地方一帯。旧藩時代の「国」の意識が残る表現。

(39) **お出入** 様々な関わりからつねに邸に出入りする人々。

(40) **一八** 一のつく日と八のつく日。明治初期までは一般に「一六日《いちろくび》」(一のつく日と六のつく日)を休日や稽古日に充てることが多かったが、改暦によって、明治九年以降、日曜日がこれに代わった。ここは「一六日」の日付を少しずらしたもの。

(41) **饅頭笠**　僧が托鉢や行脚をするときなどに用いる、頂が饅頭のように丸い形をしたかぶり笠。

(42) **瑕瑾**　きず。恥。

(43) **魅まれて**　狐や狸などに化かされて。

(44) **姑御**　「姑」の敬称。「姑《しゅうとめ》」は厳密には配偶者の母親を指すが、ここは夫の両親の意。

(45) **仔細のないこつた**　面倒な事情のないことだ。

(46) **華族**　明治二年からの身分制度で、旧公家・大名を皇族の下に位置づけたもの。明治十七年の華族令によりその範囲が維新の功臣などに拡大され、昭和二十二年まで存続した。

(47) **御台様**　高貴な身分の人の妻の敬称。奥方様。「御台」は「御台所」の略。

(48) **世話で**　庶民の暮らしの中で。ここは、華族の奥方のような高貴な暮らしを庶民の日常の中で送っていることをいう。

(49) **大倭文庫の、御台様**　「大倭文庫」は、釈迦の一代記を読み物として翻案した万亭応賀作の長篇合巻「釈迦八相倭文庫」(弘化二年—明治四年(一八四五—一八七一)刊)。作中、釈迦の母親にあたるのが摩《ま》耶夫人《やぶにん》であることから、本作に登場する「摩耶」を「大倭文庫の御台様」といった。

(50) **雪山のといふ処をやつて**　「釈迦八相倭文庫」になぞらえ、山中で暮らす摩耶を雪山《せっせん》(ヒマラヤ)で修行した釈迦にたとえる。

(51) **良人**　夫。主人。他人に対して、妻が夫を指していう呼び名。

(52) **御譜代**　代々その家に仕えていること。

(53) **拵へよう**　作ろう。男女の関係になるという意味の「出来た」という語を受け、「こしらえる」と言った。

(54) **肯ずる色**　納得した様子。

(55) **智識**　正しく教え導く善知識、すなわち高僧を指す。

(56) **法華経二十八巻**　大乗仏教の経典である「法華経」は二十八章で構成される。

(57) **立読**　立て続けに音読すること。

(58) **それに**　それなのに。

(59) **髪結の役**　仕事柄多くの家を訪れる髪結いは、世間の噂の情報源であり、また男女の仲を取り持つ契機ともなった。「髪結さんが、隣家《となり》の女房《かみさん》へ談話《はなし》なんです。／同一《おなじ》のが廻りますからね。」(泉鏡花「陽炎座」)

(60) **破戒無慙**　仏の定めた戒めを破りながら自ら心に恥じないこと。

(61) **行ひ澄して**　仏道の修行に勤めはげんで。

(62) **上框**　家の上がり口の縁にわたしてある横木。

(63) **およつたからつて**　寝たからといって。

(64) **小袖**　袖口の開きが小さい和服の一種で、元は表着の下に着る内着として用いられたが、のちに一般的な表着として広く用いられた。

(65) **家土産**　家へ持ち帰る土産。ここでは、摩耶に面会した証としての意味ももつ。

(66) **可惜**　惜しいことに。もったいないことに。

(67) **烏羽玉の**　「黒」「夜」などにかかる枕詞。ここは黒髪にかかる。

三尺角

(1) **駅路**　各所に宿駅のある街道。
(2) **馬子**　馬をひいて人や荷物を運ぶことを職業とする人。馬方。
(3) **セコンド**　秒。second(英)。ここは、秒針が刻む音。
(4) **鯨波**　合戦の始めに士気を鼓舞するため全軍で発する「えいえい、おう」という叫び声。
(5) **坂は照る照る鈴鹿は曇る**　三重県鈴鹿地方に伝わる鈴鹿馬子唄の一節。「坂は照る照る鈴鹿は曇る、間《あい》の土山雨が降る」という歌詞が一般的。
(6) **袷遣りたや足袋添えて**　長野県木曽地方に伝わる木曽節の一節。「袷よナー、中乗りさん、袷遣りたや足袋添えて」と唄われる。
(7) **追分**　追分節。長野県佐久郡に伝わる馬子唄を発祥とする民謡が各地に伝播したもの。
(8) **機業場**　織物工場。明治時代には全国各地に織物工場が建設され、多くの女工が働いていた。
(9) **木挽**　材木を大鋸《おおが》で縦に挽いて角材や板などにする職人。
(10) **大鋸を以て……挽きおろす**　斜めにさしかけた材木の下に跪き、大鋸を上下させて挽くさまをいう。
(11) **丈四間半、小口三尺まわり**　長さ約八メートル、切り口の一辺が約九〇センチメートルの材木。切り口の一辺が三尺の角材なので「三尺角」という。
(12) **樟**　クスノキ科の常緑高木。巨樹は高さ約三〇メートル、幹の周囲約二〇メートルに達する。
(13) **三尺帯**　木綿などを用いた幅細の短い帯。

(14) **半被** ここは、半纏《はんてん》の襟や背に屋号などを染め抜いた職人用の印半纏《しるしばんてん》のこと。
(15) **大家の仕着** 雇われ先の大店《おおだな》から支給された仕事着。
(16) **一町** 約一一〇メートル。
(17) **矮樹** 丈の低い樹。
(18) **渋色** 柿渋のような茶褐色。
(19) **苫** 菅や茅を粗く編んだもので、船の上部を蔽うのに用いる。
(20) **蓬** 草木が乱れ繁っているさま。
(21) **大川** 隅田川の吾妻橋付近から下流の通称。
(22) **舂き** (夕日が)沈みかけて。
(23) **涅槃に入ったような形** 釈迦が涅槃(入滅)に入るときの姿のように脇を下にして横たわるさま。
(24) **胴の間** 和船の中央にある間。
(25) **仏造った** 長病などで死相が現れた。
(26) **地蔵眉** 地蔵菩薩の眉に似て根元が太く先が細い湾曲した眉。
(27) **筋違** 斜めに向き合っていること。はすかい。
(28) **一間口** 幅が一間(約一・八メートル)の入口。
(29) **腰障子** 下方に高さ三〇センチメートルほどの腰板がついた障子。
(30) **真名** 漢字。
(31) **貝殻が敷いてある** 江戸前の海で獲れる浅蜊や牡蛎は、作品の舞台である深川の名物とされ、その貝殻が道に敷かれていた。

(32) **木屋**　材木商。木材の集散地である深川木場には数多くの材木商があった。

(33) **帳場格子**　商店などの帳場(勘定場)を囲う背の低い衝立格子。

(34) **鋼線**　電線。

(35) **永代**　永代橋。現在の中央区新川と江東区永代との間に架かる橋。江戸中期に現在の位置より一〇〇メートルほど上流に架設されたが、明治三十年に現在の位置に鉄橋として架けかえられた。

(36) **文明の程度が……分るであろう**　永代橋の西岸には、日本橋・東京駅・築地・銀座など、当時最も近代的な一画が広がっている。一方、対岸の深川では、その近代文明の影響が、永代橋から離れるに従って弱まっているというのである。

(37) **根太**　床板を支え受ける横木。

(38) **破風**　日本建築で、棟から両方向に傾斜する切妻屋根の両端にある山型の板の部分。

(39) **三角形の橋**　橋杭が抜けて一角が落ちたために傾いて三角形になった橋。

(40) **すだく**　虫が集まって鳴くこと。

(41) **船虫**　体長約四センチメートルのフナムシ科の甲殻類。海岸付近に群棲する。

(42) **工場の煙突の烟**　官営深川セメント製造所をはじめとして、明治十年前後から深川の武家屋敷跡地などに各種の工場が設立された。

(43) **洲崎へ通う車の音**　「洲崎」は、明治二十一年に根津遊廓を深川木場の東に移転した洲崎遊廓。そこに往来する人力車の音をいう。

(44) **思出したように巡査が入る** 大きな事件も起こらない、平穏で活気のない様子。
(45) **石灰** 消毒・殺菌用に散布された消石灰(水酸化カルシウム)。
(46) **詮ずるに** 突き詰めて考えてみると。結局。
(47) **浅間** 奥行きがないこと。
(48) **上框** 家の上がり口の縁にわたしてある横木。
(49) **搔巻** 着物のように袖のついた綿入れの夜着。
(50) **ちゃんちゃん** ちゃんちゃんこ。綿を入れた袖無しの羽織。
(51) **鬱金木綿** 鬱金(ショウガ科の多年草)で黄色く染めた木綿布。ここは、ちゃんちゃんこの裏地。
(52) **赤熊** 縮れ毛で作った入れ毛。日本髪を結う際にふくらませる部分に用いる。
(53) **天神** 天神髷。銀杏返しに似た髪型で、髷の中央を髪で巻いて、かんざしで留めたもの。幕末から明治にかけて若い女性が用いた。
(54) **浅黄** 薄い藍色。浅葱《あさぎ》。
(55) **角絞** 絞り染めの一種「鹿子絞り」の絞り目を角立てたもの。
(56) **手絡** 髷の根元に掛ける縮緬などの布《きれ》。
(57) **婀娜** 色っぽく、なまめかしいさま。粋《いき》なさま。
(58) **唐縮緬** 薄く柔らかく織った毛織物。メリンス。
(59) **蜘蛛の囲を絞った浴衣** 蜘蛛の巣の形を絞り染めにした浴衣。
(60) **歯を染めた** お歯黒のこと。既婚女性がお歯黒をつける風習は近代化を急ぐ明治政府の主導もあって次第に行われなくなったが、明治三十年代には下町などにまだ残っていた。

(61) **眉は落さぬ**　既婚女性が眉を剃る風習は、明治以降、政府主導などにより次第に行われなくなった。

(62) **束ね髪**　ここは、洗い髪を後ろで無造作に束ねているさま。

(63) **中年増**　二十三、四歳から三十歳前頃の女性。

(64) **盤台**　浅い楕円形の盥《たらい》。

(65) **台なし**　まるで。すっかり。

(66) **一寸試**　少しずつ試し斬りにすること。「試し斬り」は、刀剣の切れ味を確かめるために人などを斬ること。

(67) **鱠**　魚や獣の生肉を細かく切ったもの。

(68) **鉄漿を含んで**　口元にお歯黒を覗かせて。「鉄漿」は、お歯黒に用いる「鉄漿水《かねみず》」という液体。転じて、お歯黒のことも指す。

(69) **扱く**　細長いものを引き抜くように強く引くこと。しごく。

(70) **空ざまに**　空の方に。上の方に。

(71) **袈裟になって**　はずした襷が一方の肩から他方の脇に斜めに懸かって袈裟懸けになっているようす。

(72) **十丈**　約三〇メートル。屋根の高さをやや誇張して表現したものか。

(73) **四ツ目形**　木材を縦横に交互に積み重ねることで四角い隙間が四つできる形にしたもの。

(74) **井筒形**　木材を縦横に交互に積み重ねて井の字形にしたもの。

(75) **手拍子**　ここは、鉄槌を打つ拍子の意。

(76) **普請小屋**　工事中の作業員のための仮設の小屋。
(77) **萌黄**　青と黄の中間の色。萌葱《もえぎ》。
(78) **畚**　釣った魚を入れる竹製などのかご。びく。
(79) **乱杭**　護岸などの目的で川岸近くの水中に秩序なく打ち込んだ杭。
(80) **杣**　山から木を切り出すことを職業とする人。きこり。
(81) **飛驒山**　現在の岐阜県北部にあたる飛驒地方の山。
(82) **筏を流して来て**　木場には、木挽のほか、材木を筏に組んで運搬する筏師もしくは川並《かわなみ》と呼ばれる職人がいた。
(83) **とみこうみて**　あちらこちらを見て。
(84) **数千仞**　ここは谷が非常に深いこと。「仞」は高さや深さの単位で、一般には約七尺(約二メートル)。

木精(三尺角拾遺)

(1) **巻煙草**　紙巻き煙草。煙管に代わって明治二十年前後から普及した。
(2) **養生深い**　健康に深く心を配ること。注意深く摂生すること。
(3) **病気挙句**　病気が治ったばかり。病みあがり。
(4) **塩ッ気のものは頂かない**　願い事のために飲食物などを断つ「断ち物」の一種。ここは男に会うことを祈願して塩を断っていたこと。直後の「煙草も断って居たんですよ」も同様。
(5) **ケンドン**　慳貪。とげとげしいさま。つっけんどん。

(6) **風采**　すがた。ようす。
(7) **法衣**　僧侶が着る衣。ほうえ。
(8) **緑青**　銅に生ずる緑色の錆。また、その色。
(9) **異人**　人間とは異なった異形の者。
(10) **四ツ身**　子供用の衣服に用いる和服の裁ち方。ここは、その衣服のこと。
(11) **朧々とものこそあれ**　ぼんやりとものの形が見える。
(12) **十間**　約一八メートル。
(13) **礫川**　現在の東京都文京区小石川。
(14) **唯見れば**　「唯」は、「ト」と同様、仕草を想像させる語り口調。

朱日記

(1) **小使**　学校などで雑用に従事する人。用務員。
(2) **渋色**　柿渋のような茶褐色。
(3) **布子**　木綿の布に厚く綿を入れた防寒用の着物。綿入れ。
(4) **小倉の袴**　小倉織の袴。「小倉織」は、たて糸を密に、よこ糸を太く織った綿織物。
(5) **遣放しに**　むぞうさに。なげやりに。ここは、羽織を壁に掛けたさま。
(6) **更紗の裏**　更紗布でできた羽織の裏地。「更紗」は、インドやジャワ(現在のインドネシア地方)で産する、花や鳥などの模様を染めた綿布。

(7) **教頭心得** 「心得」は、本来下位のものが仮に上位の職位に就いているときの呼び名。
(8) **仔細も無かろう** 頭を剃っているのに特別の理由もなかろうが、の意。
(9) **青道心** 新たに僧となったばかりで仏道に浅い人。ここは、そのように頭を剃り上げているさま。
(10) **同役** 同じ役目を務める人。武家で同役の人を呼ぶときの呼称としても用いられた。
(11) **仲間** 武家に仕える従者で足軽と小者の中間に位置し、雑役に従事する。
(12) **灰汁** 灰を水に浸した上澄みの水。ここは灰色の雲の形容。
(13) **目まじろぎ** 瞬《まばた》き。
(14) **見掛けて** 見込んで。能力を信頼して。
(15) **極って** 意を決した態度で。
(16) **北風**《ならい》 冬の強い風。海岸地方で多く用いる呼び名。
(17) **単衣** 裏地をつけない着物。初夏から初秋にかけて用いる。
(18) **宿下り** 奉公人が暇をもらって親元などに帰ること。ここは、古葛籠の中をひっくり返すさまを、宿下がりの前の支度にたとえたもの。
(19) **古葛籠** 「葛籠」は、蔓で編んだ衣類入れの籠。
(20) **猿田彦** 日本神話に登場する鼻の長い神。祭礼や神楽などでは赤い天狗面の姿をとることが多い。
(21) **御免を被れ** この際、不作法の許しを得るがいい、の意。
(22) **溜** 仲間の集まる場所。たまり場。ここは小使部屋。
(23) **炭を開けて** 炭と炭を離し広げて。

(24) **五徳を摺って**　五徳からずれて。「五徳」は、炭火の上に薬罐などをかけるための脚つきの輪形の置き台。
(25) **獅噛面**　獅嚙のような顔つき。「獅嚙」は、獅子が嚙みついた顔をかたどった文様。「苦虫」の渾名があるように、ここは「しかめっ面《つら》」（渋面）の意か。
(26) **雁首**　煙管の火皿のついた頭の部分。「雁首を取って返す」は、火皿を裏返して吸い殻を捨てる動作。
(27) **透かしながら**　廊下を透かし見ながら。
(28) **浅葱**　薄い藍色。
(29) **襦袢**　和服用の下着で、肌につけて着る短衣。
(30) **茱萸**　茱萸の実。「茱萸」はグミ科の落葉低木。夏茱萸は初夏に赤い実をつける。
(31) **目覚める木の実**　目が覚めるほどに色鮮やかな木の実。
(32) **御訴訟**　大目に見てくださるように嘆願申し上げる、の意。
(33) **とぼんとして**　ぼんやりして。
(34) **自から得て居る**　本草の知識を自然に身につけている、の意。「本草」は次項参照。
(35) **本草**　薬用になる植物。もしくは植物などに関する中国由来の博物学。本草学。
(36) **山時分**　人々が山に行楽に出かける時節。
(37) **脚絆掛**　歩きやすくするため脛に布を巻きつけた姿。
(38) **物見の松**　地名は明示されていないが、本作の舞台には金沢市を思わせる設定が少なくない。「物見の松」には、金沢市内の旧町名である地黄煎（現在の金沢市泉野町）にあった「見張りの松」が想定される。

(39) **見霽しの丘**　現在の金沢市泉野台地が想定される。

(40) **一雪崩**　一気に斜面を下ること。

(41) **一町場**　ある区間の距離。一区間。

(42) **名代な魔所**　妖魔が住む怪しい場所として有名な所。金沢市内の旧町名である高尾(現在の金沢市高尾町)から地黄煎一帯に伝わる「高尾の坊主火」の伝承を想定しているとされる。「高尾の坊主火」は、加賀一向一揆の際、高尾城に立て籠もって滅ぼされた守護職富樫政親の怨念が火となって現れたものとも、虐殺された一向宗門徒の怨念のしわざともいう。

(43) **一ツ切**　しばらくの間、ある状態にあること。ひとしきり。

(44) **大川**　金沢市内を流れる犀川が想定される。

(45) **大橋**　犀川に架かる犀川大橋が想定される。

(46) **右のな**　今しがた言った。

(47) **山王の社**　日吉《ひえ》神社の祭神山王権現を祀った神社。金沢には、山王権現を縁起とする神社が複数ある。

(48) **夢でなくって**　これが夢でなくてどうするか。

(49) **現在**　実際に。まのあたりに。

(50) **なかなか**　却って。

(51) **下闇**　木が茂って下陰が暗いこと。木下闇《このしたやみ》。

(52) **届いた**　触れるほど近くに寄った。

(53) **丁子頭**　灯心（油に浸して火を灯す芯）に火を灯した際、その先端にできる丁子の実のような丸い塊。

(54) **三反**　一反は約一・メートル。

(55) **月の客**　月見の人。「岩鼻やここにもひとり月の客」（『去来抄』）。

(56) **海松房**　枝が房状になって生えた海松。「海松」は、浅い海の岩石に生える緑藻の一種。

(57) **魅まれた**　心を迷わされ、化かされた。

(58) **早鐘**　火事を知らせるために続けざまに打ち鳴らす鐘。

(59) **正寅の刻**　午前四時頃。

(60) **人間**　人間とはそうしたもので、といった意。

(61) **読本**　国語科の講読用教科書。ここは、それを用いた授業のこと。

(62) **墨の中に雪**　色黒の子供たちの中で一人色白で目立つこと。

(63) **形**　ここは、髪型の名前のこと。

(64) **めんない千鳥**　子供の遊戯の一種で、目を覆った鬼役の一人が、手を打って逃げる他の子供たちを追いかけ、捕らえられた子が代わって鬼になる。目隠し。

(65) **背戸**　家のうしろ側。

(66) **井戸側**　土砂が崩れ落ちるのを防ぐために井戸の周囲に設ける囲い。

(67) **吶喊**　大勢の人が一度に上げる叫び声。

(68) **風のなぐれで**　風が横にそれて。「と其の拍子に風のなぐれで、奴等の上の釣洋燈《つりランプ》がぱっと消えた。」

（泉鏡花「歌行燈」）

（69）**私が心一つから**　私の心一つだけのために。

（70）**緋の法衣**　緋色（明るく濃い赤色）の僧服。「緋の法衣」は勅許によって位の高い僧が着る。

（71）**小口**　洋装本の背を除く天・地・前小口の三方の総称。ここは前小口を指す。

（72）**颶風**　台風。台風なみの強烈な風。

（73）**ジャン**　火事を知らせる半鐘の音。

（74）**焚附**　火をおこすときに用いる、燃えやすい枯枝や木屑の類。

（75）**驚破**　突然の出来事に驚いて発する声。

（76）**争われぬ**　それにちがいない。

（77）**ものはあるげに**　そういう怪しいことが実際にあるようで。

（78）**旧藩頃の先主人**　徳川幕藩体制の時代に仕えていた以前の主人。

（79）**夜学の端に**　（主人が）夜、学問をするとき、折に触れて。

（80）**道人**　道教の修行を積んだ人。道士。以下の故事は、中国清代の志怪小説「耳食録」に出る。

（81）**擂半鉦**　擂半鐘《すりばんしょう》。近火を知らせるため半鐘を続けざまに鳴らすこと。

（82）**本願寺末寺の巨刹**　浄土真宗の本山「本願寺」の支配下にある大きな寺。浄土真宗は「一向宗」とも呼ばれたが、金沢は室町末期に一向一揆によって一向宗の門徒に支配されるなど、一向宗の勢力の強い土地でもあった。

（83）**三時**　約六時間。

(84) **袴の股立を、高く取った**　「股立を取る」は、股立(袴の左右の明きの縫留め部分)を引き上げて腰紐に挟み、動きやすくすること。
(85) **足袋跣足**　足袋をはいたままで地面を歩くこと。
(86) **面藍の如く**　顔がひどく青ざめて。
(87) **千鳥に**　斜めに入れ違うように。
(88) **便宜に**　適当な形で。適宜に。
(89) **霰は五合**　雪が降るとき「雪は一升、霰は五合」と歌う童謡。
(90) **臈長ける**　洗練されて上品なさま。多く女性の描写に用いる。

第二蓖蒻本

(1) **矢来**　東京牛込区矢来町。現在は新宿区に属する。
(2) **置炬燵**　炉の上にやぐらを被せる形で、移動可能な炬燵。掘炬燵《ほりごたつ》に対していう。
(3) **燃立つような長襦袢**　緋色の長襦袢。「長襦袢」は、肌につけて着る和服用の下着。
(4) **北町**　牛込区北町。現在は新宿区に属する。矢来町の南東に位置する。
(5) **番傘**　竹の骨に油紙を張った粗い作りの雨傘。
(6) **酒井の屋敷**　矢来町一帯は、かつて酒井若狭守忠勝の下屋敷だった。
(7) **袋廻しの運座**　秀句を互選する俳句の集まり(運座)の方法の一つ。各人が一枚ずつ短冊に書いた季題をすべて袋に入れて廻し、順番に、袋の中から引き出した季題に合わせて所定の時間内で句を作り、最後にすべての句を披露して、その中から秀句を選ぶ。

(8) **河豚も鉄砲も、持って来い**　腹を据えたり、やけになったりしたときに用いる「矢でも鉄砲でも持ってこい」をもじったもの。毒にあたると死ぬことから河豚には「鉄砲」の異名がある。

(9) **鉢前の南天**　手洗いのため庭先に据えた手水鉢《ちょうずばち》の近くに南天を植える風習があった。「南天の根に、ひびも入らずに残った手水鉢のふちに」(泉鏡花「二三羽――十二三羽」)。

(10) **驚破や**　いざ。さあ。

(11) **矢種**　戦のために用意された矢。ここは、表に遊びに出るだけの資金のたとえ。

(12) **逸雄**　血気にはやる若者。「早リオノ兵共五六千人、橋ノ上ヲ渡リ」(『太平記』巻第七)。

(13) **千破矢の雨滴**　元弘の乱で楠木正成の軍勢が籠城した千早城には雨滴をためる舟の用意があったため、敵軍に水路を断たれても落城を免れた。『太平記』巻第七「千剣破城軍事《ちはやのしろいくさのこと》」に「数百箇所作リ双ベタル役所ノ軒ニ継樋ヲ懸ケテ、雨フレバ、霤《あまだれ》ヲ少シモ余サズ、舟ニウケ入レ」という記述がある。

(14) **水の手**　城中に飲用水を引く水路。ここは、その水の縁で酒を導いたもの。

(15) **初夜**　戌《いぬ》の刻。現在の時刻で、およそ午後七時から九時頃。

(16) **金麩羅にして頬張る**　「金麩羅」は、卵黄を加えた衣で黄金色に揚げた天麩羅の一種。そば粉を衣にして揚げたものを指す場合もある。ここは、様々な具を衣に混ぜて揚げるように、嬉しいことや好きなものを一まとめにして味わうことをいう。

(17) **待人来る**　おみくじに書かれている文言の一つ。会うことを心待ちにしている人に会える、という占い。

(18) **三和土**　赤土に石灰や苦塩《にがり》を混ぜて叩き固めた土間。

(19) **年増**　娘盛りを過ぎた女性。当時は二十歳を過ぎると年増と呼ばれた。

(20) **二月ばかり給金の……差配で借りた**　二か月分の給料を俊吉が未払いのままにしている女中が、三か月分の家賃を俊吉が滞納している差配から借りてきた、の意。「差配」は、家主に代わって貸家などの管理をする人。

(21) **店立て**　家主が借家人を追い立てること。

(22) **框**　ここは、上がり框(家の上がり口の縁にわたしてある横木)のこと。

(23) **夜を遥な思がする**　夜道をはるばるとやってきたような思いがする。

(24) **足駄**　雨天に用いる高い歯のついた下駄。高下駄。

(25) **傘**　竹の骨に油紙を張った、柄つきの傘。

(26) **深川**　現在の江東区の一地区。隅田川の東岸に位置し、木場や富岡八幡宮があり、門前仲町には花街があった。

(27) **白地明石**　白い明石縮の着物。「明石縮」は、薄地の高級な縮織。

(28) **子持縞**　太線と細線が平行している縞柄。

(29) **羅**　薄く織った絹の布で仕立てた着物。

(30) **丸抱え**　経費や生活費のすべてを置屋が負担する代わりに、稼ぎをすべて置屋が取る形で芸者を雇うこと。

(31) **しがらみを掛けた**　「しがらみ」は、水の流れを堰き止めるための柵。ここは、哀れな境遇に身を任せたことをいう。

(32) **花** 桜。

(33) **御神燈並に** 「御神燈」は、芸者屋などで縁起かつぎに「御神燈」と書いて戸口に吊した提灯。ここは、その提灯が明るくなったり暗くなったりするように、季節に合わせて着物の色が変わること。

(34) **絽** 透き目の入った絹織物で、夏に用いる。

(35) **お召** お召縮緬。強い撚りをかけた糸を用いて縮緬特有の「しぼ」と呼ばれる凹凸をきわだたせた絹織物。

(36) **単衣** 裏地をつけない着物。初夏から初秋にかけて用いる。

(37) **葉月** 陰暦の八月。現在の八月下旬から十月上旬頃にあたる。

(38) **抱主** 芸者を抱えている置屋の主人。

(39) **披露** 芸者が初めて勤めに出るときに、関係者に挨拶すること。

(40) **母衣** 雨や日光を避けるために人力車につける覆い。

(41) **護謨輪** 外側にゴムの輪を装着した人力車の車輪。石井研堂『増補改訂 明治事物起源』(昭和十九年)に「明治四十二年は人力車のゴム輪の大流行を極めし年にて」とあり、始まりはさらに十年ほど溯るとする。

(42) **光った御茶屋** 高級な茶屋。「茶屋」は、客に飲食や遊興を提供する店。

(43) **洋傘** ここは、西洋風の日傘。

(44) **待合** 待合茶屋。客が芸者を呼んで遊興する席を提供する茶屋。

(45) **刻んで**　一軒一軒、こまごまと挨拶して、の意。
(46) **かさかさして、えんえんえん**　童謡の一節か。傘をさしながら泣いているさま。
(47) **半襟**　襦袢の襟に掛ける装飾の布。
(48) **顋**　あご。
(49) **出の衣裳**　芸者として席に出るときに着る衣裳。
(50) **お練**　ここは、お披露目のために、待合などを歩いて経めぐること。
(51) **五にも成って真白でしょう**　「五」は、二十五歳。当時としては中年増に属する。ここは、年増が真っ白になるほどに濃く白粉《おしろい》を塗って若く粧っていることを恥じた言葉。
(52) **奥山相当**　「奥山」は、浅草奥山。遊興地で、芝居小屋や見世物小屋などが建ち並んでいた。ここは、濃い白粉が汗で禿げて奥山の見世物小屋の化物じみている、の意。直後の「煤けた行燈の……手を支いて……出る」は、女の首が伸びて行燈の油をなめるという見世物の妖怪「ろくろ首」などを思わせるしぐさ。
(53) **鬢をべったりと出して**　「鬢」は、日本髪の左右側面に張り出した部分。ここは、鬢を油で塗り固めて張り出すようにしたさまで、年甲斐もなく派手な様子。
(54) **売ますの口上言い**　物品販売のための口上を述べる人物の様子に似ている、の意。「売ます」は未詳。
(55) **水髪や葱の雫**　「水髪」は、ここでは洗い髪のこと。「葱」は、シノブ科のシダ植物。これを玉状にして軒につるす「釣り葱」として広く観賞された。ここは、水髪や釣り葱から滴る水に涙を重ねる。
(56) **芸妓島田**　中高島田の一種で、芸妓に好まれた。「島田髷」は未婚女性や花柳界の女性の髪型の一つで、髻《もとどり》を折り返して元結で留め、前髪・鬢を張り出させた結い方。「高島田」は島田髷の根元を高く結ったもの。

(57) **お出ばな**　花柳界の用語で、来たばかりの客に出す茶。

(58) **気がさして**　心に引っかかりができて。

(59) **町の橋は渡っても……ならない羽目**　無理をして廓勤めをやめた身であったため、同じ土地で芸者になるわけにいかず、引き潮に引かれるように町を出なければならなかった、の意。

(60) **足抜き**　年季が終わっていないのに芸者の境遇から逃げ出すこと。

(61) **洲崎の廓**　洲崎遊廓。根津にあった遊廓が明治二十一年に深川木場東端の埋め立て地・洲崎に移転し、洲崎遊廓となった。

(62) **大籬**　最も格式の高い遊女屋。

(63) **手折った枝に……返咲の色を見せる**　無理やり芸者をやめさせた女に、もう一度、廓で花を咲かせる、の意。

(64) **引手茶屋**　高級妓楼に上がる遊客を妓楼に案内する仲立ちとなる茶屋。

(65) **分散**　倒産。

(66) **引掛けの昼夜帯**　「引掛け」は帯の端を垂らした「引掛け結び」。「昼夜帯」は異なる色の布地を縫い合わせて裏表両面を使えるようにした女帯。

(67) **銅壺**　長火鉢の中に埋め込んだ銅製の湯わかし具。

(68) **勘定をかく……参らせ候**　茶屋商売の勘定書を書きながら、袖で隠して書いた手紙を差し上げます、の意。「掛すずり」は、墨などを入れる引き出しのついた外箱の縁に掛けるようにして内側にはめた硯。

(69) **〆の形や、雁の翼** いずれも手紙を指す。「〆」は封書の綴じ目に記す封緘の記号。「雁の翼」は、雁が手紙を運んだという『漢書』の故事から、手紙を「雁の使い」「雁書」などと呼ぶことを踏まえる。

(70) **朧々の夜も過ぎず** おぼろ月の出る春の季節もまだ過ぎず。

(71) **女が先へ身を隠した** 借金を抱え込んだため、人目を忍んで染次がまず姿を隠したことをいう。直後の「櫛巻」は、束ねた髪を櫛に巻きつけて留めた簡便な結い方。「褄白く」は、夜の闇に着物の褄(裾の両端)の白さがきわだつさま。

(72) **大川を深川から……流着いた** 「大川」は隅田川下流の呼び名。その大川を遡るように、深川から浅草に流れていったことをいう。

(73) **手切れの髢** 「髢」は婦人が髪を結う際に用いる入れ髪。ここは、直接的な表現を避けて最初の一文字を示す「か文字」、すなわち「手切れの金」を掛ける。

(74) **分をつけ参らせ候** 縁を切りました。

(75) **五重の塔の時鳥。奥山の青葉頃** 「五重の塔」は浅草浅草寺の五重の塔、「奥山」は浅草奥山。いずれも浅草の初夏の景。

(76) **向島の百花園** 現在の墨田区東向島にあたる地に、文化二年(一八〇五)に骨董商・佐原鞠塢《きくう》が開園した個人庭園。文人の社交場となり、詩文にゆかりのある多種の野草などが植えられた。その後、民営の公園として一般に開放された。

(77) **三囲**　現在の墨田区向島にある三囲神社。

(78) **仲見世**　浅草寺境内にある商店街。

(79) **腕車**　人力車。

(80) **電車**　当時、仲見世前の通りを東京電車鉄道蔵前線が通っていた。

(81) **本堂**　浅草寺の本堂。仲見世は、参道入口の雷門から本堂に通じている。

(82) **親船の舳**　雨を遮る浅草寺本堂の廂を、艀《はしけ》から見た本船の舳《へさき》に見立てたもの。

(83) **擬宝珠**　手摺りの柱の頭につける、玉ねぎ形をした宝珠の飾り。

(84) **瀬田の橋に夕暮れた一人旅**　「瀬田の橋」は、滋賀県大津市の瀬田川に架かる橋。欄干の柱に擬宝珠をあしらった唐風の様式から「瀬田の唐橋」の名で知られる。ここは、浅草寺階段の擬宝珠からそれを連想したもの。「瀬田の夕照」が「近江八景」の一つに数えられるように、夕日の美しい景勝地としても知られる。

(85) **誰彼**　夕方薄暗くなった時分。たそがれ。薄闇で人の顔が見分けにくいことからきた呼び名。

(86) **浅草辺に番傘一本**　浅草のあたりには番傘一本貸してくれそうな知人もいない、の意。

(87) **骨肉**　親子、兄弟など、血を分けた身近な血族。

(88) **九十九折**　幾重にも折れ曲がっていること。

(89) **奥山路**　山道深く迷い込んだイメージに浅草の奥山を掛ける。

(90) **足許から、はっと鳥の立つ女の影**　足元から鳥が飛び立つように突然現れる女の姿に驚かされる。

(91) **鳶にとらるると聞く果敢ない蝉の声**　江戸中期の俳人・服部嵐雪の句「あなかなし鳶にとらるゝ蝉の声」を踏まえる。
(92) **漆を流した**　漆を流したように黒々とした。
(93) **小草**　小さい草。ここは、看板に記した芸者の名を指す。
(94) **木賃宿**　安宿。木賃(薪代)を宿賃にして客を泊めたことからいう。
(95) **紙衾**　紙でできた覆いの中に藁を入れた粗末な夜具。
(96) **可哀さ**　あわれさ。ふびんなさま。
(97) **鼠鳴**　遊女などが客を誘うときに出す鼠の鳴き声に似た声。
(98) **巡礼の笈**　諸国を巡礼する者が背負う、仏具や生活用具などを納めた箱。
(99) **孤家の婆々**　孤家(あたりに家のない一軒家)に旅人を泊めては石で打ち殺していた老婆が浅草観音の霊験で改心したという、現在の台東区花川戸に伝わる浅茅が原の孤家伝説を踏まえる。
(100) **たぼ**　髱《たぼ》。日本髪で、後頭部の髪を後ろに張り出すようにした部分。
(101) **年紀には……浴衣の模様も大年増**　年齢不相応に首筋まで白粉《おしろい》を塗り、大年増(三十歳過ぎの女性)が着るような柄の浴衣を着ている、の意。
(102) **金壺眼**　落ちくぼんだ丸い目。
(103) **褄を取って**　裾の端が引きずらないように片手で持ち上げるようにして。通常、芸妓は左手で褄を取る。
(104) **媽々**　他家の主婦を指していう俗称。

(105) **四五間** 約七―九メートル。

(106) **瓦斯** ガス灯。石炭ガスなどを燃やして光源とする街灯。石井研堂『増補改訂 明治事物起源』(昭和十九年)によれば、明治五年に横浜市に設置されたのが街灯としてのガス灯の始めとする。その後、全国に普及したが、大正四年頃を境に次第に電灯に取って代わられた。

(107) **毛筋立** 髪の毛筋を整えるための柄の長い櫛。

(108) **瀬ぶみ** 川の浅瀬の位置を足を踏み入れて確かめること。ここは、おそるおそる試してみる、の意。

(109) **千年もの** 千年に一つしかないほど稀で貴重なもの。

(110) **大抵こんがらかったろう** 普段は化粧気の少ない染次がこの日に限って念入りに化粧していた理由を、ずいぶん測りかねたろう、の意。

(111) **下に居て嫁は着てからすっと立ち** 夫の前で恥じらいつつ着物をまとう嫁の姿をとらえた川柳。出典未詳。「居て」は、座って。

(112) **人** 「人を馬鹿にして」といった軽い非難の気持ちを込めた語。

(113) **溝へ落っこちる** 話がつまらないところに落ち込む、の意か。

(114) **一直** 浅草奥山に明治十一年に開業した割烹。

(115) **山家を出たような** 晴れがましい場所から遠ざかっていたことをいう。「山家」は、山里のこと。

(116) **博覧会の茶座敷** 博覧会場の中に設置された、真新しく晴れがましい茶席。十九世紀後半にロンドン・パリ・ウィーンなどで開催された万国博覧会に触発され、殖産興業政策を推し進める明治政府は、明治十年から同三十六年まで、五回にわたって内国勧業博覧会を開催した。このほか、東京府主催の東京勧業博覧会(明治四十年)など、大規模な博覧会が度々催された。各博覧会場には「茶室」「茶店」「緑茶喫茶店」などの設備があった。

(117) **裟婆気**　世俗の実利的な気分が表れているさま。

(118) **蹴出し**　女性が腰巻の上に重ね着する布。

(119) **間拍子**　適度な間合いの取り方。

(120) **吸子**　茶を煎じるための小さな土瓶。急須。

(121) **前の遊女**　以前、遊女をしていたことをいう。

(122) **奥様と云ったな**　名のある芸妓なら「奥様」と呼ぶようなことはしないだろう、という憤りを込めた心内語。

(123) **透見**　すき間から覗き見ること。

(124) **遊里の二十の張**　遊女をしていた二十歳《はたち》の頃の意気地。

(125) **浚った**　器の中身をすっかりこぼした。

(126) **ここに魅した魔の使**　「魔が魅《さ》す」は、心に魔が入り込んだように、ふいに悪念を起こすこと。ここは、突然の事態を招いた待合の女房を魔の使いに見立てたもの。

(127) **袖つけ**　袖の付け根。

(128) **如月**　陰暦の二月。現在の二月下旬から四月上旬頃にあたる。

(129) **次**　次の間。控えの間。

(130) **組合**　芸者屋、待合、料理屋の三種の業種で組織する三業組合。

(131) **蛇目傘**　傘紙の中心を大きく囲むように蛇の目模様の白い輪が描かれた傘。

(132) **泥除**　泥が跳ね上がるのを防ぐため、人力車の車輪の上に被せた覆い。

(133) **くくみ洗い**　口に含み、吸い出すようにして少しずつ汚れを落とすこと。直後の「ふくみ洗い」も同様。

(134) **夜ごとにかわる何とか**　三代歌川豊国の浮世絵に歌や俳句をつけた『名妓三十六佳撰』(文久元年(一八六一))の「とこ夏」の詞書きに、「夜ごとにかはるまらうどの　まくらのちりをはらひたりしにひごとにむかふすがたみに　うつるすがたのかはりゆきしを」とあるのを踏まえるか。

(135) **上州伊香保**　現在の群馬県渋川市伊香保町。伊香保温泉で知られる。

(136) **絣**　染め分けた糸(絣糸)で、かすったような文様を織り出した織物。

(137) **行火**　中に炭を入れて手足を温める容器。蒲団の中に入れて用いる。

(138) **解きもの**　着物の縫い糸をほどくこと。また、その着物。

(139) **トボンと**　ぼんやりと。空ろな気分の中で。

(140) **更紗**　インドやジャワ(現在のインドネシア地方)で産する、花や鳥などの模様を染めた綿布。

(141) **うまい装**　締まりがない恰好。「乱れた襟を掻合せながら「どうも這麼《こんな》奇《うま》い恰好をして、……着更えて参りましょうに」」(尾崎紅葉「多情多恨」)

(142) **じかづけ**　寄り道をせず、まっすぐに。

(143) **引上げた**　人力車をなんとか坂の上まで引き上げた。

(144) **郵便局**　当時、神楽坂を上がった先に牛込郵便電信支局、神楽坂上を左折したところには北町郵便局があった。

(145) **我慢にも**　無理やり動かそうとしても。

(146) **卍**　卍の字のように道が入り組んだ街並みの意か。

(147) **蒲団の下へ掛けた**　乾かすために炬燵蒲団の下に掛けた。

(148) **上州のお客には丁ど可い**　上州（現在の群馬県）に伝わる「上州おさ〻狐」と呼ばれる狐憑きの俗信を踏まえるか。

(149) **てんのぬき**　天ぷらそばからそばを抜いたもの。

(150) **掛花活**　柱や壁に掛ける花活け。

(151) **地袋**　違い棚の下の小さい戸棚。

(152) **すがれて**　枯れ気味になって。

(153) **請負師**　建築や土木工事の全体の責任を負う業者。

(154) **引かして**　芸妓の前借り金などを支払って身請けをして。

(155) **石段**　伊香保温泉は、伊香保神社の参道にあたる長い石段で知られる。

(156) **景ぶつ**　景品。

(157) **円髷**　既婚女性の結う髪型。丸髷。

(158) **相場師と云うのが博徒で**　表向きは相場師といっても、その実は博徒で。「相場師」は相場の変動によって利益を得ることを職業とする人。

(159) **因果を含めて**　やむをえない事情を説明して納得させて。

(160) **たぶさ**　髪を頭上に集めて束ねたところ。もとどり。
(161) **さいかち**　マメ科の落葉高木。枝に多くの刺《とげ》があり、秋に赤茶色の莢《さや》状の実をつける。
(162) **折角だっけ**　せっかくの骨折りだったが。
(163) **我常住於此……**　法華経如来寿量品第十六の一節。如来寿量本は、釈迦は実は入滅しておらず、その寿命は久遠の昔から永劫の未来まで無量であり、常に現世で衆生と共にあって仏道に導いている、と説く。以下の引用部分は、「私(釈迦)は常にこの現世に住んでいるが、さまざまな神通力によって、煩悩のために道理の心を失っている人々には近くにいても見えないようにしている。人々は私が入滅したのを見て、さまざまな形で遺骨(仏舎利)を供養する。そして皆が恋慕の思いを抱いたとき、渇仰する心が生まれるのだ」の意。以下さらに、「衆生既信伏　質直意柔軟　一心欲見仏　不自惜身命……」(そのとき人々は教えを信じ、心が素直に穏やかになり、一心に仏を見ようと欲して、そのために命も惜しまないようになる……)と続く。
(164) **回向**　念仏を唱えるなどして死者の成仏を祈ること。
(165) **新聞の電報**　現地から電信によって伝えられた新聞の速報。
(166) **いかほ野や……いま一目見む**　『拾遺和歌集』巻十四恋に収められた詠み人知らずの歌。「伊香保野にある伊香保の沼の名ではないが、いかにしたら恋しい人ともう一度会うことができるのだろう」の意。「伊香保の沼」は榛名湖の古名。

(1) **俥**　人力車。
(2) **取着**　一番手前。ここは入口に一番近い位置の意。
(3) **廻縁**　建物の周囲に巡らした縁側。
(4) **身上**　財産。身代。
(5) **もも尻**　尻が落ち着かないさま。
(6) **二間の**　幅が二間の。一間は約一・八メートル。
(7) **上野**　以下、田端、赤羽、蕨は、いずれも、上野を起点とする東北本線の停車駅。
(8) **やがて**　おおよそ。かれこれ。
(9) **中僧**　小僧より少し成長した、の意。
(10) **招魂祭**　靖国神社の秋季例大祭。多くの見世物小屋が出るなどして賑わった。「靖国神社」は明治十二年に「東京招魂社」から改称された。
(11) **銀砂子**　銀箔を粉状にしたもので、襖地などに用いる。
(12) **引手に朱の総**　「引手」は、襖を開閉する際に手をかける金具。上等な襖には引手に総《ふさ》を下げたものがある。
(13) **五十三次**　江戸時代、東海道にあった五十三の宿駅。ここは、四世鶴屋南北作の歌舞伎劇「独道中《ひとりたび》五十三駅《ごじゅうさんつぎ》」(文政十年(一八二七)初演)の各場面を描いた絵看板を指す。
(14) **岡崎の化猫**　前項の歌舞伎劇の中に、岡崎宿での化猫騒動を描いた一場がある。
(15) **破簾**　破れた簾《すだれ》。色の退めた古びた簾のように青ざめた顔色のたとえ。

(16) **廂髪**　前髪と鬢を前に突き出した形の束髪の一種。明治三十年代半ばから女学生を中心に流行した。
(17) **お立合**　その場に立ち会っている見物人。
(18) **裡**　ここは、見世物小屋の中を指す。
(19) **アラビヤ式と銘打った競馬**　日露戦争を機に、軍馬として用いられたアラビア種の競馬が行われるようになった。ここは、その競馬を興行する小屋ほどの広さ、の意。
(20) **廂合**　廂《ひさし》を接するように家と家の間隔が狭くて薄暗いこと。
(21) **埒**　柵。囲い。
(22) **溢まして**　あふれさせて。
(23) **梅雨期**　前に「秋の招魂祭」とあることから、ここは秋梅雨の季節をいう。
(24) **えみ割れて**　笑み割れて。口を開いたように自然に割れて。
(25) **乾燥いで**　「はしゃぐ」は、乾燥すること。
(26) **半外套**　丈の長さが腰あたりまでの外套。ハーフコート。
(27) **長野泊り**　前に「上野」以下の東北本線の駅名があることから、東北本線、高崎線、信越本線を経由して長野に向かっているのである。
(28) **たまさか**　たまたまの。めったにない。
(29) **這奴**　人を罵っていう語。そいつ。ここは鞄を指す。
(30) **驚破**　突然の出来事に驚いて発する声。ここは、突然、の意。
(31) **頸窪**　うなじの中央のくぼんだ部分。

(32) **中折帽**　頂の中央が縦にくぼんだ、フェルト製の鍔《つば》つき帽子。ソフト。
(33) **巻莨**　紙巻き煙草。煙管に代わって明治二十年前後から普及した。
(34) **お供の、奴の腰巾着然とした**　「奴」は武家の奴僕で、主人の外出の際に供に立つことが多い。「腰巾着」は、腰に下げる巾着から転じて、ある人につき従って離れない者。ここは、お供の奴のように、鞄が持ち主に着いて離れないさま。
(35) **果せる哉**　やっぱり。思ったとおり。
(36) **小春凪**　小春(陰暦十月)の頃の風のない天候。
(37) **ペイパ**　酒壜の紙ラベルを指すか。
(38) **九段**　靖国神社のある地区名。ここは靖国神社を指す。
(39) **赤表紙の旅行案内**　「旅行案内」は、鉄道などの交通機関の時刻表や路線図・運賃などの情報を掲載した冊子。「赤表紙」は、駸々堂発行『鉄道航路旅行案内』(明治三十一年創刊)、博文館発行『鉄道汽船旅行案内』(明治四十年創刊)などを指すか。
(40) **桟敷**　劇場の左右の壁際に一段高くしつらえた見物席。
(41) **僭上の沙汰**　自分の立場を越えた奢り高ぶった考え方。
(42) **留南奇**　留木。香木の香りを衣服などに移すこと。また、その香り。
(43) **二等室**　二等車の車室。当時の官有鉄道の客車は、一等車、二等車、三等車の三等級制だった。
(44) **山高**　山高帽。頂が丸く高い紳士用のフェルト製帽子。
(45) **世話**　庶民的。日常的。

(46) **婀娜めく** 色っぽく、なまめかしい感じを与える。
(47) **前挿** 女性の髷の前方に挿す簪《かんざし》。
(48) **中挿** 女性の髷の髻《もとどり》に横に挿す笄《こうがい》や簪。
(49) **高島田** 女性の髪の結い方の一つで、島田髷の根を高く結ったもの。若い女性に好まれ、花嫁の正装として広まった。「島田髷」は未婚女性や花柳界の女性の髪型の一つで、髻《もとどり》を折り返して元結で留め、前髪・鬢を張り出させた結い方。
(50) **風采** すがた。ようす。
(51) **三指ついた状** 「三指をつく」は、親指・人差し指・中指の三本の指をついて丁寧に礼をすること。ここはその時のように礼儀正しいさま。
(52) **褄を深く正しく居ても** 着物の裾の両端部分を深く重ね合わせてきちんと座っていても。
(53) **しめて、踏みくぐみの** かがんで踏みしめているような。
(54) **雪の羽二重足袋** 雪のように白い羽二重の足袋。「羽二重」は、緻密で光沢のある上質な絹の白生地。
(55) **塗駒下駄** 漆塗りの駒下駄。「駒下駄」は、台と歯を一つの材で作った下駄。
(56) **窈窕** 美しく、しとやかなさま。
(57) **最惜らしく** かわいらしく慕わしい感じで。
(58) **玉の緒** 「魂《たま》の緒《お》」の意から、本来は「いのち」を指す語だが、ここは、文字どおり「魂をつなぎ留める糸」の意味で用いている。
(59) **元結** 髪の髻《もとどり》を結ぶ紙縒紐《こより》。

(60) **妙義**　妙義山。群馬県南西部にある山。赤城山、榛名山と共に上毛三山とされる。
(61) **縁女**　親類筋にあたる女。ここは花嫁を指す。
(62) **半コオト**　女性の和装用コートで、羽織丈より長めに仕立てたもの。主に春秋に用いる。
(63) **片目眇**　片方の目が見えないこと。
(64) **平打**　平たく打った金属。ここは指輪の形。
(65) **継しいなか**　血のつながりのない親子の関係。
(66) **綴子**　たて糸とよこ糸に異なる色の糸を用いて模様を織り出した繻子地の高級織物。
(67) **南無三宝**　驚いたり失敗したときに発する言葉。さあ大変だ。しまった。
(68) **月の桂**　中国の伝承で、月の中に生えているとされる桂の巨木。ここは、艶やかな黒髪に黄色い鼈甲の櫛笄が挿してあるさまの形容。
(69) **然ればこそはじめた**　物騒に思えた鞄が、予想どおりに怪しい振る舞いをはじめた、の意。
(70) **立ち科**　立ちかけた折。
(71) **はなじろんで**　気後れしたようすで。
(72) **駒鳥**　ヒタキ科の鳥で、「ヒンカララ」と高く美しい声でさえずる。
(73) **人は須らく……洋服を着るべきである**　田舎の人々に対しては洋服姿というだけで一種の威厳を帯びて映ることを皮肉めかしていったもの。
(74) **寸毫**　きわめてわずかなこと。
(75) **悪趣**　現世で犯した悪事のために行かねばならない地獄などの苦の世界。ここは、その罪を指す。

(76) **人橋**　ここは、婚礼に至るために仲立ちとなる人々、の意。
(77) **五寸釘**　長さ五寸(約一五センチメートル)の大型の釘。
(78) **黄道吉日**　陰陽道で、すべてにおいて吉とされる日。
(79) **御萱堂**　「萱堂」は、中国の詩集『詩経』に出る語で「母」の異称。
(80) **褄はずれ**　着物の裾のさばき方の意から転じて、身のこなし。
(81) **巽**　南東の方角。
(82) **区々たる**　小さくて取るに足りぬこと。
(83) **小出し**　ここは、小遣い銭、の意。
(84) **逓信省**　郵政や通信などを司る中央行政機関。昭和二十四年に廃止され、代わって郵政省と電気通信省が新設された。
(85) **いずれも命を致さねば**　いずれにせよ、命を投げ出さねば。
(86) **膝行**　ひざまずいたまま進むこと。ここは、引き立てられて行くこと。
(87) **姑息**　その場限りの。
(88) **口吃しつつ**　言葉につかえながら。
(89) **せぐりくる**　こみあげてくる。
(90) **仙人の黒き符**　道教の仙術で用いる符号。
(91) **八ツ口**　着物の袖の両脇を縫い合わせずに開けてある部分。
(92) **高彫**　彫金などで、模様を浮かび上がらせるようにした彫り方。

(93) **緋鹿子**　赤い布に白い斑点が浮き出た鹿子絞り。

(94) **百合若の矢のあとも、そのかがみよ**　「百合若」は、各地に伝わる「百合若伝説」および、これに基づく幸若舞「百合若大臣」や近松門左衛門の浄瑠璃「百合若大臣野守鏡」(正徳元年(一七一一)初演)の主人公。一般的な伝承の形に近い幸若舞では、蒙古征伐の帰路、島に置き去りにされた百合若が、やがて身をやつして立ち返り、仇敵への復讐を果たして妻と再会する。妙義山には、横川から百合若が放った矢が穿ったとされる「射抜き穴」の伝承がある。ここは、互いの思いを貫いた百合若夫婦の伝承を、車中の花嫁の行為の手本に見立てたもの。

茸の舞姫

(1) **まじまじと**　平然として。

(2) **流灌頂**　出産で死んだ女性の霊を弔うため、川の畔に四本の棒を立てて布を張り、通りかかった人に柄杓で水を掛けてもらう仏事。この場面は神社の境内であるため、「宗旨違」といった。

(3) **仕舞屋**　商店ではない普通の家。

(4) **のほんと**　物事を気にかけず平然としているさま。のほほんと。

(5) **埋火**　灰の中に埋めた炭火。

(6) **麻殻**　皮をはいだ麻の茎。おがら。

(7) **お市**　落雁に似た菓子。

(8) **豆捻**　糖蜜に大豆をまぜて固めたものを捻って作る菓子。

（9）**薄荷糖**　糖蜜に薄荷の味と香りを加えた菓子。

（10）**筒袖**　袂がない筒状の袖をつけた着物。

（11）**菖蒲団子**　先を四つに裂いた竹串に扁平な団子を刺したもの。

（12）**際商人**　祭礼や季節ものなど一時的な需要を当て込んで商売をする人々。

（13）**丹波鬼灯**　酸漿《ほおずき》の異称。酸漿はナス科の多年草で、夏に袋状の萼《がく》に覆われた赤い実をつける。実の種を除いて口に含み、吹き鳴らして遊ぶ。

（14）**海酸漿**　巻貝の卵嚢で、植物の酸漿と同じように、口に含んで吹き鳴らして遊ぶ。

（15）**手水鉢**　手を洗うための水を貯めておく鉢。ここは、参詣前に手や口を浄めるための手水鉢のこと。

（16）**奥州**　陸奥国の略称。現在の青森県、岩手県、福島県、宮城県と秋田県の一部にあたる。

（17）**加越**　旧国名の加賀国(現在の石川県)と越中国(現在の富山県)の略称。この物語の舞台には、金沢市の鏡花生家付近が想定されている。

（18）**朱実**　通草《あけび》。アケビ科の蔓性落葉低木。秋に淡紫色の実をつける。実は熟すと縦に割れる。

（19）**山葡萄**　山に自生するブドウ科の蔓性落葉低木。秋に黒紫色の葡萄状の果実をつける。

（20）**山茱萸**　ミズキ科の落葉小高木。晩秋、楕円形の赤い実をつける。実の中には黄色や黄緑色のものもある。サンシュユ。

（21）**馬士**　馬をひいて人や荷物を運ぶことを職業とする人。

（22）**書生兼小使**　「書生」は、他家に住み込んで雑用をしながら学問をする者。「小使」は、公共の組織などで雑用に従事する人。用務員。

（23）**大円髷**　大きな丸髷。「丸髷」は既婚女性の結う髪型。
（24）**下婢**　下女。女中。
（25）**妾を直した**　妾だった女を正妻とした。
（26）**実の御新造**　元々の正妻。「御新造」は、上層の家の妻女に対する敬称。
（27）**背戸**　家のうしろ側。
（28）**御難**　やむなく引き受けねばならぬ厄介もの。
（29）**国家老**　江戸時代、各大名の領国にいて、主君が参勤交代で江戸にいる間、留守を預かった家老。江戸邸に勤めていた「江戸家老」に対していう。
（30）**四つ時**　亥《い》の刻《こく》。現在の午後十時頃。
（31）**国手**　医者の敬称。
（32）**摑み取り**　金目の物をかすめ取ること。
（33）**梟に枯葉**　前項の「摑み取り」に「梟」のイメージを重ね、その連中が枯葉のように散り散りにいなくなった、の意。
（34）**用心水**　火災のときの用心のために貯めておく水。
（35）**御典医**　江戸時代の大名お抱えの医者。
（36）**番太郎**　江戸時代、町内の番小屋に住んで、火の番、防犯、その他の雑事にあたった人。番太。
（37）**斎、非時の振廻り**　法事などで僧侶に出す食事の手配。「斎」は仏家でいう午前中の食事。「非時」は午後の食事で、仏家では「斎」を食事をしてもよい時間帯とするところからこの呼び名がある。

(38) **掘立小屋** 柱を地面に直接埋め込んで建てた粗末な小屋。
(39) **寄合持で** 町の人々の負担で。
(40) **扶持** 暮らしを支え助けること。
(41) **廂合** 廂《ひさし》を接するように家と家の間隔が狭まっている所。
(42) **翁寂びる** 年寄りじみた様子になる。
(43) **顳顬** 頭の上部の横まわり。
(44) **桐の梢** 桐の幹は、高さ約一五メートルにまで達する。その梢ほどの高い位置に、の意。
(45) **百日紅** 百日紅は、二、三メートルの高さで幹が横に枝分かれするため、樹高は低い。
(46) **大風来い……** 泉鏡花序『諸国童謡大全』(春陽堂、明治四十二年)の「加賀国」の項に、「紙鳶を揚ぐる時は」と前書きして「大風いやで、この風はたのむ」という童謡が、また「羽子をつく際」として「風の神さん大風いやる小風もいや、、なむいらんなむいらん」という童謡が採録されている。
(47) **合点合点** うなずくこと。
(48) **逢魔が時** 「魔に逢う時」(禍《わざわい》が起こりやすい時刻)の意から、薄闇の迫る夕方をいう。たそがれどき。
(49) **天狗** 民間信仰では一般に、深山に棲み、山伏の姿をしており、赤ら顔で鼻が高く、翼で自在に飛行する。しばしば子供を浚うとされ、子供が神隠しに遭うことを「天狗浚い」と呼んだ。
(50) **海、また湖へ……売れない前には** 信心深い人間が打った投網に仏像や名剣がかかったという例は少なくないが、それとて、売れなければ目先の暮らしのことを考えなければならない世の中なのだから、といった意。

(51) **両につき**　一両につき。明治初期に通貨単位として「円」が導入され、それまでの一両が一円に換算されたが、一般にはその後もしばらくは「両」という呼び名が用いられた。

(52) **炭団**　木炭の粉にのりなどを混ぜて球状に固めた燃料。

(53) **榾**　焚きつけに使う小枝や木切れ。

(54) **火食**　火で煮炊きをして食べること。

(55) **鱠**　魚や獣の生肉を細かく切ったもの。

(56) **薺**　アブラナ科の多年草。春の七草の一つで、別名、ペンペングサ。

(57) **茅花**　チガヤの花。春に白い穂をつけ、食用とされる。

(58) **つくつくし**　土筆《つくし》のこと。スギナの胞子茎で、春に筆先に似た茎を伸ばす。食用とされる。

(59) **お精進**　仏道修行のため肉類を避けて野菜だけ食べること。また、同じ理由で野菜だけを材料に作られた精進料理のこと。

(60) **山鳥**　キジ科の鳥。キジに似るが体全体が赤褐色をしている。雄は長い尾をもつ。

(61) **小雀**　シジュウカラ科の鳥。体色はシジュウカラに似るが、やや小型。

(62) **山雀**　シジュウカラ科の鳥。体つきはシジュウカラに似るが、背と腹は橙褐色。

(63) **菌**　きのこ。

(64) **世に伯楽なし矣**　「伯楽」は、中国の故事を踏まえ、人の能力を見抜く見識をもった人をいう。「矣」は、確認や断定を表す漢文文末の助字で、通常は読まない。ここは、「物の価値の分からない人たちだ」といった杢若の気持ちを語り手が代弁し、敢えて成句を用いて滑稽めかしていったもの。

(65) **青天井**　晴れ上がった青空。
(66) **草葉蜉蝣**　クサカゲロウ、もしくは、ウスバカゲロウのこと。いずれもカゲロウ目の昆虫で、夏に羽化する。細い体と薄い翅をもち、成虫としての生命が短いため、はかないもののたとえにされる。
(67) **金亀虫**　通常「黄金虫」と呼ばれるコガネムシ科の昆虫。
(68) **経帷子**　死者を葬るときに着せる白い着物。ここは、死んだ蜩の羽を経帷子に見立てた。
(69) **神の氏子のこの数々の町に**　神社の氏子が数多くいるこの町に。氏子は土地の神を祀る人々。
(70) **あやかしのあろうとてか**　怪しい出来事が起こるはずがない。
(71) **鬻ぐ**　売る。
(72) **西施の腹の裂目**　「西施」は中国春秋時代の越の美女で、呉との戦に敗れた越の王から呉の王に献じられたが、呉王は西施の色香に溺れて国を傾けた結果、越に滅ぼされることになる。味のよいことを西施の乳にたとえて河豚を「西施乳」と呼ぶのを踏まえ、腹を割かれた河豚を西施になぞらえた。
(73) **百腸**　腸。はらわた。
(74) **御手洗**　神社の参詣前に手や口を洗い浄めるための場所。
(75) **足駄**　高い歯のついた下駄。高下駄。
(76) **立烏帽子**　頭部中央の峰を折り曲げずに立てた格式の高い烏帽子。
(77) **鈍色**　濃い灰色。にびいろ。
(78) **練衣**　生糸で織った絹織物を精練した、やわらかく光沢のある絹布。
(79) **さしぬき**　指貫。直衣《のうし》や狩衣《かりぎぬ》のときに着ける、裾に通した緒《お》でくくるようにした袴。「直衣」「狩衣」は、元は平安時代以来の公家の平常服だが、近代では神職が一般に着用する。
(80) **雪洞**　台のついた杜の上に、木枠に紙を貼った覆いをつけた灯火具。
(81) **縹色**　薄い藍色。はなだいろ。
(82) **渋紙した顔**　柿渋を塗った渋紙のように赤黒い顔。渋紙面《づら》。
(83) **黒痘痕**　天然痘が治ったあとに残る傷が黒々としているさま。
(84) **叱！**　馬を走らせるときの掛け声。
(85) **大人**　貴人の尊称。
(86) **動！**　馬を停止させるときの掛け声。
(87) **広前**　神社の前庭。
(88) **臀**　尻。
(89) **水垢離**　神仏祈願のため、もしくは神事の前などに、冷水を浴びて心身のけがれを浄めること。禊《みそぎ》。
(90) **従七位**　日本の位階の一つで、神官などが叙せられた。
(91) **大宮人**　朝廷に仕える貴族。殿上人《てんじょうびと》。
(92) **燠**　薪が燃えて赤くおこった炭のようになったもの。燠火。
(93) **笏**　ここは、神職が儀礼用として持つ細長い板のこと。
(94) **石持**　家紋を白く染め抜いた着物。
(95) **宮奴**　神社に仕える下働きの男。
(96) **山伏**　山野を巡り歩いて修行する修験道の行者。修験者。

(97)**丹塗**　赤く塗ってあること。
(98)**緑青色**　銅に生ずる緑色の錆に似た色。
(99)**般若**　角《つの》があり、嫉妬や怒りを示す鬼女の面。
(100)**注連**　注連縄。神域に不浄なものが入り込むことを防ぐために張る縄。
(101)**半弓**　短い弓。通常の「大弓」に対していう。
(102)**笈摺めかいて**　笈摺のように。「笈摺」は、諸国を巡礼する者が背負う、仏具や生活用具などを納めた箱。
(103)**祇園囃子**　京都の祇園祭に山鉾の上で奏する祭囃子。ここは、祇園祭に祇園の芸妓・舞妓のイメージを重ねたものか。
(104)**やしこばば**　金沢に伝わる祭礼の余興「弥彦婆《やひこばば》」(「弥彦払《ばらい》」「弥彦送《おくり》」ともいう)を踏まえる。新潟の弥彦山《やひこやま》の僧による疫病払いが転じたものとも、能登の気多《けた》神社の花鎮祭《はなしずめのまつり》に倣ったものともいわれる(和田文次郎『郷史談叢　拾遺第一』昭和四年)。『増補改訂　加能郷土辞彙』(北国新聞社、昭和三十一年)によれば、「藩政時代に土用の後から初秋に亘つて、城下金剛院・万宝院・乾貞寺の当山山伏が合同して行つた悪魔払」が後に祭の余興に転化したものといい、「法螺を吹き、太鼓を打ちて行進し、経文を読誦する者数人、その半は錫杖を打振り、舞手は白布を以て顔を包み、柿色の法衣と裁付袴《たつつけばかま》を着け、一人は笈に般若の面を納れ、一人は悪尉《あくじょう》の面を有する。附属の人夫には弓・鉞《まさかり》を携へ、唐櫃《からびつ》を担ふ者がある」とされるその様子は具体的に作品に反映している。
(105)**若連中のすさみ**　町の若者たちが気晴らしに興ずる遊び。

(106) **法螺の貝**　法螺貝。フジツガイ科の大型の巻貝に穴をあけて吹き鳴らすようにしたもので、山伏の持ち物の一つ。

(107) **やしこばば、うばば……**　以下の唄は、金沢に伝わる童謡「火婆々」に「やしこばば」の掛け声を重ねた鏡花の創作。「火婆々」の歌詞は、泉鏡花序『諸国童謡大全』(春陽堂、明治四十二年)の「加賀国」の項に「火ばゝゝゝ、火一つくれんか、火はまだうてぬ、向うの山に火がちよろゝゝ見える」とあり、『金沢地方の童謡選集』(金沢市教育会、昭和五年)には「火婆々火婆々／火一つたのむ／火はまだ打たぬ／あの山越して／この谷越して／下にちよろちよと／火が見える」とある。

(108) **はぎ**　弓に矢をつがえて。

(109) **臨兵闘者云々と九字を切る**　道教・陰陽道・密教・修験道などで用いられる護身の呪法で、「臨兵闘者皆陣裂在前」の九字を唱え、刀に見立てた指でそれぞれの字ごとに空中に縦横の線を描くこと。

(110) **業体**　ふるまい。

(111) **社の抜裏の、くらがり坂**　鏡花生家近く、久保市乙剣《おとつるぎ》神社の境内の裏手から浅野川畔の茶屋街である主計町《かずえまち》に抜ける「くらがり坂」と呼ばれる細い坂道がある。この物語の舞台の神社には同社が想定されている。

(112) **坂下に大川一つ**　鏡花生家近くの「くらがり坂」を下りると、浅野川に出る。

(113) **翠帳紅閨の衢**　みどりの帳《とばり》とくれないの閨《ねや》、すなわち貴婦人の寝室の意味だが、ここは遊廓を指す。鏡花生家近くに架かる浅野川大橋を渡った先の卯辰山麓にあった「東の廓」が想定されている。

(114) **峰の天狗松**　卯辰山の老松「五本松」を想定したものと思われる。平岩晋『金城勝覧図誌　巻之下』

(観文堂、明治二十七年)に「卯辰山の西端子来町《こぎまち》真言宗宝泉坊の地内にあり囲《かこい》三丈許《ばかり》大幹《かん》五条に分れ直立千尺空《くう》に聳《そび》ゆ(中略)松辺常夜燈を点じ近海船舶往来の目標とす」とある。泉鏡花「五本松」に「凡そ全市街の要処々々、此の松が見えて、景色を添えない処はない。(中略)荒御霊の魔神の棲家であることを誰も知らないものはない」とあり、また「火のいたづら」には「向う山の山の端に、三本松と称えた松は、天狗の棲家と恐れられた」と記される。

(115) **灯に蛾よりも**　火の近くを舞う蛾よりも。

(116) **貸小袖**　織姫が機を織るための糸や小袖などを貸せば裁縫が上達するという言い伝えから、七夕に女子が小袖を竹にかけるなどして織女星に手向ける行事。「星の貸物」ともいう。

(117) **喃**　人に呼びかけたり同意を求める意を表す語。もしくは感動を表す語。なあ。

(118) **紅茸**　漏斗上に開く鮮紅色の傘と白色の茎をもつベニタケ科の茸。ドクベニタケとも呼ばれて一般に毒茸とされるが、毒性のないものもある。

(119) **這奴**　人を罵っていう語。そいつ。

(120) **正七位**　従七位の一つ上の位階。

(121) **錦の褥**　錦で作った座蒲団。「錦」は、金糸銀糸を用いた豪華な織物。

(122) **赤棟蛇**　ナミヘビ科の毒蛇。体長は約七〇―一二〇センチメートルで、赤褐色の背面に黒色の斑がある。

(123) **君**　人を敬っていう呼称。ここは、からかい気味に杢若を指していう。

(124) **万燈**　祭礼のときに並べて掲げる提灯などの多くの灯。

(125) **さいかち茨**　さいかちの枝にある刺《とげ》。「さいかち」は、マメ科の落葉高木。枝に多くの刺がある。

(126) **夜さり**　夜になる頃。

(127) **釣鐘蕈**　サルノコシカケ科の茸。広葉樹の枯木に発生し、釣鐘をたてに半分にした形の傘の表面は灰褐色で固く、柄はない。

(128) **劫羅経た**　長い年月を経た。長年の経験を積んで物事に熟練した。劫を経た。

(129) **けつかる**　（澄まして）いやがる。

(130) **竜頭の船**　中国では、舳《へさき》に竜をかたどった船は天子の乗る船とされる。

(131) **針茸**　カノシタ、リンゴハリタケなど、ハリタケ科ハリタケ属に属する茸の総称。菌体の下から無数の白い針状の突起が出る。

(132) **革茸**　香茸《こうたけ》。イボタケ科の茸。傘は黒褐色で漏斗状に開く。食用。

(133) **羊肚茸**　アワタケ、ヤマドリタケ、アミハナイグチなど、イグチダケ科の茸の総称。傘は饅頭型で上面は褐色、裏面は淡い黄色。猪口《いぐち》。

(134) **白茸**　全体が白色に近いシロシメジ、シロハツタケなどを指すか。

(135) **初茸**　松林に生えるベニタケ科の茶褐色の茸で傘は漏斗状に開く。食用。

(136) **隈取り**　ここは、緑色の玉の光が体を青く縁取っていること。「最う山の影が薄暗く隈を取って映りました。」（泉鏡花『唄立山心中一曲』）。

(137) **碧**　藍色。濃い青色。

(138) **科した**　踊りのしぐさをした。

(139) **撓め**　たわませて。力を入れて曲げて。
(140) **天狗風**　突然吹き下ろすつむじ風。
(141) **鏘然**　玉や金属の鳴り響く音。
(142) **縷無き雪の膚**　衣服を身につけない、雪のように白い肌。
(143) **羅綾**　羅《うすぎぬ》と綾織の意で、高級な着物のこと。
(144) **高麗べり**　白地の綾に雲形や菊花などの紋を黒く織り出した畳の縁。
(145) **奉行**　命《めい》を受けて務めること。
(146) **丑の時参詣**　丑の時(現在の午前二時頃)に女が秘かに神社に参詣し、嫉妬や怨みの対象である男をかたどった藁人形を神木に釘で打ち込むことを七晩行うと、その男が呪い殺されると信じられた習俗。

解　説

松村友視

本書には、明治三十年の「化鳥」から大正七年の「茸の舞姫」まで、八篇の短篇を収めた。

泉鏡花の作品史に位置づければ初期から中期の約二十年にわたるこれらの短篇は、題材や時代背景、作品の舞台など、それぞれに異なる相貌をもっている。

その一方で、相互に響き合う要素も少なくない。その要素はさまざまだが、少なくとも八篇いずれにも共通するのは、濃淡の差はあれ、どこかに幻想のモチーフをふくんでいる点である。

「私は思うに、(……)この現世以外に、一つの別世界というようなものがあって、其《そ》処《こ》には例の魔だの天狗などというのが居る」(「一寸怪《ちょいとあやし》」)といい、「僕は明《あきら》かに世に二つの大なる超自然力のあることを信ずる。これを強いて一纏《ひとまと》めに命名すると、一を観音力、一を鬼神力とでも呼ぼうか」(「おばけずきのいわれ少々と処女作」)と語るように、鏡花にとっての真の世界像は、「現世」と「別世界」とが境を接して並立する光景である。その意味で「幻想」は、恣《ほしいまま》な想像力が生み出す虚妄ではなく、現実とは異なる論理の支配するもうひとつの実在にほかならない。鏡花文学は、これら二つの世界が互いに反照し合う合わせ鏡でもある。

ただし、しばしば言われるように、鏡花が非合理な迷信を信じる前近代的な心性のうちにあったことをそれは意味しない。真の問題は恐らくその先にある。すなわち、「もうひとつの実在」の内実への問いとしてである。

＊

「化鳥」(明治三十年四月)の舞台に想定されているのは、作中に明示はされないが、金沢の鏡花生家近くを流れる浅野川や、生家からは対岸に位置する卯辰山《うたつやま》周辺の風景である。鏡花九歳の折に喪《うしな》った母が卯辰山上に葬られたという事実をひとつ取っても、鏡花文学の源流ともいうべきその風景は、実景とは異なる意味をもって鏡花の目に映じていたはずである。

「化鳥」の語り手である少年・廉が外の世界に投げかけるまなざしに映るのも日常の実景そのものではない。だが、少年の語りは一方で「実景」の本質を鮮明に浮き彫りにしてもいる。すなわち、「修身」の時間に女教師が「人は何《なん》だから、世の中に一番えらい」「人間が、鳥や獣《けだもの》よりえらい」と語る進化論的で人間中心主義的《ヒューマニスティック》な世界像である。それが学校教育を通じて近代国家が国民に与えようとしたまなざしであることを考えれば、これと真っ向から対峙し、「人間も、鳥獣《ちょうじゅう》も草木《そうもく》も、昆虫類《こんちゅうるい》も、皆形《みんな》こそ変《かわ》って居てもおんなじほどのものだ」と語る少年の視線は、ほとんど反時代的、反社会的な意味を帯びることになる。

少年にそのまなざしを与える契機になった母親の耐えがたい苦しみを、少年は「人に踏まれたり、蹴《け》られたり、後足《あとあし》で砂をかけられたり、苛《いじ》められて責まれて、煮湯《にえゆ》を飲ませられて……」と口を極めて語っている。だが、その苦しみの内実を少年は了解しているわけではない。「聞いても身震《みぶるい》がするような、そういう酷《ひど》いめに、苦しい、痛い、苦しい、辛《つら》い、惨酷《ざんこく》なめに逢《あ》って、そうしてようようお分りになったのを、すっかり私に教えて下すったので」というように、母親が痛苦の果てに至り着いた世界観を、自身はその経験を経ないまま、少年は母の教育によって獲得しているのである。ある意味で純粋なその世界観は、やがて少年自身を鳥に化す幻想の中に包み込むことになる。

しかし、少年の一人称の語りの中に周到に書き込まれた物語時間の重層は、少年の知らない母の受苦の意味を示唆的に語ってもいる。

廉少年が小学校に通っている物語の現在がすでに「私の小さな時分」という過去の出来事とされているが、梅林や桃谷などの「花園」が存在していたのは、それよりさらに「八九年前」、少年が「まだ母様《おっかさん》のお腹《なか》ん中に小さくなって居た時分」である。その当時のことを語る母親の回想を受けて少年は、「朱塗《しゅぬり》の欄干《らんかん》のついた二階の窓から」頬白や目白や山雀《やまがら》を「可愛らしい、うつくしい」ものとして眺めていた母親の姿を描き出す。

橋銭を払わずに行こうとする俗物紳士の名刺の肩書きなどから、物語の現在は明治二十年前後と推定されるが、これを前提にすれば、「花園」の喪失を伴う母の受苦は明治十年代初頭の出来事と考えられる。明治十年のＥ・モースによる東京大学での進化論講義が我が国への進化論導入の端緒になったように、それは近代日本の成立という急激なパラダイム転換の起こった時代である。

つまり「花園」の喪失は近代社会の成立と正確に重なっており、少年自身にとっては胎内からの出生がこれに重なる。母親と少年が近代的な世界観を根底から否定し、同時代の人々に否定的な視線を向ける理由がそこにある。母と子が見ているのは、失われた「花園」の風景の陰画《ネガ》にほかならない。人間を動植物に読み替える母子の視線は、三年後に書かれる「高野聖」(明治三十三年二月)で、飛驒山中に迷い込んだ男たちを動物に変える孤家《ひとつや》の女に引き継がれることになるだろう。

仮橋の番小屋の窓から「市《まち》」に向けて投げかけられる母子のまなざしは、「幻想」が、同時代の世界像とは本質を異にする明晰な「認識」であることを際《きわ》やかに語っている。「もうひとつの実在」とは、そうした「認識」がとらえた風景である。

「化鳥」の三カ月後に書かれた「清心庵」(明治三十年七月)で摩耶と千が隠れ棲む「庵」にも、卯辰山の山腹が想定されている。

世間から離れ、山中の庵に二人だけの世界を形作っている摩耶と千の姿は「化鳥」の母子を思わせるが、母と子の間にも認識の足場に差があったように、摩耶と千の間にも落差がある。婚家から摩耶を連れ戻しにやってきたお蘭に対して「私が分つてるから、可《い》いから、お前たちは帰つておしまひ、可いから、分つて居るのだから」と語る摩耶と、「摩耶さんが知つておいでだよ、私は何にも分らないんだ」という千との認識の落差である。

明治十三年に成立した刑法が姦通罪を重禁固に相当する重罪として認めていたことを思えば、大家《たいけ》の人妻と青年との隠棲が社会的に負う意味は決して軽くはないはずだが、「分らない」という言葉を繰り返す十八歳の千の、性的関係の意味をさえ解さない幼児性は、そうした社会規範を根源的に拒否するコードでもある。

ただし、「清心庵」には摩耶と千の領分を越えるもう一つの認識のレベルが存在する。千との会話の末、お蘭は、「私たちの心とは何かまるで変つてるやうで、お言葉は腑《ふ》に落ちないいけれど」「何だか私も茫乎《ぼんやり》したやうで、気が変になつたやうで、分らないけれど」といいつつも、ひとまずの了解を示して帰って行く。このときお蘭が朧《おぼろ》げに見出していたのは、婚姻や家制度をはじめとする「市」や「世間」の規範とは明確に一線を画する山中の論理である。そのお蘭の了解を背後から支えるのが、清心尼に対する無条件の畏敬であり、より広くいえば、摩耶と千の世界を保証する宗教的な認識である。清心尼が庵を明け渡して行脚に出るのは、自分の発した言葉をきっかけに身を投げた千の母をめぐる贖罪のためばかりではない。

鏡花が釈迦の母・摩耶夫人《まやぶにん》に亡き母の俤《おもかげ》を重ねて信仰していたことは広く知られている。この物語でも、お蘭の言葉の中で、合巻「釈迦八相倭文庫《しゃかはっそうやまとぶんこ》」を下敷きに摩耶と摩耶夫人が重ね合わされる。「化鳥」に登場する「翼《はね》の生えた美しい姉さん」は「釈迦八相倭文庫」の鬼子母神《きしもじん》説話に出る青鸖《せいだく》という鳥のイメージに基づくという指摘（吉田昌志「泉鏡花と草双紙——「釈迦八相倭文庫」を中心として」昭和六十一年三月『文学』）を踏まえれば、母の代償ともいうべき摩耶には「化鳥」の「美しい姉さん」の俤が重なるかもしれない。

「幼い頃の記憶」（明治四十五年五月）という短い随筆がある。そこで、幼時に母と船に乗った折に見た淋しげな「若い美しい女」のことを原風景のように語った鏡花は、その後の記憶をこう綴る。

十二三の時分、同じような秋の夕暮、外口《とぐち》の所で、外の子供と一緒に遊んで居ると、偶《ふ》と遠い昔に見た夢のような、その時の記憶を喚《よ》び起した。（……）

夢に見たのか、生れぬ前に見たのか、或は本当に見たのか、若《も》し、人間に前世の約束と云うようなことがあり、仏説などに云う深い因縁があるものなれば、私は、その女と切るに切り難い何等《なんら》かの因縁の下に生れて来たような気がする。

「清心庵」末尾の印象的なたそがれの光景に、この記憶は確実につながっている。前世と現世が連続し、亡き母と摩耶とが重層し、千の個我さえも解体してしまうようなたそがれの風景は、「化鳥」の少年が鳥に化すたそがれの梅林の幻想とも通じている。

＊

「三尺角」(明治三十二年一月)は、一転、東京の深川を舞台にした、世話物芝居を思わせるような作品である。しかし、「幻想」の水脈はここにも奥深く通《かよ》っている。

永井荷風は明治四十二年の「深川の唄」で、深川に江戸の名残を見出した。その十年前、鏡花は同じ深川に滅びの風景を読み取っている。「図《ず》に描《か》いて線を引くと、文明の程度が段々此方《こっち》へ来るに従《したご》うて、屋根越《やねごし》に鈍《にぶ》ることが分るであろう」というように、滅びとは、永代橋の対岸から押し寄せてくる近代化による発展の影で息絶えていく風景の姿である。「一切《いっさい》、喪服《もふく》を着《つ》けたようで、果敢《はか》なく哀《あわれ》」なその風景の中で、堀に繋いだ小舟の中に死にゆく体を横たえる与平や、豆腐屋の奥に最後の命をつないでいるお柳は、滅びゆく土地の命運を自ら担っているといってよい。

その与平は、息子の与吉の気遣いにもかかわらず、魚を口にしない。「刺身ッていやあ一寸試《いっすんだめし》だ、鱠《なます》にすりゃぶつぶつ切《ぎり》か」というように、与平は、「物をこそ言わねえけれど、目もあれば、口もある」魚の中に人間と同質の死を――いいかえれば同質の命を

――読み取ってしまうために、食べることができないのである。与吉の言葉を通して無意識のうちにその意味に思い至ったお品は、たまたま嚙んだ柳の葉に妹のお柳の姿を重ね、「与吉さんのいうようじゃあ、まあ、嘸《さぞ》この葉も痛むこッたろうねえ」とつぶやく。

静けさの中でひたすら樟《くすのき》を挽く与吉の内部で、それらの何気ない言葉が反芻されて共鳴し、魚と柳と人が一つの命の回路でつながれたとき、与吉の幻想はにわかに発動する。大鋸から渦巻いてこぼれ落ちる樟の木屑が山蟻の歩く音に聞こえ、樟の血となって膝を濡らす。やがて、巨大な樟が生命をもって聳《そび》えていた飛驒山中の原生林の光景が視界を覆い、谷を渡る風の中で樟は神木としての聖性を甦らせるのである。

与吉も与平も、お品もお柳も、同時代社会を動かす思想や体制とは無縁な世界に生きる名もなき人々である。「三尺角」はその意味で、近代文明によって滅びゆく風景の中で、文明を支える論理とは無縁な人々によって、滅びと引き替えに異質な認識の体系が見出されていく物語といってもよい。「花園」の滅亡と引き替えにするように固有のまなざしを獲得した「化鳥」の母と子もまた、同様の位置を担っている。

だが、一層重要な点は、その異質な認識が、近代科学のように対象を物象化し世界を限りなく分節するのとは逆に、異質なものを結び合わせ、統合していく認識の体系だということである。「幻想」とは、境界を越えて、異質なものを異質なままに結び合わせていく論理でもある。

森鷗外は『めさまし草』の「三尺角」評(明治三十二年一月)で、「この話説の核心となれるは、おろかなる少年の錯視(Illusion)なり」と意味づけた。同時代精神に対してきわめて意識的であった鷗外にあってさえ、そこに「おろかな」錯視を見出さざるを得なかったほどに、鏡花の示した「幻想の論理」は時代を超えて新しかったというべきだろう。

その続編の位置を担う「木精」は、「三尺角」から二年半後の明治三十四年六月に、「三尺角」との関わりを明示しないまま独立した短篇として発表された。作品集『柳筥《やないばこ》』(明治四十二年四月)にも独立作品として収められたが、その後は「三尺角」と並置され、『鏡花集　第一巻』(明治四十三年一月)では「三尺角拾遺」、春陽堂版・岩波書店版の二種の『鏡花全集』では主題を「三尺角拾遺」、副題を「木精」として収められている。本書では、当初の独立性を考慮し、「木精(三尺角拾遺)」として掲げた。

「三尺角」が「化鳥」の水脈を引き継ぐ自然と人間の関係のドラマだとすれば、「木精」は、その人物設定を受け継ぎながら、恋愛をめぐる怪異譚の趣を呈している。

「三尺角」の末尾でお柳を落胆させた手紙の送り主は、「木精」では工学士とされ、最終的にお柳の死を悼《いた》む役回りを与えられている。そこには与吉やお品の影はない。いってみればこれは、「三尺角」をお柳の願望に寄り添いつつ描き直した物語でもある。

だが、「あわれ、草木も、婦人《おんな》も、霊魂《たましい》に姿があるのか」という末尾の一節は、死の間際に霊魂となって男の前に現れた女の姿に、樹木の精霊としての「木精」の姿を寄り添わせる。その構図は、鏡花の「怪異」が、自然をめぐる「幻想」と地続きの地平にあることを物語っている。

自然と人間の関係を描く鏡花文学には数多くの〈水の物語〉があるが、その一方で、〈火の物語〉も少なくない。「朱日記」（明治四十四年一月）は、中でも最も印象鮮やかな〈火の物語〉である。

この物語の背景に、加賀一向一揆にまつわる「高尾の坊上火」の伝承が踏まえられていることについては、藤澤秀幸「泉鏡花『朱日記』論序説――〈城下を焼きに参るのぢや〉をめぐって」（昭和六十三年六月『国語と国文学』）に詳細に論じられている。城下を焼き尽くした大火についても、宝暦九年（一七五九）の金沢大火が想定されているとする立論は首肯されるが、その上で、これを一篇の幻想小説に仕立て上げた鏡花の想像力の質が問われなければならない。

そこにまず見出されるのは、浪吉に火事を予告する女と、教頭心得の雑所《ざいしょ》とが、浪吉を間にはさんで対置する構図である。

小学校を訪れた女の「教師さんのおっしゃる事と、私の言う事と、どっちを真個《ほんとう》だと思います」という浪吉への問いかけは、「先生のいうことは私を欺《だま》すんでも、母様《おっかさん》がいってお聞かせのは、決して違ったことではない」として教師と母を区別する「化鳥」の少年の言葉に似ている。だが「朱日記」では、「先生のお言《ことば》に嘘《うそ》はありません。けれども私の言う事は真個です」という形で、両者は異なる論理として並立する。一方で雑所は、ひとり火事の予感におびえつつも、「第一然《さ》ような迷信《めいしん》は、任《にん》として、私等《わたしら》が破って棄《す》てて遣らなけりゃ成らんのだろう」という教師の職分を忘れてはいない。

その火事は、自分が「あるものに身を任せれば」起きないはずのものと女自身によって語られる。「殿方《とのがた》の生命《いのち》は知らず、女の操《みさお》と云うものは、人にも家にもかえられぬ」という女の一念は、「浪ちゃんが先生にお聞きなされば、自分の身体《からだ》は何《ど》う成ってなりとも、人も家も焼けないようにするのが道だ、とおっしゃるでしょう」と女が語る社会的な倫理としての「道」と、根底から背馳するのである。

ただし、雑所の目に映らなかったり、井戸側の大石を動かす力をもつことなどからみて、女はむしろ赤合羽の魔人の属する異界の側に——もしくはそれとの境界に——位置する存在とおぼしい。

「草迷宮」（明治四十一年一月）に、主人公葉越明《はごしあきら》の亡き母の「お知己《ちかづき》」と自ら名告り、母の心を思いやりつつ明を見守る異界の女菖蒲《あやめ》が登場する。「貴下《あなた》のお亡《なく》なんなすった阿母《おっかさん》のお友だち」と名告る「朱日記」の女もまた、浪吉の母の思いを背景に、城下を焼く炎から少年一人を守ろうとする。茱萸《ぐみ》の実を食べると「貴下《あなた》の阿母《おっか》さんのような美しい血になる」といい、「紅《あか》い木《こ》の実《み》を沢山《たんと》食べて、血の美しく綺麗《きれい》な児《こ》には、そのかわり、火の粉も桜の露《つゆ》と成って、美しく降るばかりですよ」と語る女の言葉は、その背後にある母の意志を物語ってもいる。

それはちょうど「龍潭譚」（明治二十九年十一月）で、主人公の少年の亡母のイメージをもつ異界の女を底深く沈めた淵が、洪水の危険を湛えながら少年を庇護する位置にあることとつながる。その遠い延長線上に、自らの恋のために大洪水を起こして北陸七道の人間たちを悉《ことごと》く屠《ほふ》り魚に変える「夜叉ケ池」（大正二年三月）の主白雪《ぬし》がいる。一方に溯れば、「市《まち》」の人々を悉く動植物に変えるまなざしのうちに少年が一人庇護される「化鳥」

の構図に重なるだろう。

＊

「第二菎蒻本」(大正三年一月)は、「操」とは無縁な色里の女の一念の物語である。「菎蒻本(蒟蒻本)」は、半紙四つ折の小型本の形が菎蒻に似ていることからきた洒落《しゃれ》本《ぼん》の異称である。洒落本とは、遊廓を舞台にした江戸文学の一形式であり、男女の会話と遊びの穿《うが》ちを身上とする。鏡花はその形式を借りて、婀娜《あだ》めいた会話のうちに遊里の女の一念を描いたのである。「第二」としたのは「菎蒻本」(大正二年六月)と題する作品がすでにあるからだが、遊里文学という以上の内容の連関はない。

「第二菎蒻本」はのっけから、緋《ひ》の長襦袢《ながじゅばん》で男に逢いに訪れた女の姿を描き出す。かつては遊女であり、のちに芸者になった染次にとって、世間的な意味での操はなにほどの価値ももたない。俊吉と馴染《なじみ》になったあとも旦那が付いてからは逢うこともなかったように、いわば互いに納得ずくの関係である。その後も狭斜《きょうしゃ》の女の浮き沈みを当然のように甘受して流れるままに生きてきた染次だが、魂は必ずしも身体と共にあるわけではないかのように、その魂は、細くもどこかで俊吉とつながっていた。それぞれの境涯の中から俊吉に送られる便りは、そのひとすじの糸である。

染次が旦那と別れて再び浅草で芸者になったとき、待合で俊吉が誤って熱い茶を羅《うすもの》の着物の上から染次に浴びせるという出来事は、着物の償いもできないまま染次との逢瀬を避けた男の気弱な身勝手さをよそに、染次の中に俊吉への思いを募らせることになる。

上州伊香保の旦那に切り殺される末期のときに俊吉のもとを訪れた染次のまとう緋の長襦袢は、熱い茶を浴びたときの官能の愉楽に似た短刀の痛苦を代償にして、身体の受苦からのがれ出た女の魂の姿である。「第二菎蒻本」はその姿を、鮮明な宗教的構図の中に描き出す。

そのとき俊吉の祖母が唱えていた法華経如来寿量品第十六の一節は、釈迦の入滅によって人々の心のうちに生じた仏への渇仰《かつごう》こそが、真の信仰心を生み出すことを説いている。仏の非在が切実な渇仰の源だとすれば、染次の非在はそのまま仏の非在に重ねられる。

鏡花にとって、永遠に喪われたものの「非在」への希求こそが、「もうひとつの実在」の位置を担うのである。

「第二菎蒻本」が「緋の長襦袢」の物語だとしたら、「芍薬の怪」(大正二年二月)は「片袖の長襦袢」の物語である。「革鞄の怪」は単行本収録の際、「片袖」と改題されている。大江良太郎「喜多村緑郎聞書《きたむらろくろうききがき》」(『新派 百年の前進』昭和五十三年十月)は、新派俳優高田実からの新作上演の希望に応じて本作が書かれたとするが、その経緯は不明である。一方、「革鞄の怪」の後日譚ともいうべき「唄立山心中一曲《うたのたてやましんじゅういっきょく》」(大正九年十二月)で鏡花は、この作品の執筆背景を次のように語っている。

——実はこの時から数えて前々年の秋、おなじ小村さんと、(連《つれ》がもう一人あった。)三人連で、軽井沢、碓氷《うすい》のもみじを見た汽車の中に、まさしく間違うまい、これに就いた事実があって、私は、不束《ふつつか》ながら、はじめ、淑女画報に、「革鞄の怪。」後に「片袖。」と改題して、小集の中に編んだ一篇を草した事がある。

ここにいう旅の実際も不明である。「唄立山心中一曲」は、画家の小村雪岱《こむらせったい》と同道の旅の途中、信州姥捨《おばすて》で出会った鋳掛屋《いかけや》から「革鞄の怪」の後日譚を聞く、という趣向である。

古来しばしば女の情意の象徴とされる「袖」だが、「唄立山心中一曲」では、まとっていた体を離れてもなお女の魂を留めるものとして描かれている。紫の紋付の袖を自ら引きちぎって片袖だけ緋の長襦袢姿となった花嫁が「半身の紅《くれない》は、美しき血を以て描いたる煉獄の女精《じょせい》である」と描写されるのは、鞄に残した片袖への夫の嫉妬と執着ゆえに心中に至る、悲劇の予感である。

鏡花が社会の婚姻制度を「残絶《ざんぜつ》、酷絶《こくぜつ》の刑法」(「愛と婚姻」)と呼んだことを思えば、花嫁の未来に待ち受ける運命は、たんに寿《ことほ》ぐべきものばかりではない。「革鞄の怪」にも、その日のうちに人妻となる花嫁の「今の思《おもい》は何《ど》うおいでなさるだろうとご推察申上げるばかりなのです」という技士の言葉があるように、「プラットフォームで、真黒《まっくろ》に、うようよと多人数《たにんず》に取巻かれた」花嫁の行末は、単純に祝すべきものとされてはいない。

だが、花嫁が紋付の片袖を引きちぎったときに現れる「襦袢《じゅばん》の緋鹿子《ひがのこ》」の赤は、ここでは「黄金《きん》を溶《とか》す炎の如き妙義山《みょうぎさん》の錦葉《もみじ》」になぞらえられ、百合若大臣の伝承を背景に、鮮明な意志の発動として鮮やかな美しさで描かれる。そのときむしろ、技士自らいう「狂乱」の中に浮かび上がるのは、花嫁の片袖とともに技士の「革鞄」の中に収められた「身上《しんしょう》ありたけ」が物語る、喪われた時間と非在の切実さであるのかもしれない。

*

「茸の舞姫」(大正七年四月)もまた鏡花生家付近を舞台に想定した作品だが、そこに展開する光景は尋常ならざる奇矯さに彩られている。

茸に対する鏡花の偏愛は、「雨ばけ」(大正十二年十一月)、「小春の狐」(大正十三年一月)、「木の子説法」(昭和五年九月)などの短篇や随筆「くさびら」(大正十二年六月)にもうかがえる。「化鳥」でも釣人は茸に見立てられ、「清心庵」は茸狩りの場面から始まる。鏡花自身、江戸後期の植物図鑑『本草図譜』(岩崎灌園著、文政十一年(一八二八)成稿、九十六巻)から茸類を抄録した『菌譜』(刊年不明)を架蔵していた。「本草」は「朱日記」の雑所や源助の関心事でもある。

この作品が、江戸時代の加賀・越中・能登の伝承を集めた堀麦水編『三州奇談』(成立年未詳)巻之二「幽冥有道《ゆうめいみちあり》」を下敷きにしていること、そして作中の祭礼の「やしこばば」が金沢に伝わる「弥彦婆」を踏まえることについては、秋山稔「泉鏡花「転成する物語」覚書」(平成二十五年三月『鏡花研究』)に指摘がある。「幽冥有道」は、金沢の医師の息子で「生質魯鈍」である玄俊がある日神隠しに遭い、帰還後にわかに聡明になったものの、天狗とおぼしき憑きものが離れると元の「愚鈍の人」に戻ったという話である。

同様の神隠しについては、平田篤胤《ひらたあつたね》の『仙境異聞』(文政五年(一八二二))に出る少年寅吉の体験談などの先蹤《せんしょう》がある。ただし、『仙境異聞』に語られる「仙境」は、篤胤の唱える復古神道に偏る趣がある。

「茸の舞姫」も鏡花生家近くの久保市乙剣《おとつるぎ》神社を想定した神社の境内を舞台とし、社《やしろ》の祭礼を背景とするが、その祭のハレの時空は、時季が重なった遊廓の祭礼を練り廻ってからやってきた「やしこばば」の悪魔払いの儀礼を呼び込み、神道の教義とは明らかに異なる山中の異界をそこに出現させる。

その遊廓には、乙剣神社の対岸、卯辰山麓の東の廓《くるわ》が想定されている。また、東の廓にほど近い卯辰山上の五本松が「峰の天狗松《てんぐまつ》」に想定されるように、異界は、いわば浅野川の対岸から訪れるのである。

天狗による神隠しを体験した杢若が、山中の「実家《さと》」から持ち帰ったという蜘蛛の巣を「綺麗《きれい》な衣服《べべ》」と称して売る縁日商品はいかにもあやしげだが、ほとんど非仕に近い蜘蛛の糸の衣は、「小児《こども》の時から大人のようで、大人になっても小児に斉《ひと》しい」杢若の頑ななまでの疑いなさを背景に、まぎれもない実在として茸の姫や「市《まち》」の女たちを呼びよせる。それが廓の祭と同日の出来事であることは、むろん偶然ではない。

その空間に横溢するエロティシズムは「高野聖」の孤家の女の寝所に夜な夜な動物たちが群がる光景を思い起こさせるが、「茸の舞姫」は、その性差も空間の構造も正確に反転してみせる。「高野聖」の山中異界が飛騨の原生林の奥に人知れずに存在するのに対し、市中の社の境内に平然と出現するのは、杢若の周囲に群がる自然の精霊のような茸の姫たちと、社会や文化の衣をかなぐり棄てた人間の女たちが織りなす、あけ広げな祝祭の空間である。それはまた、神官や医者が担う社会的権威や、男たちによって形成された「市」とは決定的に背馳する異空間でもある。

山中の仙境を自分が帰属すべき「さと」と杢若が呼ぶように、異なる認識のまなざしの中で、「例の魔だの天狗などというのが居る」「別世界」は、「現世」と地続きの場所に、鮮明なリアリティを伴って実在するのである。

初出一覧

「化鳥」明治三十年四月三日「新著月刊」第一号
「清心庵」明治三十年七月三日「新著月刊」第四号
「三尺角」明治三十二年一月一日「新小説」第四年第一巻
「木精（三尺角拾遺）」明治三十四年六月十日「小天地」第一巻第八号
「朱日記」明治四十四年一月一日「三田文学」第二巻第一号
「第二菎蒻本」大正三年一月一日「新日本」第四巻第一号
「革鞄の怪」大正三年二月一日「淑女画報」第三巻第二号
「茸の舞姫」大正七年四月一日「中外」第二巻第四号

〔編集付記〕

一、使用した底本は左記の通りである。

「化鳥」——岩波書店版『鏡花全集』第三巻(一九四一年一二月)

「清心庵」——同前

「三尺角」——『同』第四巻(一九四一年三月)

「木精(三尺角拾遺)」——同前

「朱日記」——『同』第一三巻(一九四一年六月)

「第二菎蒻本」——『同』第一五巻(一九四〇年九月)

「革鞄の怪」——同前

「茸の舞姫」——『同』第一七巻(一九四二年一月)

二、原則として、漢字は新字体に、仮名づかいは現代仮名づかいに改めた。ただし、原文が文語文であるものは旧仮名づかいのままとした。

三、底本はいわゆる総ルビであるが、取捨選択を加えて整理を行い、現代仮名づかいに改めた。

四、「其(それ・その)」「此(これ・この)」の二字のみ、読みやすさを考慮して平仮名に改めた。平仮名を漢字に変えることは行わなかった。

五、本文中、当時の社会通念に基づく、今日の人権意識に照らして不適切な記述が見られるが、作品の歴史性に鑑み、原文通りとした。

(岩波文庫編集部)

化鳥《けちょう》・三尺角《さんじゃくかく》 他六篇

2013年11月15日　第1刷発行
2023年 4 月 5 日　第5刷発行

作　者　泉《いずみ》 鏡花《きょうか》

発行者　坂本政謙

発行所　株式会社 岩波書店
〒101-8002 東京都千代田区一ツ橋 2-5-5

案内 03-5210-4000　営業部 03-5210-4111
文庫編集部 03-5210-4051
https://www.iwanami.co.jp/

印刷・三秀舎　カバー・精興社　製本・松岳社

ISBN 978-4-00-312718-6　Printed in Japan

読書子に寄す

――岩波文庫発刊に際して――

岩波茂雄

真理は万人によって求められることを自ら欲し、芸術は万人によって愛されることを自ら望む。かつては民を愚昧ならしめるために学芸が最も狭き堂宇に閉鎖されたことがあった。今や知識と美とを特権階級の独占より奪い返すことはつねに進取的なる民衆の切実なる要求である。岩波文庫はこの要求に応じそれに励まされて生まれた。それは生命ある不朽の書を少数者の書斎と研究室とより解放して街頭にくまなく立たしめ民衆に伍せしめるであろう。近時大量生産予約出版の流行を見る。その広告宣伝の狂態はしばらくおくも、後代にのこすと誇称する全集がその編集に万全の用意をなしたるか。千古の典籍の翻訳企図に敬虔の態度を欠かざりしか。さらに分売を許さず読者を繫縛して数十冊を強うるがごとき、はたしてその揚言する学芸解放のゆえんなりや。吾人は天下の名士の声に和してこれを推挙するに躊躇するものである。このときにあたって、岩波書店は自己の責務のいよいよ重大なるを思い、従来の方針の徹底を期するため、すでに十数年以前より志して来た計画を慎重審議この際断然実行することにした。吾人は範をかのレクラム文庫にとり、古今東西にわたって文芸・哲学・社会科学・自然科学等種類のいかんを問わず、いやしくも万人の必読すべき真に古典的価値ある書をきわめて簡易なる形式において逐次刊行し、あらゆる人間に須要なる生活向上の資料、生活批判の原理を提供せんと欲する。この文庫は予約出版の方法を排したるがゆえに、読者は自己の欲する時に自己の欲する書物を各個に自由に選択することができる。携帯に便にして価格の低きを最主とするがゆえに、外観を顧みざるも内容に至っては厳選最も力を尽くし、従来の岩波出版物の特色をますます発揮せしめようとする。この計画たるや世間の一時の投機的なるものと異なり、永遠の事業として吾人は微力を傾倒し、あらゆる犠牲を忍んで今後永久に継続発展せしめ、もって文庫の使命を遺憾なく果たさしめることを期する。芸術を愛し知識を求むる士の自ら進んでこの挙に参加し、希望と忠言とを寄せられることは吾人の熱望するところである。その性質上経済的には最も困難多きこの事業にあえて当たらんとする吾人の志を諒として、その達成のため世の読書子とのうるわしき共同を期待する。

昭和二年七月

《日本文学(現代)》(緑)

怪談 牡丹燈籠 三遊亭円朝
真景累ヶ淵 三遊亭円朝
小説神髄 坪内逍遥
当世書生気質 坪内逍遥
ウィタ・セクスアリス 森鷗外
青年 森鷗外
阿部一族 他二篇 森鷗外
山椒大夫・高瀬舟 他四篇 森鷗外
渋江抽斎 森鷗外
舞姫・うたかたの記 他三篇 森鷗外
鷗外随筆集 千葉俊二編
森鷗外 椋鳥通信 全三冊 池内紀編注
浮雲 二葉亭四迷 十川信介校注
野菊の墓 他四篇 伊藤左千夫
吾輩は猫である 夏目漱石
坊っちゃん 夏目漱石

草枕 夏目漱石
虞美人草 夏目漱石
三四郎 夏目漱石
それから 夏目漱石
門 夏目漱石
彼岸過迄 夏目漱石
漱石文芸論集 磯田光一編
行人 夏目漱石
こころ 夏目漱石
硝子戸の中 夏目漱石
道草 夏目漱石
明暗 夏目漱石
思い出す事など 他七篇 夏目漱石
文学評論 全二冊 夏目漱石
夢十夜 他二篇 夏目漱石
漱石文明論集 三好行雄編
倫敦塔・幻影の盾 他五篇 夏目漱石

漱石日記 平岡敏夫編
漱石書簡集 三好行雄編
漱石俳句集 坪内稔典編
漱石・子規往復書簡集 和田茂樹編
文学論 全二冊 夏目漱石
坑夫 夏目漱石
漱石紀行文集 藤井淑禎編
二百十日・野分 夏目漱石
五重塔 幸田露伴
努力論 幸田露伴
渋沢栄一伝 幸田露伴
子規句集 高浜虚子選
病牀六尺 正岡子規
子規歌集 土屋文明編
墨汁一滴 正岡子規
仰臥漫録 正岡子規
歌よみに与ふる書 正岡子規

獺祭書屋俳話・芭蕉雑談	正岡子規
子規紀行文集	復本一郎編
金色夜叉 全二冊	尾崎紅葉
二人比丘尼 色懺悔	尾崎紅葉
不如帰	徳冨蘆花
謀叛論 他六篇 日記	徳冨健次郎 中野好夫編
武蔵野	国木田独歩
愛弟通信	国木田独歩
運命	国木田独歩
蒲団・一兵卒	田山花袋
田舎教師	田山花袋
一兵卒の銃殺	田山花袋
縮図	徳田秋声
あらくれ・新世帯	徳田秋声
藤村詩抄	島崎藤村自選
破戒	島崎藤村
春	島崎藤村
千曲川のスケッチ	島崎藤村
桜の実の熟する時	島崎藤村
新生 全二冊	島崎藤村
夜明け前 全四冊	島崎藤村
藤村文明論集	十川信介編
生ひ立ちの記 他一篇	島崎藤村
にごりえ・たけくらべ	樋口一葉
大つごもり・十三夜 他五篇	樋口一葉
修禅寺物語 正雪の二代目 他四篇	岡本綺堂
高野聖・眉かくしの霊	泉鏡花
歌行燈	泉鏡花
夜叉ケ池・天守物語	泉鏡花
草迷宮	泉鏡花
春昼・春昼後刻	泉鏡花
鏡花短篇集	川村二郎編
日本橋	泉鏡花
外科室・海城発電 他五篇	泉鏡花
湯島詣 他一篇	泉鏡花
鏡花随筆集	吉田昌志編
化鳥・三尺角 他六篇	泉鏡花
鏡花紀行文集	田中励儀編
俳句はかく解しかく味う	高浜虚子
回想 子規・漱石	高浜虚子
有明詩抄	蒲原有明
上田敏全訳詩集	山内義雄 矢野峰人編
宣言	有島武郎
一房の葡萄 他四篇	有島武郎
寺田寅彦随筆集 全五冊	小宮豊隆編
柿の種	寺田寅彦
与謝野晶子歌集	与謝野晶子自選
与謝野晶子評論集	鹿野政直 香内信子編
私の生い立ち	与謝野晶子
入江のほとり 他一篇	正宗白鳥
つゆのあとさき	永井荷風

濹東綺譚	永井荷風
荷風随筆集 全二冊	野口冨士男編
摘録 断腸亭日乗 全二冊	永井荷風／磯田光一編
すみだ川・新橋夜話 他一篇	永井荷風
あめりか物語	永井荷風
下谷叢話	永井荷風
ふらんす物語	永井荷風
浮沈・踊子 他三篇	永井荷風
花火・来訪者 他十一篇	永井荷風
問はずがたり・吾妻橋 他十六篇	永井荷風
斎藤茂吉歌集	山口茂吉／柴生田稔／佐藤佐太郎編
千鳥 他四篇	鈴木三重吉
鈴木三重吉童話集	勝尾金弥編
小僧の神様 他十篇	志賀直哉
万暦赤絵 他二十二篇	志賀直哉
暗夜行路 全二冊	志賀直哉
志賀直哉随筆集	高橋英夫編
高村光太郎詩集	高村光太郎
北原白秋歌集	高野公彦編
北原白秋詩集 全二冊	安藤元雄編
フレップ・トリップ	北原白秋
野上弥生子随筆集	竹西寛子編
野上弥生子短篇集	加賀乙彦編
お目出たき人・世間知らず	武者小路実篤
友情	武者小路実篤
釈迦	武者小路実篤
銀の匙	中勘助
鳥の物語	中勘助
若山牧水歌集	伊藤一彦編
新編 みなかみ紀行	若山牧水／池内紀編
新編 啄木歌集	久保田正文編
吉野葛・蘆刈	谷崎潤一郎
卍（まんじ）	谷崎潤一郎
幼少時代	谷崎潤一郎
谷崎潤一郎随筆集	篠田一士編
多情仏心 全二冊	里見弴
道元禅師の話	里見弴
今年竹 全二冊	里見弴
萩原朔太郎詩集	三好達治選
郷愁の詩人 与謝蕪村	萩原朔太郎
猫町 他十七篇	萩原朔太郎／清岡卓行編
恩讐の彼方に・忠直卿行状記 他八篇	菊池寛
菊池寛戯曲集 父帰る・藤十郎の恋	石割透編
河明り 老妓抄 他一篇	岡本かの子
春泥・花冷え	久保田万太郎
大寺学校 ゆく年	久保田万太郎
久保田万太郎俳句集	恩田侑布子編
室生犀星詩集	室生犀星自選
犀星王朝小品集	室生犀星
随筆 女ひと	室生犀星
出家とその弟子	倉田百三

羅生門・鼻・芋粥・偸盗	芥川竜之介
地獄変・邪宗門・好色・藪の中 他七篇	芥川竜之介
河童 他二篇	芥川竜之介
歯車 他二篇	芥川竜之介
蜘蛛の糸・杜子春・トロッコ 他十七篇	芥川竜之介
侏儒の言葉・文芸的な、余りに文芸的な	芥川竜之介
芥川竜之介俳句集	加藤郁乎編
芥川竜之介随筆集	石割透編
蜜柑・尾生の信 他十八篇	芥川竜之介
年末の一日・浅草公園 他十七篇	芥川竜之介
芥川竜之介紀行文集	山田俊治編
美しき町・西班牙犬の家 他六篇	佐藤春夫 池内紀編
海に生くる人々	葉山嘉樹
葉山嘉樹短篇集	道籏泰三編
日輪・春は馬車に乗って 他八篇	横光利一
宮沢賢治詩集	谷川徹三編
童話集 風の又三郎 他十八篇	宮沢賢治 谷川徹三編
童話集 銀河鉄道の夜 他十四篇	宮沢賢治 谷川徹三編
山椒魚・遙拝隊長 他七篇	井伏鱒二
井伏鱒二全詩集	井伏鱒二
太陽のない街	徳永直
黒島伝治作品集	紅野謙介編
伊豆の踊子・温泉宿 他四篇	川端康成
雪国	川端康成
山の音	川端康成
川端康成随筆集	川西政明編
三好達治詩集	桑原武夫 大槻鉄男選
詩を読む人のために	三好達治
中野重治詩集	中野重治
夏目漱石 全二冊	小宮豊隆
社会百面相 全二冊	内田魯庵
新編 思い出す人々	内田魯庵 紅野敏郎編
檸檬《レモン》・冬の日 他九篇	梶井基次郎
蟹工船 一九二八・三・一五	小林多喜二
富嶽百景・走れメロス 他八篇	太宰治
斜陽 他一篇	太宰治
人間失格 グッド・バイ 他一篇	太宰治
お伽草紙・新釈諸国噺	太宰治
真空地帯	野間宏
日本唱歌集	堀内敬三 井上武士編
日本童謡集	与田凖一編
森鷗外	石川淳
至福千年	石川淳
近代日本人の発想の諸形式 他四篇	伊藤整
小説の認識	伊藤整
中原中也詩集	大岡昇平編
ランボオ詩集	中原中也訳
小熊秀雄詩集	岩田宏編
夕鶴・彦市ばなし 他二篇 —木下順二戯曲選II	木下順二
元禄忠臣蔵 全二冊	真山青果
随筆滝沢馬琴	真山青果

旧聞日本橋　長谷川時雨
新編 近代美人伝 全二冊　長谷川時雨 杉本苑子編
みそっかす　幸田文
古句を観る　柴田宵曲
俳諧随筆 蕉門の人々　柴田宵曲
新編 俳諧博物誌　柴田宵曲 小出昌洋編
随筆集 団扇の画　柴田宵曲 小出昌洋編
子規居士の周囲　柴田宵曲
小説集 夏の花　原民喜
原民喜全詩集
いちご姫・蝴蝶 他二篇　山田美妙 十川信介校訂
貝殻追放抄　水上滝太郎
銀座復興 他三篇　水上滝太郎
魔風恋風 全二冊　小杉天外
柳橋新誌　成島柳北 塩田良平校訂
幕末維新パリ見聞記 成島柳北「航西日乗」・栗本鋤雲「暁窓追録」　井田進也校注
立原道造詩集　杉浦明平編

野火／ハムレット日記　大岡昇平
中谷宇吉郎随筆集　樋口敬二編
雪　中谷宇吉郎
冥途・旅順入城式　内田百閒
東京日記 他六篇　内田百閒
西脇順三郎詩集　那珂太郎編
金子光晴詩集　清岡卓行編
大手拓次詩集　原子朗編
評論集 滅亡について 他三十篇　武田泰淳 川西政明編
山岳紀行文集 日本アルプス　小島烏水 近藤信行編
雪中梅　末広鉄腸 小林智賀平校訂
宮柊二歌集　宮英子 高野公彦編
新編 東京繁昌記　木村荘八 尾崎秀樹編
新編 山と渓谷　田部重治 近藤信行編
日本児童文学名作集 全二冊　桑原三郎 千葉俊二編
山月記・李陵 他九篇　中島敦
眼中の人　小島政二郎

新選 山のパンセ　串田孫一自選
小川未明童話集　桑原三郎編
新美南吉童話集　千葉俊二編
岸田劉生随筆集　酒井忠康編
摘録 劉生日記　岸田劉生 酒井忠康編
量子力学と私　朝永振一郎 江沢洋編
書物　森銑三 柴田宵曲
自註鹿鳴集　会津八一
窪田空穂随筆集　大岡信編
窪田空穂歌集　大岡信編
暢気眼鏡・虫のいろいろ 他十二篇　尾崎一雄 高橋英夫編
奴隷 —小説・女工哀史1　細井和喜蔵
工場 —小説・女工哀史2　細井和喜蔵
森鷗外の系族　小金井喜美子
木下利玄全歌集　五島茂編
新編 学問の曲り角　河野与一 原二郎編
林芙美子紀行集 下駄で歩いた巴里　立松和平編

放浪記	林芙美子
山の旅 全二冊	近藤信行編
酒道楽	村井弦斎
文楽の研究 全二冊	三宅周太郎
五足の靴	五人づれ
尾崎放哉句集	池内紀編
リルケ詩抄	茅野蕭々訳
ぷえるとりこ日記	有吉佐和子
江戸川乱歩短篇集	千葉俊二編
怪人二十面相・青銅の魔人	江戸川乱歩
少年探偵団・超人ニコラ	江戸川乱歩
江戸川乱歩作品集 全三冊	浜田雄介編
堕落論・日本文化私観 他二十二篇	坂口安吾
桜の森の満開の下・白痴 他十二篇	坂口安吾
風と光と二十の私と・いずこへ 他十六篇	坂口安吾
久生十蘭短篇選	川崎賢子編
墓地展望亭・ハムレット 他六篇	久生十蘭

六白金星・可能性の文学 他十一篇	織田作之助
夫婦善哉 正続 他十二篇	織田作之助
わが町・青春の逆説	織田作之助
歌の話・歌の円寂する時 他一篇	折口信夫
死者の書・口ぶえ	折口信夫
折口信夫古典詩歌論集	藤井貞和編
山川登美子歌集	今野寿美編
汗血千里の駒 坂本龍馬君之伝	坂崎紫瀾 林原純生校注
日本近代短篇小説選 全六冊	紅野敏郎・紅野謙介・千葉俊二・宗像和重・山田俊治編
自選 谷川俊太郎詩集	
訳詩集 白孔雀	西條八十訳
茨木のり子詩集	谷川俊太郎選
第七官界彷徨・琉璃玉の耳輪 他四篇	尾崎翠
大江健三郎自選短篇	
M/Tと森のフシギの物語	大江健三郎
キルプの軍団	大江健三郎
辻征夫詩集	谷川俊太郎編

石垣りん詩集	伊藤比呂美編
漱石追想	十川信介編
芥川追想	石割透編
荷風追想	多田蔵人編
自選 大岡信詩集	
うたげと孤心	大岡信
日本の詩歌 その骨組みと素肌	大岡信
詩人・菅原道真 —うつしの美学	大岡信
日本近代随筆選 全三冊	千葉俊二・長谷川郁夫・宗像和重編
尾崎士郎短篇集	紅野謙介編
山之口貘詩集	高良勉編
原爆詩集	峠三吉
竹久夢二詩画集	石川桂子編
まど・みちお詩集	谷川俊太郎編
山頭火俳句集	夏石番矢編
二十四の瞳	壺井栄
幕末の江戸風俗	塚原渋柿園 菊池眞一編

けものたちは故郷をめざす　安部公房

詩の誕生　大岡信・谷川俊太郎

鹿児島戦争記 —実録 西南戦争　篠田仙果・松本常彦校注

東京百年物語 一八六八〜一九〇九 全三冊　ロバート キャンベル・十重田裕一・宗像和重編

三島由紀夫紀行文集　佐藤秀明編

若人よ蘇れ・黒蜥蜴 他一篇　三島由紀夫

三島由紀夫スポーツ論集　佐藤秀明編

吉野弘詩集　小池昌代編

開高健短篇選　大岡玲編

破れた繭 耳の物語1　開高健

夜と陽炎 耳の物語2　開高健

色ざんげ　宇野千代

老女マノン・脂粉の顔 他四篇　宇野千代・尾形明子編

明智光秀　小泉三申

久米正雄作品集　石割透編

次郎物語 全五冊　下村湖人

まっくら 女坑夫からの聞き書き　森崎和江

北條民雄集　田中裕編

《日本文学（古典）》〔黄〕

古事記　倉野憲司校注
日本書紀　全五冊　坂本太郎・家永三郎・井上光貞・大野晋校注
万葉集　全五冊　佐竹昭広・山田英雄・工藤力男・大谷雅夫・山崎福之校注
原文万葉集　全二冊　佐竹昭広・山田英雄・工藤力男・大谷雅夫・山崎福之校注
竹取物語　阪倉篤義校訂
伊勢物語　大津有一校注
玉造小町子壮衰書 ―小野小町物語　杤尾武校注
古今和歌集　佐伯梅友校注
土左日記　紀貫之　鈴木知太郎校注
源氏物語　全九冊　柳井滋・室伏信助・大朝雄二・鈴木日出男・藤井貞和・今西祐一郎校注
枕草子　池田亀鑑校訂
更級日記　西下経一校注
今昔物語集　全四冊　池上洵一編
西行全歌集　久保田淳・吉野朋美校注
建礼門院右京大夫集　付 平家公達草紙　久松潜一・久保田淳校注
梅沢本古本説話集　川口久雄校訂

後拾遺和歌集　久保田淳・平田喜信校注
詞花和歌集　工藤重矩校注
古語拾遺　斎部広成撰　西宮一民校注
王朝漢詩選　小島憲之編
新訂方丈記　市古貞次校注
新訂新古今和歌集　佐佐木信綱校訂
新訂徒然草　西尾実・安良岡康作校注
平家物語　全四冊　梶原正昭・山下宏明校注
神皇正統記　北畠親房　岩佐正校注
御伽草子　全二冊　市古貞次校注
王朝秀歌選　樋口芳麻呂校注
定家八代抄 ―続王朝秀歌選　全二冊　樋口芳麻呂・後藤重郎校注
中世なぞなぞ集　鈴木棠三編
謡曲選集　読む能の本　野上豊一郎編
東関紀行・海道記　玉井幸助校訂
おもろさうし　外間守善校注
太平記　全六冊　兵藤裕己校注

好色五人女　井原西鶴　東明雅校註
武道伝来記　井原西鶴　横山重・前田金五郎校注
西鶴文反古　井原西鶴　片岡良一校訂
芭蕉紀行文集　付 嵯峨日記　中村俊定校注
芭蕉おくのほそ道　付 曾良旅日記・奥細道菅菰抄　萩原恭男校注
芭蕉俳句集　中村俊定校注
芭蕉連句集　中村俊定・萩原恭男校注
芭蕉書簡集　萩原恭男校注
芭蕉文集　潁原退蔵編註
芭蕉俳文集　全二冊　堀切実編注
芭蕉自筆奥の細道　上野洋三・櫻井武次郎校注
蕪村俳句集　付 春風馬堤曲 他二篇　尾形仂校注
蕪村七部集　伊藤松宇校訂
蕪村文集　藤田真一編注
国性爺合戦・鑓の権三重帷子　近松門左衛門　和田万吉校訂
折たく柴の記　新井白石　松村明校注
近世畸人伝　伴蒿蹊　森銑三校註

排蘆小船・石上私淑言 ―宣長「物のあはれ」歌論　本居宣長／子安宣邦 校注

雨月物語　上田秋成／長島弘明 校注

宇下人言 修行録　松平定信／松平定光 校訂

新訂 一茶俳句集　丸山一彦 校注

一茶 父の終焉日記・おらが春 他一篇　矢羽勝幸 校注

増補 俳諧歳時記栞草 全二冊　曲亭馬琴 編／藍亭青藍 補／堀切実 校注

北越雪譜　鈴木牧之 編撰／京山人百樹 刪定／岡田武松 校訂

東海道中膝栗毛 全二冊　十返舎一九／麻生磯次 校注

浮世床　式亭三馬／和田万吉 校訂

梅暦 全二冊　為永春水／古川久 校訂

日本民謡集　町田嘉章／浅野建二 編

芭蕉臨終記 花屋日記 付 芭蕉翁終焉記・前後日記・行状記　小宮豊隆 校訂

醒睡笑 全二冊　安楽庵策伝／鈴木棠三 校注

与話情浮名横櫛 切られ与三　瀬川如皐／河竹繁俊 校訂

歌舞伎十八番の内 勧進帳　郡司正勝 校注

江戸怪談集 全三冊　高田衛 編・校注

柳多留名句選　山澤英雄 選／粕谷宏紀 校注

鬼貫句選・独ごと　復本一郎 校注

井月句集　復本一郎 編

花見車・元禄百人一句　雲英末雄／佐藤勝明 校注

江戸漢詩選 全二冊　揖斐高 編訳

《日本思想》〔青〕

- 風姿花伝（花伝書）　世阿弥／野上豊一郎・西尾実 校訂
- 五輪書　宮本武蔵／渡辺一郎 校注
- 葉隠 全三冊　山本常朝／和辻哲郎・古川哲史 校訂
- 養生訓・和俗童子訓　貝原益軒／石川謙 校訂
- 貝原益軒 大和俗訓　石川謙 校訂
- 町人嚢・百姓嚢・長崎夜話草　西川如見／飯島忠夫・西川忠幸 校訂
- 日本水土考・水土解弁・増補華夷通商考　西川如見／飯島忠夫・西川忠幸 校訂
- 蘭学事始　杉田玄白／緒方富雄 校註
- 吉田松陰書簡集　広瀬豊 編
- 島津斉彬言行録　牧野伸顕 序
- 塵劫記　吉田光由／大矢真一 校注
- 兵法家伝書 付 新陰流兵法目録事　柳生宗矩／渡辺一郎 校注
- 南方録　西山松之助 校注
- 長崎版 どちりな きりしたん　海老沢有道 校註
- 仙境異聞・勝五郎再生記聞　平田篤胤／子安宣邦 校注
- 茶湯一会集・閑夜茶話　井伊直弼／戸田勝久 校注
- 新訂 海舟座談　巌本善治 編／勝部真長 校注
- 西郷南洲遺訓 附 手抄言志録及遺文　山田済斎 編
- 文明論之概略　福沢諭吉／松沢弘陽 校注
- 新訂 福翁自伝　富田正文 校訂
- 学問のすゝめ　福沢諭吉
- 福沢諭吉教育論集　山住正己 編
- 福沢諭吉家族論集　中村敏子 編
- 福沢諭吉の手紙　慶應義塾 編
- 日本道徳論　西村茂樹／吉田熊次 校
- 新島襄の手紙　同志社 編
- 新島襄 教育宗教論集　同志社 編
- 新島襄自伝 —手記・紀行文・日記　同志社 編
- 近時政論考　陸羯南
- 日本の下層社会　横山源之助
- 中江兆民 三酔人経綸問答　桑原武夫・島田虔次 訳・校注
- 中江兆民評論集　松永昌三 編
- 憲法義解　伊藤博文／宮沢俊義 校注
- 日本開化小史　田口卯吉／嘉治隆一 校訂
- 新訂 蹇蹇録 —日清戦争外交秘録　陸奥宗光／中塚明 校注
- 茶の本　岡倉覚三／村岡博 訳
- 新撰讃美歌　植村正久・奥野昌綱・松山高吉 編
- 武士道　新渡戸稲造／矢内原忠雄 訳
- キリスト信徒のなぐさめ　内村鑑三
- 余はいかにしてキリスト信徒となりしか　内村鑑三／鈴木範久 訳
- 代表的日本人　内村鑑三／鈴木範久 訳
- 後世への最大遺物・デンマルク国の話　内村鑑三
- 宗教座談　内村鑑三
- ヨブ記講演　内村鑑三
- 足利尊氏　山路愛山
- 徳川家康 全二冊　山路愛山
- 豊臣秀吉 全二冊　山路愛山
- 妾の半生涯　福田英子
- 三十三年の夢　宮崎滔天／島田虔次・近藤秀樹 校注
- 善の研究　西田幾多郎

岩波文庫の最新刊

開かれた社会とその敵
第一巻　プラトンの呪縛(上)
カール・ポパー著／小河原誠訳

ポパーは亡命先で、左右の全体主義と思想的に対決する大著を執筆した。第一巻では、プラトンを徹底的に弾劾、民主主義の基礎を解明していく。(全四冊)
〔青N六〇七-一〕　**定価一五〇七円**

冬物語
シェイクスピア作／桒山智成訳

妻の密通という〈物語〉にふと心とらわれたシチリア王は、猛烈な嫉妬を抱き……。シェイクスピア晩年の傑作を、豊かなリズムを伝える清新な翻訳で味わう。
〔赤二〇五-一二〕　**定価九三五円**

安岡章太郎短篇集
持田叙子編

安岡章太郎(一九二〇－二〇一三)は、戦後日本文学を代表する短篇小説の名手。戦時下での青春の挫折、軍隊での体験、父母への想いをテーマにした十四篇を収録。
〔緑二二八-一〕　**定価一〇〇一円**

……今月の重版再開……

農業全書
宮崎安貞編録／貝原楽軒刪補／土屋喬雄校訂
定価一一六六円
〔青三三-一〕

平和の訴え
エラスムス著／箕輪三郎訳
定価七九二円
〔青六一二-一〕

岩波文庫の最新刊

トマス・リード著／戸田剛文訳

人間の知的能力に関する試論（下）

概念、抽象、判断、推論、嗜好。人間の様々な能力を「常識」によって基礎づけようとするリードの試みは、議論の核心へと至る。（全二冊）

〔青N六〇六-二〕　定価一八四八円

藤岡洋保編

堀口捨己建築論集

茶室をはじめ伝統建築を自らの思想に昇華し、練達の筆により建築論を展開した堀口捨己。孤高の建築家の代表的論文を集録する。

〔青五八七-一〕　定価一〇〇一円

今枝由郎・海老原志穂編訳

ダライ・ラマ六世恋愛詩集

ダライ・ラマ六世（一六八三-一七〇六）は、二三歳で夭折したチベットを代表する国民詩人。民衆に今なお愛誦されている、リズム感溢れる恋愛詩一〇〇篇を精選。

〔赤六九-一〕　定価五五〇円

バジョット著／遠山隆淑訳

イギリス国制論（上）

イギリスの議会政治の動きを分析し、議院内閣制のしくみを描き出した古典的名著。国制を「尊厳的部分」と「実効的部分」にわけて考察を進めていく。（全二冊）

〔白一二二-二〕　定価一〇七八円

……今月の重版再開……

小林秀雄著

小林秀雄初期文芸論集

定価一二七六円　〔緑九五-一〕

ロバート・A・ダール著／高畠通敏、前田脩訳

ポリアーキー

定価一二七六円　〔白二九-一〕